九
州

NovoLand ·

星痕

唐缺 著

北京联合出版公司

图书在版编目（CIP）数据

九州·星痕 / 唐缺著 . -- 北京：北京联合出版公司，
2020.11

ISBN 978-7-5596-4516-6

Ⅰ.①九… Ⅱ.①唐… Ⅲ.①长篇小说—中国—当代
Ⅳ.① I247.5

中国版本图书馆 CIP 数据核字 (2020) 第 159883 号

九州·星痕

作　者：唐　缺
出 品 人：赵红仕
责任编辑：高霁月
封面设计：吴黛君

北京联合出版公司出版
（北京市西城区德外大街83号楼9层 100088）
北京新华先锋出版科技有限公司发行
唐山富达印务有限公司印刷　新华书店经销
字数229千字　787毫米×1092毫米　1/16　16印张
2020年11月第1版　2020年11月第1次印刷
ISBN 978-7-5596-4516-6

定价：49.00元

目录

第一章
杀人者·隐身人

1

不幸的生活总有不幸的源头。在无数个凄惶的梦境中，记忆总会把雷冰带回到十五年前的那个改变命运的夜晚。在梦里，祖父瘦弱的身躯显得那样衰迈无力，但挥动马鞭的双手却又是那样坚决。那天夜里，宁州的天空飘着不祥的乌云，黯淡的月光在地面上画出鬼影幢幢，似乎已经预见到了整个家族的悲惨未来。雷冰总是在祖父背影消失在视线之外的刹那大喊着醒来，擦擦额头上的冷汗，并随之发出一声恶狠狠的诅咒：

"这个死老头子！"

死老头子所卷入的，是一桩怪诞到了极点的事件，该起事件后来轰动了整个九州。他并不是唯一一个在十五年前失踪的星相学家，那一年夏季将尽时，在短短半个月之内，全九州一共有六名最负盛名的伟大星相学家离家出走，从此踪影不见。在此之前，他们都曾接到过一封奇怪的来信，这封来信令他们立即抛掉手边的一切工作，将自己关在各自的工作间中，近乎疯狂地连续演算了数日。当演算结束后，他们没有留下任何话语，便匆匆离去，并且再也没有回来过。这六个人加在一起，几乎就是那一整个时代的九州天文学象征。但从此之后，象征不再。

雷冰至今仍然清晰地记得那封信寄来时的情景。祖父原本只是轻描淡写地接过来信，但一看到封皮上那个古怪的标志——幼时的雷冰认为它很像一块枣糕，后来才弄明白其实是一把算筹——立刻面色大变，往常虽然瘦削却始终保持威仪的身体竟然微微抖了起来。他命令助手替他推掉这几天的所有事务,哪怕是羽皇的征召也得想办法赖过去,雷冰听了这话立刻嘟起嘴。

"爷爷,再过三天就是风翔大典了!你答应了带我去坐马车的!"雷冰提醒说。风翔大典是每年羽族起飞日时举行的盛典,祖父作为钦天监的监正,更加作为羽族第一星相大师,原本是可以颇为受尊崇地露露脸的,而他原本也答应了带雷冰去沾下光。但在此时此刻,那封远方来信的重要性毫无疑问远远大过了雷冰。祖父压根没听见她说了些什么,只是含混地挥挥手,就将自己锁进书房,连半句话都不曾对雷冰说。

不满四岁的小女孩内心充满了世界崩塌般的愤怒。三天后的风翔大典,她赌气没有出门,耳中听见隐隐从外间传来的潮水般的欢呼声,恨不能用棉花把耳朵塞起来。到了夜间,越来越多的羽人感受到月力飞翔起来,欢呼声也越来越响,雷冰真的开始四处寻找棉花,然而就在这时候,书房的门开了,祖父走了出来。

祖父的那张脸雷冰永远也忘不了:灰败、枯槁与病态的兴奋共存,布满血丝的双眼中弥漫着无法掩饰的惊恐,或者说——绝望,却又偏偏带着某种无法掩饰的强烈渴望。这双充满矛盾的眼睛把雷冰吓呆了,已经准备好的抱怨、哭闹、撒泼打滚顷刻被憋回了肚子里。祖父仍然没有注意到她,也丝毫不理会儿子、女儿、助手们的询问。他手里抱着事先准备好的包袱,用不容抗拒的语调命令他们备好马匹钱粮,然后绝尘而去,离开雁都城,离开宁州。

那是雷冰一生中最后一次见到祖父。大约过了整整一年,才从遥远的越州传来可怕的消息。在那个黄昏,一个让雷冰一见就觉得很不舒服的河络,带着满身的风尘走入了她的家门,雷冰一向不喜欢这个身材矮小的种族。在父母警惕的目光中,河络用生硬的通用语说:"我来,通知你们:雷虞博失踪了。"

"失踪?他究竟去了哪里?为什么失踪?你又怎么知道的?"父亲爆出了一连串的疑问。

"越州,塔颜部落。长老邀请他,他发了疯,杀死了六个人,逃跑了,下落不明。"河络的语气平缓，说出的话对雷家上下却不啻于晴天霹雳。

河洛带来一封简短的书信，这封灰蒙蒙的信上仍然带着雷冰曾见过的标志，信的内容令人触目惊心。原来祖父此行，是去往了一个以钻研星相学而著称的河络部落，包括祖父和发起邀请的河络族星相师神算德罗在内，一共有七名大师级人物从天南海北会聚到一起，但他们都再也无法回去了。

信中用丝毫不含感情的笔调叙述说，在七人闭关进行研讨的过程中——研讨内容至今无人得知——祖父突然发了疯。是的，这位名动天下的星相大师真的发疯了，他用残忍的手段动手杀害了其余六个人，然后迅速地、显而易见早有预谋地逃掉了，至今没有被人找到。而这些星相师为什么会如此匆忙地聚集在一起，那些神秘来信究竟包含了什么内容，以及最后祖父为什么会杀人，也都成为了难解之谜。

对于雷冰而言，祖父的这起事件并不只是亲情意义上的损失，它实实在在地给家族带来了深重的灾难。雷氏并不是羽族的大姓，这些年来之所以平步青云，靠的就是家传的观星之学。祖父一走了之也还罢了，手中奉羽皇之命主持的一项宏大计划——建造一座全九州最好的观象台——也在辛苦营建七年多后就此搁置，因为除了祖父，别人根本没有足够的才学来完成它的核心仪器。而该观象台原本是打算在一年内收尾完工，呈奉给羽皇敬祝他老人家六十寿诞的。眼下七年间投入的无数人力、财力打了水漂，一向器重的臣工变成了杀人凶手，羽皇当然大大不高兴了，而贵族们也早对这种低贱姓氏爬得如此之高甚为不满，这下子无须找借口排挤，雷氏很快被抄家查办。父亲顶了老头子的罪，被发配到边疆，两年后无声无息地死在了那里。不过羽皇念着祖父过去的功劳，好歹放了妇孺一马，没有再多难为，当然贬为庶民那是不可避免的。

抄家的那一天，正好是雷冰的五岁生日。她站在曾经属于自己的院落里，看着人们来来去去地忙碌着，看着熟悉的一切慢慢消逝，鼻端渐渐闻到贫民区那特有的尘土味和臭气。那一刻，她心里充满了对祖父的憎恨。这原本应当是个充满喜气的日子，由于祖父的过失，所有的一切都改变了。

过生日时要许愿的吗？她想，好吧，那我就许个愿吧。我一定要把死老头子找出来，不管他躲到什么地方去了。一定。

2

这帮人一望而知都是有身份、有地位、有知识的角色。他们大多胡子花白、身躯佝偻，满脸的皱纹书写着沧桑。这样的人似乎应当在官方的厅堂内讲学，或者觅一处幽静的乡间过闲云野鹤的雅致生活，而不是像这样，穿行于天启城中最肮脏破败的街道，随时小心着脚底的泥泞和乌黑的墙。

但他们确实来了，而且一来就是十多个人。这里的贫民已经许久没见到过如此身份的来客了，他们都好奇地倚在门边，观望着这些大人物们。给他们带路的那个十余岁的少年走起路来也很有精神，颇有几分狐假虎威之势，虽然那一身破衣烂衫分明地彰显出他和这些贵客并非同路中人。

"那个小孩子我曾见到过，其时年纪幼小，已经古灵精怪的很不听话，"为首的一个黄衣老者边走边说，"当时就只有他父亲才能管束得住，也不知道会不会听我们的话。"

"罗兄不必多虑，"另一个灰袍老者说，"那时候他有父亲的照拂，自然性子顽劣。如今……如今君老弟已经辞世两年有余了……"

他说到这句话时，脸上现出沉痛的神情，其他人也都跟着喟然嗟叹。他继续说："无论如何，知道这孩子还活着，总是一桩好事情。君兄的占星之术自成一派，倘若就此失传，那真是无可估量的损失。你我都要尽心尽力，想办法将那孩子抚养成人，让君老弟的绝学有个传人。"

姓罗的老者点点头："甘兄所言极是。就算那孩子因为无人照料而走了弯路，我们也要尽量把他扳回到正路上来，不然怎么对得起我们和君老弟这么多年的交情呢？"

说话间，一行人已经来到了一条充满霉味的小巷间，小巷尽头是一间格外破败的小屋，屋外乱七八糟堆放着各种杂物，从破桌子烂椅子到空花盆旧木箱，几乎把路都堵住了。带路的少年方才还昂首挺胸，一靠近这间房子，立即变得畏畏缩缩。他用手一指，小声说："就是这儿了。"

罗姓老者皱皱眉头，问他："小朋友，那姓君的小孩，果然居住在此？"

少年胡乱点点头，伸手讨钱，看样子真是对那间小屋心怀畏惧。罗姓老者不再多说，从身上取出几个铜镏，正要递给他，甘姓老者却忽然拦住了他，将他握着铜镏的手推回去，自己则拿出一枚亮闪闪的金铢。

"小朋友，如果你能回答我几个问题，这枚金铢你尽管拿走。"他说。少年却是一愣："这是什么？也能买烧饼吗？"

甘姓老者恍悟，这些从小就在最底层的贫困中挣扎的人，恐怕从来没有见到过金铢。他不由得笑着说："这叫作金铢，一枚就可以换一千个铜镏，够你吃一整年烧饼了。"

少年立时露出极度欢喜的表情，却又不知对方要问什么，期期艾艾地说："你……您老人家要问什么？"

老者说："关于我们要找的那个姓君的小孩，你可知道些什么吗？"

少年摇摇头："别问我，他会打我的！"但他的眼神始终盯着那枚金铢，作势要走，脚也并没有挪动，终于还是吞吞吐吐地说："他很霸道，我们都不敢惹他。"

老者听到"霸道"两字，想起之前的对话，倒是一点都不吃惊。他又问："他是做什么营生……他靠什么吃饭的？"

"能抢就抢，抢不到就偷呗，"少年的语气中隐含着怒气，"我们都打不过他，大人又追不上他。"

"官府不管吗？"另一名老者忍不住发问。

少年奇怪地看了他一眼："官府怎么可能管到我们这里来？我们又给不起钱……"

众人默然，甘姓老者继续问："他平时……和什么人来往吗？"

少年摇头："他脾气那么坏，谁会去和他玩。不过……"

"不过什么？"甘姓老者连忙追问。

"最近一个月老有你们这样的人来找他。"

众人相互对对眼色，罗姓老者问："什么样的人？"

少年显得有些不耐烦："就是你们这样的嘛，老的年轻的都有，衣服穿得干净漂亮的，有靴子穿的，都是来到这里就问他，给钱还挺大方。"说完，他又向着那枚金铢望了一眼。

一行人登时面有忧色。甘姓老者将金铢抛给了他，他眉开眼笑地快步跑开。

罗姓老者面色阴沉地说："看起来，宛北星命会、天道星宗的那些人都先后来过了。"

"谁都懂得先下手为强的道理，"甘姓老者说，"只能寄望于天命了，或许命该我们得到那些东西，他们都只是空手而回呢？"

"只怕小孩又穷又傻不懂事，就像刚才那个孩子一样，给一枚金铢，就随便把东西拱手送出了。"罗姓老者恨恨地说。众人赶忙加快了脚步，走向那间小屋。罗姓老者伸出手，在门上轻轻拍了几下，等了许久却无人应声。

他又加重了力气，边拍边喊："请问，此处是已故君微言先生的居所吗？"

他正准备喊第二声，门突然从里被猛地推开，他猝不及防，被一下子撞倒在污浊的地面上。一片惊愕中，门里冲出一条彪形大汉。此人精赤上身，满身酒气，脸涨得通红，一只手就把罗姓老者揪了起来。

"又是姓君的！去你妈的！"他怒吼道，"每天要来几百个人找姓君的……大爷我不姓君！"

可怜这罗姓老者一肚子学问，面对着眼前的粗汉没有半点施展余地，他甚至没来得及出声讨饶，就已经被"噼啪"赏了两记耳光，扔了出去。一群风雅的学士哪里见过这等阵势？慌慌张张地扶了他就跑，一直跑出了两条巷子，才气喘吁吁地停下来。

"我们上当了！"鼻青脸肿的受害者嚷嚷着，"那个浑蛋小子耍了我们！"遭此大难，即便是如此有身份、有风度的角色，也难免要有失风度地破口大骂两句。

就在他骂人的当口，方才那个带路少年正伏身在一间棚屋的顶棚上，咧嘴看着这群刚刚被他耍弄了的人。

"你才浑蛋小子！"他得意地低声骂道。

"你才又穷又傻不懂事！"他继续骂道，"就你们那两手，也配从我手里骗东西？"

他的脸上随即现出狡黠的笑容："不就是想从我手里骗到老混账的遗物吗，你们来晚了，老子全都拿去卖掉啦！"

3

对于纬苍然而言，那一桩与隐身人有关的古怪案件无疑改变了他的人生。不过在第一次听人描述该案件的那一天，他的生活和往日并无大不同，除了多出一场空中搏斗。

羽人喝醉酒通常呈两种极端，要么由于精神力涣散压根无法凝翅，要么一飞起来就精力充沛、杀气十足。不幸的是，眼前的醉汉属于后者。这家伙的飞行本领着实不赖，在半空中时而俯冲时而上升，时而来个漂亮的急停，时而一头钻进茂密的森林，再毫发无损地钻出来。他的翼展很宽，拍打时能带起强烈的气流，一般人无法靠近。在城务司的巡捕到来之前，已经有五位市民试图制止他，反而被他拍伤撞伤了。

"去叫纬苍然来！"老冯头对身边的同事说，"这种事儿一向都得他来处理，不然这家伙得把整座城都拆啰。"

于是纬苍然来了，虽然这一片辖区今天不归他轮值。他看着半空中如秃鹫般凶猛的醉汉，心里思索着对策。凭借受训期间苦练出的功夫，他有一百种方法可以把这家伙撷到地上，却没有任何一种可以保证该醉汉不受伤。此人充其量只是饮酒过量扰乱治安，连罪犯都算不上，倘若下手过重，反而会给自己带来麻烦。

所以纬苍然只能选择第一百零一种方法。他凝出羽翼，飞了上去。那醉汉见到有人靠近，立即像护巢的母鸟一样警觉起来，把手里的酒壶抓得死死的。纬苍然绕着他飞了十来圈，他也跟着转了十来圈，令对方没有机会靠近。几次尝试,醉汉都用宽大的羽翼凶猛地拍过来,打得地上的人群都禁不住为那年轻的巡捕感到疼痛。

但纬苍然似乎没有痛觉。他仍然是兜着圈地飞,醉汉也跟着他打转,又转了三十来圈之后,已经感到头晕眼花了。纬苍然看准对方那一瞬间的懈怠,突然抛出一根树藤,缠在了对方手臂上。这玩意儿比一般的麻绳更加坚韧而有弹性,要扯断可不容易。醉汉徒劳地试了几下,索性扔掉酒壶抓住了树藤,和纬苍然在半空中拉扯起来,好似在拔河。

两人都不甘示弱,比起了力气,那醉汉蛮劲惊人,一点点将纬苍然拉向自己。纬苍然看准时机,突然收力,借助对方的拉扯之势,向他猛撞过去。两人撞在一起的一刹那,他已经麻利地在醉汉的后腰上切了一掌。这一掌并不会造成什么伤害,却能让人感到剧痛入脑,果然醉汉疼痛之下精力无法集中,羽翼一下子消失了。纬苍然乘势将他捆起来,然后缓缓落到地上。

老冯头赶上来将醉汉押走。他看得出来,刚才那一下撞得好狠,纬苍然虽然没有叫疼,那苍白的脸色也足以说明问题了。若不是为了不伤害到这名醉汉,纬苍然肯定会用膝盖或者肘关节来保护自己。

多棒的小伙子,老冯头感慨地想,放在咱们这儿,真是可惜了。

据纬苍然的母亲说,在他还是个襁褓中的婴儿时,父亲就曾经用自己三脚猫的占卜术为他勉勉强强卜算过日后的人生之路。按照父亲的结论,纬苍然的命星是火红的郁非,它象征着不断进取的雄心壮志。因此这个宝贝儿子必将出人头地,光耀门楣。

可惜的是,所谓雄心壮志倒是的确不假,但"壮志"俩字之后总是跟着另外两个字,叫作"未酬"。杜林城城务司里那张油漆都掉了一半的木桌,就是该论断的明证。

羽人的城务司和人类的衙门相仿,从抓捕杀人犯到管理无照商贩,眉毛胡子一把抓。若是个人类城市,在这样的环境中也颇能历练一下自身,但羽人原本就比较洁身自好,而杜林这样一个弹丸小城也缺乏商机,少有外族人,因此犯罪率实在是微乎其微。纬苍然在羽族皇都雁都城受训时雄心勃勃，脑子里勾勒出了无数除暴安良的动人画面，真正回到杜林进了司里才发现几乎无事可做。眼下他在城务司已经待了四个多月，除了一次解救因初试飞行而被树枝卡住的小孩，以及今天空中追逐抓住那名酒后乱飞的醉汉外，其余皆鸡毛蒜皮不值一提。

但奇怪的是，从第一天到城务司报到时起，他就从未有过一丝一毫的怨言，无论什么芝麻绿豆的小事都会一丝不苟地去完成，这一点和其他那些作怀才不遇状的年轻人形成了鲜明的对照。

黄昏的时候，也是一天工作的终结。暗红色的阳光从窗外斜照进来，给屋里的一切染上无精打采的色调。纬苍然按照惯例，一直待过了点，确认没有人来报案求助，这才整理好手中薄薄的卷宗，一面揉着还在疼痛的肋骨，一面起身准备走人。而其他的同事早就溜得无影无踪，纸张摩擦的声音在安静的室内听来十分清晰。在汤遇身后的墙上，那几副紧急情况下使用的强弩早已落满灰尘，和一旁墙皮脱落后的斑痕真是相得益彰。门边的仪容镜倒是每天擦得铮亮，足够映照出每一个英气勃勃的年轻人慢慢衰老的全过程。

刚刚站起来，纬苍然就被叫住了。那是他的顶头上司汤遇，一个将提前溜号视作家常便饭、随时随地看起来都像宿醉未醒的人。

但他过去可不是这样。十四五年前，此人原本隶属虎翼司，那是专为国家办理要案的高级部门，却由于犯了一个大错，被贬到了这里。这无疑是个有故事的人，但纬苍然从不愿意去打听他人的隐私，所以至今不知道详情。

汤遇并没有拐弯抹角，张口就说出一番很奇怪的话："很久没有见到过你这样的年轻人了。我在这里待了十五年，带过的新人一共三十七个，有二十六个都受不了这种无聊而离开了，剩下的也都是混日子。"

纬苍然动了动嘴唇，却并没有说话。他知道汤遇必然还有别的事情要讲。

"走，陪我喝两杯去，"汤遇忽然说，"很久没和人好好说过话了。"

"好。"纬苍然只答了一个字。和一般多嘴多舌的年轻人不大一样，此人说起话来简洁异常，多余的话半个字也不肯说。

杜林是座安静的小城，绝少有外族人踏入，城内外族痕迹最浓的大概就是一间人族风格的酒馆——老板还常年不在，都是委托羽人替他打理。这里生意清淡，无法完全展现人类世界中属于酒楼的那份热闹与喧嚣，却出售货真价实宛州酿造的好酒，还提供人类爱抽的烟草。一进酒馆，呛人的烟味混合着烈酒气息扑鼻而来，差点把纬苍然熏个跟头。

汤遇看来是习以为常了，连酒都要的是人类的三酿春，这种酒纬苍然喝上半杯就撑不住，只能喝点果酒。汤遇也不勉强，自顾自地灌上几杯，并不怎么说话。纬苍然陪着他喝，也几乎没说什么话，只是耐心等着汤遇把话题抛出来。

汤遇斜眼看着他："年轻人真是沉得住气。要做一个好捕快，沉得住气是基础。在这样死气沉沉的地方，像你这样的小伙子，真是个异类。"

他一面说，一面手往四周一挥，整座酒馆里只有四五张桌子有客人，而且都很安静，与其说他们像酒徒，不如说更近似于茶客。这里仿佛就是整座城市的缩影，如同一条缓慢流淌的小河，连掀起一朵浪花都很难。

纬苍然一笑，没有搭腔。汤遇略带讥嘲地笑笑，已经自顾自说下去了："我年轻的时候其实和你一样啊，总觉得太平的空气吸多了，骨头都会被腐蚀掉，所以想方设法进了虎翼司。我们虎翼司主管要案，又不只局限在一城，机会总是有的。五年里我也破了好几桩案子，外间好评颇多，正是志得意满的时候。"

"可我万万没有料到，我会撞上了那一件奇案……那案子毁了我的一生。"他的目光渐渐阴沉下去，就像是蒙上了一层凝重的雾气。纬苍然不敢打断他，只能耐心等待，过了许久，汤遇才接着说下去："你相信世上有隐身人吗？"

"隐身人？"纬苍然一愣，想了一会儿，"应该没有。虚魅无形体，但也无意识，不算'人'。"

这话说得很简略，不过也切中要害。魅族是九州大陆上十分特殊的一个种族，严格说来都不能算种族。他们由飘散在自然中的精神游丝构成，形成初期不具备形体，所以称为虚魅。直到获得了足够多的精神力时，魅才会缓慢地为自己凝聚出一个身体——通常以其他种族的形态为模板——此时便进化到实魅的状态。

"秘术呢？秘术可以吗？"汤遇又问。

纬苍然又想了想："亘白云雾秘术算不上；明月秘术只是幻觉；谷玄秘术接近，也不能算。因为只能隐形，不能动。"

他的意思是说，亘白秘术能制造云雾隐蔽自己，但那算不上真正意义的隐身；明月秘术可以制造幻觉欺骗他人眼睛；谷玄秘术则能将自身与周围环境融为一体，但这两者过于高深、极耗精神力，施术者同时不能做其他事，所以也不能算。

"可是我就碰到过真正的隐身人啊，"汤遇长叹一声，"能够跟踪，能够偷窃，能够杀人于无形的隐身人。"

纬苍然心中一动，知道自己将要听到一个非同一般的故事。

你应该听说过雷虞博这个名字，他曾经是羽族最有名的星相师，也是世所公认的星相学大家，与当时全九州其余六位星相师一道，被并称为"星学七圣"。十五年前，他被一封神秘的远方来信所吸引，抛下手中的事务去往越州，却在那里杀死了"星学七圣"中的其余六人，自己也逃跑了，从此不知所终。

是的，你说得没错，现在雁都城中那座建了一大半的观象台，就是他当年所主持的。由于他的离去，观象台没有办法建成，他的家族因此被他连累而获罪，并被抄家。抄家这种事情原本不需要我插手，但我收到了钦天监监正风鹄转交的羽皇密令，要求我去找到一样东西。密令里说，雷家的其余财产皆无所谓，但有一样东西，非得完整地带回去呈交羽皇不可，那就是雷家世代积累流传下来的观星图谱。这些东西有什么重要的，我们学武之人也不知道，既然有羽皇密令，照办就行。

雷家声望虽隆，也不过是个中富之家，一应财产用了不到一天时间就差不多清点干净了。但我始终没能找到星图，所以当雷家已经家徒四壁之后，我仍然没有走。雷家的人似乎猜到了些什么，都有些紧张地盯着我，我心中一动，一面逐间查找房中的暗道机关，一面留意着雷家人的目光。当我进入雷虞博的书房时，觉察出他们眼神不对，虽然极力做出不在意的样子，却总是忍不住要偷偷看上两眼。

于是我心里有了底，把书房彻彻底底梳理了几遍，终于找到一个暗门，并从中翻出一个精致的带锁盒子。这盒子的木质很古旧了，上面有一些怪异的花纹，锁更是坚固而巧妙。我花了很大功夫才把锁弄开，盒里果然装着厚厚几大撂的纸张，上面画着种种复杂的符号，我完全看不明白，但也能推想得到这就是羽皇想要的星图。我用锁把盒子重新锁上，吩咐手下结束抄家的事，自己则去向钦天监复命。

出门时，雷家的人看到那个盒子，脸色都变了，其中一个人甚至当场哭出了声，但他们也明白自己无力阻止我。

你一定要记住我接下来所说的细节，它对于你理解此案非常重要。我关上盒子的时候，确定所有的星图都在里面。然后我带着盒子，并没有骑马，而是凝翅起飞，直接飞向钦天监方向，在此期间也并没有任何人接触到我。到了钦天监之后，考虑到此事不宜声张，我没有亮出腰牌享受佩带武器的特权，只是按规定解下了刀弓，按正常程序求见。后来我才知道，这一举动救了我的命。

风鹄显然也并不想让旁人知道这个能惊动羽皇的小盒子的重要性，所以在不起眼的侧厅接见了我。我们喝了一通茶水，说了些无关紧要的话，他才挥退仆人，低声问我是否找到了星图。我取出那个木盒，打开锁，将木盒递给他。他很满意地接过盒子，当着我的面将盒子打开，把星图取出来。然而他的身子马上僵住了，猛然愤怒地向我扬起手中的纸片，咆哮着："你看看你带回来了些什么！"

我一看，当即惊呆了：那是一叠白纸！厚厚的一叠，全都是白纸。我不敢相信，一时间忘了尊卑，从他手中抢过那一沓纸，一张张翻看，真的都是白纸，上面半个字都没有！可是我离开雷家之前，还打开木盒仔细看过，每一张纸上都有字，那就是星图啊，确凿无疑。但现在它们变成了白纸。这究竟是怎么回事？

"一定是在路上……被什么人调包了。"我喃喃地说，在心里回想着从找到木盒到踏入钦天监这一段时间的经过。

风鹄气得浑身发颤，几乎站立不稳。他后退两步，在桌子上靠住身体，怒喝着说："你知道这些星图意味着什么吗？就算把你处死一万次，也抵不了罪！"他一面说，一面双手举起手中的木盒，狠狠摔在地上，一声脆响，木盒化为了无数的碎片。

更令人惊异的事情就发生在那一刻。在木盒碎裂的一瞬间，我在摔裂的声响中隐隐听到"噗"的一声，好像是从窗口传来的。抬头看去，窗纸上出现了一个小洞，而风鹄脸上的表情凝固了，嘴大张着，却说不出话来。他的身体摇晃了一下，慢慢向前倒了下来。

我瞥见他的背上插着一支箭柄极短的短箭，几乎就只有一个箭头，血正在慢慢流出，我一眼就认出那是我们虎翼司专配的机簧弩，从弩机到弩箭都极小巧，可以藏在袖筒内。我当即做出决定，根本不去扶他，而是猛地撞开窗户蹿了出去。

外面没有人。半个人影都没有。那间侧厅的窗外是一片很嫩的草地，如果有人踩上去，必然会留下脚印，可现在除了我的脚印，上面什么都没有。如果是一个羽人，飞得再快，在那么一眨眼的时间里也不可能离开我的视线，何况羽人的飞行必然会带来响亮的气流声，而我根本没有听到这样的声音。我又想到了凶手会不会是从房顶上倒吊下来杀人，连忙飞上房顶察看，也没有发现任何痕迹。

一个人从窗外射进一支弩箭，杀了一个人，然后他就像溶化在了空气中一样，半点痕迹也没有留下来。再想到之前那些被调包的星图，我突然间想到：难道世间真有隐身人存在？

纬苍然听到这里，只觉得一股寒气从脚底一直升到头顶。他差点要以为自己是在听一个荒谬的坊间故事，但故事的主人公就真切地坐在眼前，喝着烈酒，脸被酒精蒸得通红。他定了定神，问："后来呢？"

汤遇微带醉意地回答："后来？我没有找到凶手，只能回去，风鹄已经死了——那支箭上有毒。伺候茶水的仆人正在尸体旁手足无措，一见到我就哭号起来，一面往外跑一面高呼杀人了。嘿嘿，要是我身上还带着弩箭，那可真是百口莫辩了。幸好之前我已经交出了武器，而且经过查实，弩筒里的箭一支都不少，这才洗清了嫌疑。"

"但这一趟我仍然是丢脸丢大了。羽皇要的东西我没能保住，钦天监的监正当着我的面被杀，而我竟然连凶手的影子都没能看到。即便上头不处罚我，我也没脸再待下去。所以现在你就看到我成天坐在杜林城的城务司里，喝酒，吹牛，混日子，等死。"

"会不会……有人躲在侧厅里？"纬苍然问。

汤遇挥挥手："不可能，那间侧厅很小，里面也几乎没什么家什，就算是个小小的河络，也不可能藏得下。"

纬苍然皱起了眉头："真的是隐身人？"

汤遇不答，往嘴里大口大口灌着酒，很快就酩酊大醉了。

后来纬苍然才知道，他并不是第一个听到这故事的人，据比他早四年进入城务司的丁望说，司里所有的人都曾听过这个故事。

"这家伙也真是不嫌累得慌，逮住一个人就要讲一遍他遇到隐身人的悲惨遭遇，而且翻来覆去不停地讲，再好听的故事也变成白开水了，"丁望如是说，"后来我们都躲着他，他没办法，只能对新来的下手，你就是最新的一个……"

纬苍然差点"扑哧"笑出声来，汤遇那在他心目中原本充满悲剧气氛的形象似乎也因此有了点喜剧色彩。虽然从此以后他也跟着大伙一起躲着汤遇，并总是装作没注意到汤遇时不时投过来的幽怨目光，但在他心里，这一桩悬案却不断地蹦将出来，翻来覆去地向他示威。可惜身在这等低级别的地方，他就是想要去掺一脚，也没有那条件。

不过天遂人愿，机会居然真的来了。对他寄予厚望的父亲想办法通了点关系，把他弄到了雁都，和当年的汤遇一样进入了虎翼司。但该关系不够硬，没法进入一线的好部门，于是他毫不犹豫地选择了专门负责整理调查陈旧案件。这样的地方几乎只能干坐着拿点微薄薪俸糊糊口，因为那些过时了的陈年旧案，一来线索证人什么的早就断了，几乎没法查；二来事情过去太久了，上司也不会感兴趣。

　　纬苍然却管不了那么多。他兴致勃勃地翻箱倒柜，仔仔细细地翻着十五年前那些已经落满灰尘的档案。

第二章
花红·骗子

1

十五岁之后，雷冰就发现了一个真理：麻烦无处不在。以后的生活经历不断地验证着这一真理。如今她来到天启城不过短短半个对时，就已经发现有人在跟踪她，而且还不止一拨人。从身法判断，追踪者本领不弱，虽然不知道是什么来头，打一场架估计在所难免。

不过打架这种事情于她而言已经是家常便饭了。打架比星相学好玩，虽然生于星学世家，她对于这门学问可是半点兴趣也没有。当年羽皇曾觊觎并派人取走雷家的星图，到了后来却听说半道上被人偷走了，还饶上了钦天监新监正的性命。对于那个接替了祖父位置的人，雷冰自然是心怀恶感，听到他的死讯颇有幸灾乐祸之感，但对于星图的遭遇她却是愤怒非常。

"星相学的流派各异，"母亲后来曾经这么对她说，"有的流派侧重对已有数据的分析与预测，有的侧重于复杂到极点的运算，而我们雷家所擅长的，就在于大量的观测与整理。"

那时候母亲还没有去世，她仰着头，出神地看着夜空中闪烁不定的群星，不知是不是想起了父亲。许久之后她才接着说下去："不要小看了对星相的观测，那是整个星相学的基石。你爷爷就算是闭着眼睛，也能准确地说出现在天上每一颗重要星曜的位置，并且能画出星阙的排列。而这一切也不是他一个人的功劳，雷家世世代代都做着这样的工作。"

雷冰毫无兴趣地"哦"了一声，但很快想到点别的："照这么说，被羽皇抢走的星图，算是我们家族的……镇派秘籍了？"

母亲笑出了声："真是没点女孩儿的样子，成天张口都是些打打杀杀的术语……不过这么说也没错。"

"妈的！"时年只有八岁的雷冰对粗口的运用十分流利，"羽皇真不是东西！"

"没点女孩儿样……"

没点女孩儿样的雷冰放慢了脚步，边走边看着路旁的店面，最后来到一家名为"天之味"的酒楼里坐下来，似乎并不知道这家装饰豪华的酒楼乃是天启城中价格最高昂的酒家。

其实羽人一般不怎么吃人类的食物，肉太多，尤其禽类不少，而鸟一向是羽族的图腾。但她偏偏张嘴就要了一桌价值不菲的上等筵席，其间不乏走兽珍禽，摆满了整整一张桌子，让店小二和邻桌的食客都侧目而视。待到菜都上齐了，她把果盘放到自己面前，冲着门外招呼一声："跟了这么半天，累了吧？进来一起吃点？"

居然真的应声进来了两个人。雷冰也不介意，伸手邀请两人入座。考虑到两位跟踪者的服装极醒目——从头到脚看不出质地的粗糙黑衣，上面摆满补丁，偏偏干净到近乎一尘不染——他们的出现比雷冰那一桌子菜还要引人注目。在天启这样的城市中，即便是贩夫走卒也会有几分天子脚下熏陶出来的眼力，见到这样奇特的扮相，谁都知道他们绝非寻常的穷汉，而是属于"不好惹"阶层的。店小二战战兢兢上来添了碗筷，几乎是一溜烟地逃走了。

"我以为我已经是很不会打扮的人了，居然还有比我更厉害的。"雷冰笑嘻嘻地说，两名跟踪者却并不答话，只是直直地盯着她，对眼前的美食也视若无睹。雷冰禁不住要叹上一口气："这桌菜十个金铢哎，一个平民百姓一年还挣不到这个数的一半，特意为你们要的，不吃岂不是浪费了？"

两名黑衣人中的一个终于开口说："十个金铢和一千一百金铢相比，只怕还是九牛一毛。"此人脸上有一道醒目的伤疤，声音也是粗哑难听，同伴倒是个白白净净的年轻人，不过始终一言不发。

雷冰一愣："这么说我又涨价了？三个月前还是一千呢。真没想到我竟然能这么值钱……怪不得两位要从遥远的澜州赶过来见我。"

年轻人听她说出"澜州"两个字，脸色微变，疤面人却仍然很平静："好眼力。这么说来，你既然看穿了我们的来历，也一定有办法对付我们了？"

"我没有，但是说不定别人有。"雷冰一脸坏笑。她把手里的橘子塞到嘴里，一面咀嚼，一面用含混不清的声音对着邻桌说："喂，你还不出手，这一千铢……不对，一千一百铢就归他们了！"

邻桌一个落魄私塾先生打扮的食客抬起头，略带佩服地看着雷冰。他的扮相倒的确是一流，然而一个真正的私塾先生，怎么可能有钱在天之味吃饭呢？

现在桌上一共坐了四个人。来自澜州的两名黑衣人依然不吃不喝，私塾先生却手起筷落毫不含糊，刚扔下一根野鸡腿骨又叉起一片豪鱼肉。雷冰饶有兴味地看着他："没想到你那么瘦，胃口偏偏如此之好。"

"干我们这行的，吃了上顿没下顿呀，"私塾先生感慨说，"如今我虽然也是为了那一千一百金铢而来，却不能不考虑到一个子儿挣不到反而丢掉脑袋的可能性，所以至少不要饿着肚子上路为好。两位，你们也来点吧？这地方的菜真不错呢。"

两名黑衣人不约而同地"哼"了一声，雷冰耸耸肩："你们清风岭的朋友平日里自然是不缺钱了，但好歹也得体会着点独行客们的疾苦吧？"

私塾先生鼓起掌来："说得不错！你这么善解人意，我简直都舍不得动手抓你了。可惜的是，这笔钱的诱惑太大，还请你务必体谅一下我们独行客的疾苦。"

"可我只有一颗脑袋呀，"雷冰遗憾地说，"你们该怎么分呢？对半分行不行？"

"不好，"疤面人抢先说，"我们清风岭人头众多，只拿一半未免太少了。"

私塾先生接着说："我也觉得独吞最痛快。不过尽管如此，你的挑拨离间也没可能成功。过去的两年间，被你挑得自相残杀的朋友已经太多了，所以道上新近有了一条心照不宣的死规矩：先捉住你，再分账，我们三个要你死我活，也得等到把你的手脚全打断之后。坏了规矩的人，日后也别想再混了……这碗线蛙汤很鲜啊，两位真的不来点？"

雷冰苦笑："这么说来我今天真的是在劫难逃了，不过你既然招呼朋友那么大方，这桌酒菜一会儿你结账，何如？"

私塾先生哈哈大笑："既然有一千的进账，又怎么会在乎这区区一桌酒……这个客我请了，两位千万别客气啊，咱们不能坏了规矩嘛。"

疤面人瞪了他一眼："明知只是为了规矩才坐在一张桌上的，又何必做出这张笑脸呢？好意心领。"

私塾先生笑容不改，正准备答话，雷冰却已经老朋友一般地拍拍他的肩膀："别白费力气了，清风岭的朋友山规极严，餐不可见油荤，宿不可入屋堂，行不可乘车马，你这桌子菜，油太重了。" 说完，她居然伸筷夹起了一块油汪汪的炭烤猪蹄："也不知道这种东西究竟好不好吃？"

私塾先生眉头一皱："你们羽人不是不吃肉吗？"

"可我现在就快死了啊，要死的人还讲究什么？不如尝试点新鲜事物。"话虽如此说，她还是把猪蹄放了下去。私塾先生看着她收回筷子，又问："你还没有告诉我，他们赚这么多钱干什么呢？"

"听说他们是老早就被灭国的息人的后代，虽然身处和平之世，却一心想要复国。要复国当然需要很多钱了。"雷冰漫不经心地说。她看着两名黑衣人吃惊的神情，又补了一句："这已经不是什么了不起的秘密了，我估计各国诸侯基本上都知道……"

白净脸的年轻人怒喝一声："别扯那些废话了！你是自己把自己捆起来呢，还是我们帮你？"

雷冰叹了口气："就算是一条将死的鱼还会玩命蹦跶几下呢，还是你们动手送我比较好。"

疤面人并不答话，额头上却隐隐闪过一丝青气，显然正在运功。但突然之间，他身子一晃，大吼一声："有毒！"他似乎是想跃起来动手，可惜身子已经不听使唤，和自己的同伴一起摔在了地上。周围的食客们见到发生变故，纷纷结账走人，其中少不了试图赖账的，引得掌柜和伙计们一通乱叫。

"忘忧散！"年轻人感到不可思议，"真没想到，这种无色无臭、混于空气中的毒药你也能弄到手。"

"我是很想弄的，可没那个本事，"雷冰忧郁地看着他，"除了宋二先生，普天之下能调制忘忧散的人只怕也不多。"

三个人的视线都转到了那私塾先生身上，疤面人怒斥道："宋二先生，你也算是用毒的大师，怎么敢坏了规矩？"

宋二先生微笑着说："我有吗？"

"我们也一起中毒了，还说没有吗？"

"可那只能怪你们自己呀，"宋二先生很委屈，"我一直在劝你们服解药，你们就是不听，那能怪谁呢？"

疤面人一怔："你什么时候劝过我们服解药？你明明只是……只是……"他忽然间冷汗直冒，想起了方才宋二先生的举动：他一直在劝两人吃东西。

"我早就在肉菜里下了解药，考虑到你们也许口味刁钻对某些食物没有兴趣，煎炒烹炸、甜咸酸辣的各式菜色我都放了，但你们就是不吃，我有什么办法呢？"宋二先生说，"送到嘴边的解药不吃，难道还要反过来责怪我吗？"

雷冰幽怨地说："你只在肉菜里放解药，就是算准了我们羽人不吃肉吗？"

宋二先生笑得愈发得意："干我们这一行，对敌人的深入了解是必需的。"

雷冰点点头："嗯，必需的，所以我现在已经中了你的毒，对吧？"话音刚落，她突然抄起眼前的筷子，看似随意地一伸，却已经抵在了宋二先生的咽喉要害上。如果一个中了毒的人能有这样迅若闪电的身手，显然该毒药实在是温柔得过头了。所以我们只能做另一种推测：雷冰根本没有中毒。

"不，其实我还是着了你的道了，"雷冰慢悠悠地对脸色很难看的宋二先生说，"忘忧散确实厉害，我直到中毒之后才发现。但是蒙你老人家赐解药，所以我又解毒了。"

"可是……你根本没有吃菜啊！"宋二先生大惑不解。

"但你下到菜里的解药也是从袖子中倒出来的呀，"雷冰说，"我碰巧看到了你的小动作，你劝这两位吃东西的态度又过于殷勤，所以我猜出来了。而我随手夹起一块肉，你就那么紧张，岂不是更明显了吗？"

宋二先生回想着方才雷冰的动作，想起她的确曾看似随意地拍过自己的肩膀，想必趁那时候盗走了解药，不禁喟然长叹："看来我真是多此一举。"

雷冰摇摇头："其实也没有。如果只是单单碰上你，我压根不会给你接近我的机会。你看，无论你们怎么定规矩，贪财的心总是不变的，我就总能捡便宜。"

2

历代的人们提起天启城，总会使用诸如"伟大""恢宏""帝王气象"一类的词汇。这座九州历史上人类的万年帝都，在绝大多数的岁月中，的确能配得起以上赞美之词，只不过，其中的因果关系需要倒置。天启并非是由于身具帝王气象而成为帝都的，它是先成为帝都，而后才具备了那些特质。而古往今来的君王们之所以如此器重天启，是基于一个简单的理由：天启城恰好位于九州的正中心。

当然，早在端朝末年，这一理论就受到了怀疑，后世不断有地理学家修正着九州地图，每经过一次修正，天启就离真正的地理中心更远一些。但此时天启的地位已然不可动摇，历代的辛勤营造让它有了睥睨天下的资本，对于日后所有的王朝而言，定都天启，已然成为一种不可动摇的象征。至于是不是真正的中心，又有什么关系呢？这世上的事情，无非是有权位的人说是就是，说不是就不是。假如有一天他们说九州世界是个圆球，恐怕也没什么奇怪的。

"所以他们压根没有说到点子上！"星相师严肃地说，"世人都以为所谓帝王之气是虚无缥缈的说法，但他们错了！万事万物的运转，是从天地诞生的那一刻起，就已经被天空中的星辰所注定了的，我们把它称之为——星命。"

说话的星相师看来五十岁左右，长须垂胸，双目微闭，俨然一副洞晓天机的模样。问卜者则是个诚惶诚恐的精瘦中年人，同那一身扭扭捏捏想矜夸却偏偏舍不得钱的衣饰搭配起来，傻子都能认出这是个谨小慎微的小生意人。两人的身边，天启市民们或快步或悠闲地从这条繁华的街中走过，将鲜活的城市气息散布到每一个角落。在这样一个阳光灿烂的午后，哪怕仅仅是在路边行走，也能体会到天启万世不竭的生命力。

算命先生便是这种生命力的组成部分之一。虽然他们自己都不喜欢这种称呼，而总是自称"星相师"，但他们和真正意义上懂得对星阙运行进行观测、记录、统计、推演的人群还是有质的区别的，简而言之，不过是会卖弄些玄奇古怪的术语骗人罢了。某种意义上说，他们就像那些落笔生花的小说家，在书里说起武学秘术当真比吃饭还容易，真要动手打架，随便一个小地痞就能把他们打得满地找牙。当然了，天下之大，要找到被他们蒙骗的人倒也容易得很，眼前的问卜者就是如此。

"照您这么说，我到天启城来做生意，也能沾到点贵气了？"问卜者脸上露出一丝笑意，但这一点喜色很快被星相师的下一句话打消掉了。

"那可不一定，"星相师摇摇头，"《文氏星宗》中说过，命理依天而行，然非人而不可成其命也，故云……"

问卜者小心翼翼地听他说了一阵，见他仍然滔滔不绝，终于耐不住性子打断他："先生，咱是大老粗，听不懂您那些弯弯绕的话，能不能说得……直白一点？"

星相师叹口气："直白点就是说，你的命星和天启城的命星，总得搭配起来算才能得出结论，光看一样是没用的。"

"那搭配起来看的话……怎么样？"

星相师捻须不语，正准备开口，旁边忽然插进一个冷冰冰的声音："结果当然是糟糕至极了。"

两人都是一愣，转过头去，身边不知何时多出来一个人。那是一个挺年轻的姑娘，颀长的身材和淡黄的发色说明她是羽人。这个姑娘长得蛮好看，尤其当她噘起嘴，做出现在这样不屑一顾的神情时。星相师看得心头一漾，差点就想出言搭讪，可惜她接下来说出来的话不是一般的不中听。

"要是结果好得不得了，他还怎么想办法给你转运呢？不弄一大堆复杂程序鸡毛狗血地给你转运，他又怎么能从你这种白痴的钱包里榨出金铢来呢？"

这话又把两人说愣了。星相师倒还镇静，被冠以白痴尊称的问卜者脸上却有点挂不住了。他气哼哼地正待还击，忽然注意到眼前这个羽人女子背上有一张弓。一时间，关于羽族的种种可怕传说飞快地从脑海中掠过。在那过去已久的战争年代里，高翔于半空中的羽人们弓弦一响，地面上的其他种族就会心跳那么一下下。如今虽然已经是和平岁月了，种族之间的隔阂却决不会轻易消失。

凭着生意人趋利避害的本能，他做出了正确的选择：溜之大吉。只剩下星相师在一旁哭笑不得。

"世事艰难，求生不易，"他喃喃地说，"您老何苦要这样砸人饭碗呢？他还没付钱……"

对方并不答话，只是略微抬了下衣袖，其中闪过的金属光芒明白无误地表现出某种威胁。星相师唉声叹气，只能乖乖地尾随对方离开热闹的街道，拐向一处偏僻的废园。

一路上他不断地在嘴里唠叨着：我没钱，您劫我也没用；您看看我这长相，要劫色您也得挑点像样的是不？要是寻仇，那就更不可能了，我就是个死算命的，在街边混口饭吃……羽族女子倒是恍若不闻，好似身边只是一条不安分的猫儿在叫春。最后猫儿无趣地闭上嘴，准备接受那无奈的命运时，她却忽然开了口。

"喂，你叫什么名字？"她问道，口气不像是审问犯人，倒像是在逗猫。

星相师摇头："你还没弄明白我是谁，就来毁我生意吗？"

女子有意无意地摸摸衣袖："就算是个杀手，杀人之前也总得确认目标无误吧？当然如果你一定不想让我确认的话……"

这话听得星相师身上一寒，连忙嘟嘟囔囔地回答："应该确认！应该确认！好吧，我叫君无行，君子的君，轻薄无行的无行。"

对方嫣然一笑："轻薄无行的君子？真是个前所未有的好名字。那么，令尊就是君微言，十多年前那位著名的星相大师了？"

君无行捏捏鼻子："死了那么久了，还什么大师小师的？等等，你是为了他才来找我的？"

女子的右手从衣袖中探出，一把铮亮的短剑抵住了他的脖子："说对了。"她一面说，一面左手也不闲着，在君无行的脸上捏了几下，又在脖子上捏了几下，猛然间用力一扯，竟然将他的整张脸都揪了下来。

那只是一张人皮面具而已。面具下真实的面庞其实很年轻，比雷冰也大不了几岁，而且看来清俊文雅，倘若不是一双眼睛贼溜溜的不似好人，俨然就是一副饱学书生、青年才俊的模样。女子点点头："这就是了。我刚才就在奇怪你为什么看起来那么老，按年龄算你也比我大不了多少。"

被扯掉了面具之后，君无行反倒毫无惧意了，也不再伪装方才那种猥琐怯懦的模样。他丝毫不顾架在脖子上的锋锐的短剑，居然还好整以暇地捋捋头发："星相师也是论资排辈的，太年轻人家不肯信任你……你到底是谁？是我老爹的仇家吗？"

女子想了想："可以算吧，不过更确切地说，有仇的应该是你。因为十五年前，是我的爷爷杀死了你父亲。"

女子似乎是在期待着君无行做出某些激烈的反应,比如恐惧,比如愤怒,但对方听到这句话却没有一丁点情绪上的波动。他只是上下打量了这女子一番，最后摇摇头："原来你是雷虞博的后人。这么说，你是孙承祖业，来为你祖父斩草除根的？"

"斩草除根？"女子的表情看来很不屑，"你还真看得起自己，你有什么价值值得旁人一杀？"

"你真的不是来杀我的？"

"不是。"

"既然如此,我想我可以说再见了,"君无行一摊手,"你不想杀我,我也不会去找你爷爷或者你来寻仇。如果你是想来找我道歉的话,我的答复是:君微言死了就死了,是谁杀的不重要,也根本不需要道歉。现在我们可以分手了,我还来得及去追上被你吓跑的顾……"

女子"哼"了一声,手上微微用劲,短剑的锋刃立即轻轻切开了他脖子上的皮肤,一缕细细的鲜血流出来了。

君无行眉头一皱:"你玩真的?到底想要做什么?"

"你听好了,我没工夫跟你道歉或者解释什么,"女子并不将短剑移开,"你心里对这起凶案怎么想的,我也并不关心。我来找你,只是因为你对我有用处。"

"要算命吗?看在你祖父杀死了我父亲的分儿上,我可以给你打八折。"君无行咧嘴一笑,似乎明知道眼前这个凶蛮女羽人的刀会割得更深,却偏还要去刺激她。没想到对方并不为所动,反而松了手:"算命用不着,只是要你带带路而已。"

"带路?"君无行很意外,"虽然我不知道你想要去什么地方,但我估计你会失望的。我这个人很懒,去过的地方寥寥无几。"

羽人摇头:"不,有一个地方,我敢保证你去过,而那个地方偏偏是绝大多数人都找不到的。如果找到那个地方,或许就能找到我爷爷。"

君无行沉思了一会儿,长舒了一口气,脸上的表情变得很奇怪:"我知道你想去哪儿了。你想找到那个神秘的河络部落,从那里找到关于你爷爷的蛛丝马迹。"

"没错,那毕竟是凶案发生的地方,也是那起事件的根源。我在我祖父的信件中找到过你父亲君微言的来信,那封信里提到过,他曾经带着你去过塔颜部落。"

"塔颜部落,"君无行回想着,"是叫这个名字。封闭的、顽固的,连自己种族的同胞都不愿意与之往来的古怪部落,却拥有令人难以置信的占星之能。他们自称是真神在世间的使者,能看穿整个九州的命运……我确实到过那里。但当时我年纪还很小，即便对路径有些印象，也是非常模糊的。"

"总比半点没有强，"羽人说，"你是我所能找到的唯一一个曾到过那里的人，所以你必须为我带路。"

"这话说得……就好像不是你爷爷杀了我老爹，而是我老爹做掉了你爷爷似的。"

"随便谁做掉谁，不过我费了老鼻子劲才找到你，你要是不肯带路，我就只好做掉你出气了。"

君无行咕哝一声："好吧，你是讹上我了。既然如此，我有两个条件。"

羽人讥讽地一笑："你倒挺会审时度势。第一个条件肯定是钱了，这没问题。另一个呢？"

"你总得告诉我你的芳名吧，美丽的雷小姐？"

片刻之后，名叫雷冰的羽族女子已经和君无行一起来到了城北的马市。"你的北陆骏马在平原上奔跑虽然好使，但是从天启往南去往越州，一路上群山连绵，全是山路，必须要骑南方善于行走山道的马。"君无行解释说。

雷冰不置可否，看着君无行走入了马市里，看来很熟络地和马贩子们讨价还价。马市里传来阵阵臊味，羽人爱洁，没有跟进去，但锐利的目光一直紧盯着他的行踪。眼看着这厮溜进了一间大马棚，许久都不见出来，正想跟过去看看，忽然一声马鸣，一人一马从马棚中冲将出来，向着西边奔去，看穿着正是君无行。

雷冰下意识地追出去数丈，却很快停住脚步，冷哼一声，转身走了回去。果然，她看到一个没穿外衣的男人正在人缝里钻来钻去，努力矮着身子不让人看见。她冷笑一声，正准备大步上前，在对方的肩膀上拍那么一下，但是追出几步之后，却忽然间停下了脚步。

"你以为我是这么好骗的吗？"她自言自语地说，"但是如果我现在动手把你抓住了，你多半还得再跑。"她索性根本不去理会，而是径直走进了方才那个马棚，找伙计盘问了几句。果然，君无行到那马棚中之后，拿出半个金铢，找了一名伙计帮他的忙，披上他的外衣——那件算命先生的灰色长袍，骑马狂奔而去，而君无行自己则向着反方向悄悄地走远。伙计并不明白自己这是要做什么，但半个金铢可不是小数目，足以让他去做这件并不困难的事情了。但君无行并没有想到，雷冰已经注意到了他的行动。

伙计看雷冰神情不善，心里有些害怕，生怕这位女客发起飙来，他可担待不起，没想到该女客却轻轻笑了起来，并示意他没什么事，不必紧张。

她竟然真的就此转过身去，旁若无人地走开，也不再去搜寻君无行。折腾了这一阵子，太阳渐渐西沉，集市也到了收摊的时候。人流开始向着相反的方向流动，离开集市，四散去往各自的家。君无行多半就混在其中，但雷冰已经决定不在此刻去找他的麻烦。她决定给这厮一晚上的时间，第二天再翻遍全城将他揪出来，让他心服口服，彻底放弃逃跑的念头。

但她万万没有料到，第二天天刚蒙蒙亮的时候，君无行竟然自己找上门了。这个为人与其姓氏扯不上半点关系、名字倒很贴切的男人，在客房门上象征性地拍了两下，问了句"可以进来吗"，但刚刚说到"以"字时，他的一只脚已经跨在了门内。幸好雷冰也不是吃素的，三枚毒蒺藜飞将出去，"笃笃笃"都钉在了门上——君无行闪躲得倒是挺快的。

第二次走进门时，他嘴里嘀咕着："下手干吗这么狠，你不是还指着我带路吗？"

"这种毒蒺藜又不是见血封喉的，充其量让你全身浮肿、疼痛难忍地在地上滚个小半天，我就会给你解毒。"雷冰回答。

"你还真好心。"

"这和好心沾不上边，万一你真的一命呜呼了，如你所说，你死了我找谁带路呢？"

雷冰一面说，一面才反应过来："对了，你昨天不是逃掉了吗？怎么又回来了？"

"第一，昨天我并不算逃掉，因为你早已知觉，只不过我还留了点后着，你追上来也未必有用，"君无行说，"第二，因为我好奇，昨天我回去没多久，就遇上至少三拨不同的人跟踪我。我这样的正人君子，从来不惹是生非……好吧我收回，你别拿这种眼光看我……我这样的人，怎么会突然让别人产生那么浓厚的兴趣呢？我仔细想想，多半是由于你来找过我的缘故。后来我甩掉了他们，再反过来跟踪其中一队人，才听到一些很有意思的故事。"

雷冰有些意外："你倒是胆子挺大……到底听到什么了？"

君无行眼中放射出贪婪的光芒："原来你是宁州血羽会悬赏一千两百金铢捉拿的目标！这样高额的花红最近七十年都没有出现过了。"

"原来又涨了一百……"雷冰喃喃自语。

"而且更有意思的是，你之所以那么值钱，是因为他们认定通过你可以顺藤摸瓜找到你失踪多年的祖父。据说，仅仅是据说，令祖父这些年来一直在暗中和你联系，所以你虽然是罪臣的后代，却莫名其妙地又有钱又获得高人指点武功，以至于成了一个很让人头疼的女煞星。而现在，这个女煞星居然要我带路去找她的祖父……"

"所以你现在知道了，那种说法不是真的，"雷冰说，"不然我也不会那么费劲地来找你带路。我比那帮人更想知道我爷爷究竟在哪儿。倒是你……你回来是想擒住我得到这笔花红吗？"

君无行很沮丧："想是想，但我从来不会打架，打不过你呀！所以我决定答应你带路的请求……"

"是要求！"雷冰打断他。

"都一样！"君无行宽容地说，"反正我们一路同行，我总能找到机会下手；而你只有我这唯一一个向导，不会舍得杀我。"他越说越是兴致盎然，"这简直是个绝妙的主意！只有我这样的聪明人才想得到。"

于是聪明的君无行真的和雷冰一道上路了。表面上看起来，这完全是一对郎才女貌的组合，乃至于一位半道上的乡村画师趁着两人小憩的时候悄悄画了一幅《少年侠侣入江湖图》。至于这两人是彻头彻尾的貌合神离、各怀鬼胎，他就全然不知晓了。

比如君无行一路上总是盼望着身边能冒出那么几个追杀者，自己可以想办法渔利，遗憾的是，两人走了半天，都没有人敢上前动手。

"没那么容易的，"雷冰看穿了他的心思，"这两三年想要动手对付我的人加在一起快有一百个了，结果他们都没成功。所以现在一般人都不敢轻易出手。"

"最早的时候，那笔花红好像只有两百铢吧？"她回忆着，"后来越累越多，慢慢就是现在这个价目了。"

"哇，翻到七倍了！"君无行啧啧赞叹。

"不是七，是六。你的算学怎么学的？"雷冰抓住机会讥嘲他一句。

"哦，那就算六好了，"君无行的语气或像是在容让一个不肯认错的小孩，"六和七，有多大的区别呢？人生在世，何苦如此精心算计。"

这话居然说得有那么一点道理，虽然仍旧是歪理，但没过多一会儿，他又开始胡扯八道了："嗯，看来我也应该晚点动手，兴许还能涨价呢。就好比养猪，总得养到最肥的时候再出手卖掉……"

雷冰倒也不生气，只是顺手把手里的马鞭往君无行坐骑的屁股上狠抽了一下。但此人反应奇快，在马惊的颠簸中竟然能做到双足落地。雷冰禁不住夸奖："功夫练得不错。"

君无行摇头："我说过我不会打架，不然也不会那么容易让你擒住。"

"但是你的脚底步法相当不错，普通人苦练二十年也未必能达到这种境地。"

"那只是因为我从小就在不断地逃跑中度过，"君无行口气很轻松，"稍微跑慢一步，就会被小混混揪住痛打一顿，然后搜光你全身，让你连买个白水煮鸡蛋的钱都没有。你要是在这种环境中长大，难免脚步也会很快了。"

雷冰颇有些意外地看着对方，这个人的皮肤光洁，显然保养得不错，但仔细看去，却隐隐能发现不少早已消退的疤痕，细细密密地隐藏在白昼的光线之下，那大概就是小时候留下的吧。君无行说得倒是轻描淡写，雷冰却完全能想象到他幼年生活的艰辛与痛苦，因为那种经历，自己也曾经有过。

她对这个无行之人的恶感似乎稍微减弱了一点，但对方的下一句话又让她心头火起："真没看出你还有这么大能耐，能值上千个金铢。寻常官府通缉犯的价码也就是几十个，要犯充其量一两百，黑道上的花红能到四五百简直顶天了……你到底犯了什么事？难道是偷了羽皇的皇冠？"

"羽皇不戴皇冠。"雷冰淡淡地说，心里盘算着怎么胖揍这家伙一顿。此人身法奇快，光靠"不断逃跑"云云绝不可能练出来，肯定和自己一样，还有高人指点，而从上一次他的脱逃手段可见，头脑也相当奸猾，他所自称的"有后着"，未见得是虚张声势。要收拾他，可得费点琢磨。

3

悬案大致分为如下几种：没法查的、没必要查的和不能查的。所谓没法查，指的是案件头绪不清、人证物证缺失或者自相矛盾，令办案困难重重；所谓没必要查，指的是案件本身并不重要，也没有受害者成天哭着喊着要求把凶手捉拿归案；所谓不能查，是指存在着某些来自方方面面的阻力，这种时候查案往往会遇到意想不到的麻烦。

妙不可言的是，纬苍然发现十五年前的那桩陈年旧案竟然兼具了以上三点特色。案件难度无须赘述，剩下的两点却颇耐人寻味。按常理，羽皇想要的重要物件被盗，以及钦天监监正被杀害，无论哪一件都是足以震动朝野的大事，然而案发当日，整个事件就被硬生生地压下去了，严禁对外传播，以至于这一奇案在民间几乎无人知晓。而死去的监正风鹄上无父母，下无妻儿，自然也不会有家属来不依不饶。若不是可怜的多嘴多舌的汤遇，纬苍然恐怕完全没有机会听说此案。

在寻找卷宗的时候，这种无力感尤为强烈。他花了四五天时间把所有的积存卷宗都翻遍了，才发现根本就没有该卷宗存在。他又重头筛了一遍，确认找不到，问顶头上司也不知道，于是直接找了司监宗丞。

"十五年前的疑案？"宗丞歪着脑袋想了一会儿，"难道是罗家灭门案？"

"不，钦天监风鹄的命案。"

宗丞面色一沉："那个案子已经没有任何调查的必要了。"

这就是他的全部回答。此后无论纬苍然怎么问他，他都这样毫不留情地回绝。但纬苍然毫不气馁，而是找了其他的案子先试着入手。一个月后，他成功地从一封乱七八糟近乎涂鸦的信中发现了线索——这封信是用羽族文字写就的，却用的是北陆蛮族的语法，难怪叫人看不懂——成功破获了已经尘封八年的南药城尚药司医监畏罪自杀案。这位医监卷入了一起数额不小的贪污案，已经猜到自己会被灭口，因而事先留下了密码写成的信。后来他的"自杀"现场被布置得天衣无缝，但那封信还是最终揭破了真相。

由于事后赃款大多追回，此案并不算什么大案要案，也只牵连出了数目有限的几名中层官员。但经办此案后，纬苍然却获得了宗丞的信任，终于做了一名普通捕快。此后的四个月中，他稳稳当当地解决了好几桩案子，虽然没法和说书人口中的神探相比，却也能给人留下深刻印象。而在几次小小的抓捕行动中，他所表现出来的武功也足以令很多老资格捕快汗颜，人们甚至认为假如在战争年代，他绝对有资格接受代表羽族武力精华的鹤雪术培训。

在一片赞誉声中，纬苍然仍然老老实实地对打算破格为他升职的宗丞说："我还是想查那个。"

"哪个？"宗丞的脸色很不好看，"你以后说话能不能多说两个字？"

"就是那个。"

"朽木不可雕也！"宗丞扔下这一句，愤愤地离开了，不知怎么地，从他身上掉下来一把钥匙。

弯腰拾钥匙的时候，纬苍然听到宗丞尽力压低了的声音："在杂物间，西首第二个柜子。"

后来有人问纬苍然："你为什么偏偏对那件案子那么感兴趣？是因为赏金很高吗？"

纬苍然大摇其头："不是。那案子被羽皇强压，禁止调查，没钱。"

"那么，是因为案子本身复杂诡异，勾起了你的兴趣？"

纬苍然还是摇头："不，有很多更有趣。二十多年前的雁都死囚犯离奇失踪案，十二年前的青都食人案，七年前的厌火城僵尸还魂案……"

"那你不管不顾铁了心要查它，到底是为什么呢？"

纬苍然搔搔头皮，想了好久："说不清楚。也许那天酒喝多了。不过……也许……或许……"

　　"或许什么？唉，你这孩子说起话来真是急死人！"

　　"或许……仅仅因为它是第一桩勾起我兴趣的案子吧。就像……"纬苍然非常难得地多说了几个字，"就像年轻人的初恋一样。"

　　"你有过初恋吗？"

　　"没有。我猜的。"

第三章

恶童·富商

1

在到达中州与越州交界的山脉之前，路程还算好走。鉴于平原上设伏有一定的难度，两人一路行来，并未遇到什么敌人。这让君无行无比失落。

"看来你还真是挺难杀的，"君无行叹息，"走了好几天了，也没碰上来找你麻烦的。"

"你最好别那么想，"雷冰说，"我虽然需要你给我带路，但这件事并不比我自己的命更重要。真遇到危险，我非但不会救你，还会用你做挡箭牌。"

这样友好的对话每天都会持续。但两人似乎很有默契，绝口不打听对方的身世与秘密。如果雷冰所说属实，她自己也一直不知道祖父的行踪，那她的钱从何而来，本领从何练就？为什么那么多人迫切地想要找到她的祖父？君无行在父亲去世后过着怎样的生活，难道就一直靠着给人算命骗钱维生？他又为什么对自己父亲的大仇浑不在意？

这本来是很有意思的话题，但两人好像都对此缺乏兴趣。这一对仇家的后人走在路上，恰到好处地表现得正像一个冷漠的雇主和她的唯利是图的雇工。

"我饿了，我们歇歇脚。"雷冰说。前方是百余镇，取"百战余生"之意，历史上也曾是一个多有杀伐的地方，附近村落中的年轻人大多都死在战场上，只有少数能活下来，故而得名。不过既然战争早已平息多时，此地也就总算繁衍出了一些人烟，至少，有了一座只有一条路的小镇。

"我很少见到一个女人直截了当地说自己饿了，"君无行说，"那样太不淑女了。"

雷冰翻身下马："你自己说过的，世事艰难，求生不易。我要是个淑女，现在连骨头都被嚼干净了。"

君无行微微一愣，从这句话中听出了别样的辛酸，不过他也很快跟着一笑："世事艰难，求生不易。谁不是呢？"

求生不易且不说了，求食不易才是实实在在摆在面前的问题。两人刚刚踏上镇中那唯一的一条路，就发现一件怪事：镇上所有的店铺都关闭了。那些卖刚出炉的风味小吃的、卖本地烧酒的、卖茶蛋的、卖便宜衣饰的、卖日用杂货的，竟然没有一家开门。对于穷人们而言，白天正是做生意赚点辛苦钱养家糊口的时候，但他们却像约好了一样，把大门关得死死的。

当然了，在这样一个从镇头可以一眼望到镇尾的弹丸之地，要查清楚变故的起因还是很容易的。在那条横贯小镇的路中央，蹲着一个扎着冲天辫的青衣小男孩。小孩正在专注地玩着手中的蛐蛐，对两人的慢慢走近半点也不在意。这本来是在任何一个市镇乡村都随处可见的场面，但在这样一个空荡荡的小镇上出现，却难免给人诡异的感觉。

雷冰放缓了脚步，心知这个小孩非同一般，正在留心查探四周有无埋伏，君无行这笨蛋居然就大剌剌地走上前去，蹲在了小孩跟前。雷冰待要阻止，已经来不及了。

"这种蛐蛐不好，"君无行说，"我们都叫它傻老黑，块头虽大，反应很慢，斗起来半天咬不着敌手，很吃亏的。"

小孩转过头看了他一眼，将蛐蛐装入草编的小笼里，又从另一个笼子里拿出了一只。雷冰这才注意到，他的脚边散落着十多个蛐蛐笼。

"这只怎么样？"小孩问，声音稚嫩清脆。

君无行回答："这种一般叫作半瓶水，打架倒是凶狠，但是没力气，如果不能一分钟内咬死对手，则必输无疑。"

小孩咬着嘴唇："你倒是懂得挺多。照你这么说，我手里的蛐蛐都不行了？"他一面说，一面真的把每个笼子都打开。君无行也毫不客气，一一点评，全是贬损之语，偏偏还说得很到位。最后小孩生气了，将身边的蛐蛐笼统统扔开："我不玩了！"

雷冰只怕他要发难，君无行还在火上浇油："中州水土不好，本来就不出产好蛐蛐。真的要斗，得去瀚州草原上……"

那小孩心不在焉地听着，忽然出脚，将每一个小笼都踏碎，里面的蛐蛐自然全部被踩死。这倒不算什么，但每一脚踏过之后，坚硬的石板地面上竟然留下了深深的印痕。即便是一个学武多年的人，也很难有这样骇人的力道。君无行面不改色，雷冰却忽然想起了这是谁，心里一沉，浑身都绷紧了。

没可能的，她想，这个人怎么可能出手？一千金铢在旁人眼中是一个大得不得了的数字，但在这个人眼里，根本算不得什么。他怎么会也来对付自己？

当然这种事君无行多半是不知道的。他只是看着地上蛐蛐的尸骸，以及那深深印入地面的足印，皱着眉头说："你今年几岁了？"

小孩哼了一声："和你有什么关系？"

"我就是单纯地好奇而已，"君无行说，"寻常的五六岁小孩，怎么会像你这样？"

"像我什么样？"那小孩反问。

"像你一样说谎话不眨眼，骗起人来面不改色心不跳，"君无行说完，又没头没脑地加了一句，"小心你背后！"

这后半句话是对雷冰说的。随着君无行这一声喊，雷冰身后的地面忽然开裂，一双手从中间闪电般地探出，直取她的后背。这一下突如其来，毫无先兆，但万幸君无行事先喊了一声，她已经有所防范，身子跳起后跃，一个灵巧的筋斗，站到了偷袭者的身后。在翻这个筋斗的时间里，从她的身上已经飞出了七八种不同的暗器，对方纵然竭力闪避，仍然中了一枚钢钉和几枚细不可见的毒针。他身子有些摇晃，却坚持着没有倒下，但已经失去了还击之力。

雷冰看来还算镇定，背上的衣衫却已经被冷汗湿透了。方才那一下偷袭的力道、速度、招式均无懈可击，如果不是君无行提前叫破，现在受重伤乃至于丧命的就是她自己了。她定定神，看着眼前的偷袭者，这是一个身材肥胖的老者，满头银发上还沾着地下的黑泥，正用一双惊怒交集的眼睛瞪着她。

而君无行则已经把那小孩儿捉到了手中。小孩刚才能在地上踩出脚印，如今在君无行手中却毫无反抗之力。君无行笑着说："下次造假做得专业点，你以为先用药物把地面软化了，再在上面印脚印，就能骗得过我的眼睛？"

雷冰低头看去，才注意到被踩碎的蛐蛐笼的碎片也一起陷到了地里，果然还是地面的软硬度有古怪。如果仍然是石板的硬度，以能够在上面留下脚印的力道踩踏，那笼子可就只会剩下粉渣了。这种事情说穿了一钱不值，但在那一瞬间还顾得上去仔细观察脚印而不是全神迎敌的，恐怕也只有君无行这种怪物了。

"原来所谓极恶童子的真相，是这样的。"雷冰感慨说。

"极恶童子？你是说这两个人吗？"君无行问。

雷冰点点头："极恶童子在江湖上声名很小，因为他绝少出手，一般人都没听说过，我也只是知道他有着孩童的模样，武功却高得出奇，只要出手，必然命中。"

"现在你知道这个孩童的真相了，"君无行笑笑，"看来他们也对那一千两百金铢很感兴趣。"

雷冰皱着眉头："按照我所听到的说法，极恶童子是富家子弟，只是由于身体畸形，因而偶尔会杀人取乐。他杀的人都是他自己想杀的，没有人可以通过金钱打动他。"

胖老者身上毒性慢慢发作，已经站立不稳，坐在了地上。但他仍然很倔强地直直瞪着雷冰，双臂努力支撑着自己的身体。

"你已经没有任何力气施展偷袭了，"雷冰说，"省点劲吧。"

胖老者古怪地一笑："我的确是没有了，可是他有啊！"

随着他这一句话，那个被君无行抓在手里的小孩猛地张开口，雷冰悚然回头，正看见他的嘴里一道金光闪过，似乎是什么歹毒的暗器。她急忙侧身一闪，却并没有听到任何暗器发出时的风声。

正在她全副心神放在了小孩身上时，却突然间感到背心一痛，已经被什么东西击中了背脊，攻击的方向正是来自那胖老者。这不可能！她想着，他中毒之后明明已经无力出手了，但这暗器来得那么快，绝不是一个衰弱无力之人能做到的。

然而雷冰也绝不肯吃亏，多年的残酷训练令她本能地回手甩出一枚袖箭，敌人发出一声惨叫，也中了招。

她这才顾得上去看清楚袭击者的样貌，这是一个比那小孩还要矮小的人，从体型判断应该是个河络，而且……他正在从胖老者的怀里钻出来！难怪这老者看起来如此肥胖，原来身上一直藏着一个人。

河络艰难地钻出来，布满皱纹的脸上充满了怨毒之意，他努力抬起手中小小的针筒，似乎是还想再射一针，但那支插在咽喉上的袖箭已经夺去了他全部的生命力。他脑袋一歪，趴在了地上，不再动弹。

与此同时，一直在君无行手中挣扎不休的小孩也安静了下来。一缕黑色的鲜血从他嘴角流下。他已经服毒自杀。

河络射出的针上也有毒，雷冰迅速服下几种解毒药，却不能确定是否有效。真正对症的解药可能藏在河络的身上，但她已经没有力气去搜了。此时能救她的只有一个人，那就是君无行。

逐渐模糊的视线中，君无行走到了她面前，若无其事地说："原来极恶童子的圈套不止一重，而是有两重。看来你仍然经验不足，终于还是上了一次当。"

"你是想借机挖苦我吗？"雷冰有气无力地回应。

"不是，我有更重要的事。"君无行一面说，一面蹲了下来。雷冰猛然想起，此人曾经说过："反正我们一路同行，我总能找到机会下手。"她一咬牙，就想先下手为强，但身体已经不听使唤，终于失去知觉。

2

昏迷过去的时候，雷冰觉得自己好像只是在睡觉，身上软绵绵的没什么力气，而且头被硌得非常难受。

这枕头怎么那么硬啊？她想着，迷迷糊糊地睁开眼，却发现自己的脑袋下面根本没有枕头，只有坚硬冰冷的地面。她慢慢回想起前事，心头一惊，正想起身，一个衰弱的声音响起："别动，千万别动。"

这是君无行的声音，但听起来紧张而疲惫，这样的语气过去从未在他身上出现。雷冰微微测头，看见君无行正盘膝坐在自己身边，一动也不动，额头上大汗滚滚而下。接着她猛然发觉四周全是追兵。

他们仍然在百余镇上，但小镇已不再安静，一些各色服装的人在他们身边走来走去，她可以判断出，这其中每一个人都是好手。但奇怪的是，这些人只是焦躁地寻找着、狐疑着、破口大骂着，自己明明就在他们眼前，他们却像根本看不到一样。

过了一会儿她才意识到，好像这帮人是真的看不见。她忽然想起，似乎是有这么一种秘术，可以让人隐匿于周围的环境中不被察觉。她终于明白过来，君无行不会打架大概是真的——但他从来没有说过自己不懂秘术。这厮一路上装痴卖傻，仿佛除了逃命什么都不会，实际上却深藏不露。

该死，雷冰想，要是他真的偷袭我，我恐怕还没有防备。

"控制呼吸。"君无行又说。

身子虽然乏力，却已经没有了中毒后的症状，想来是君无行从死人身上翻出了解药。竟然是这个无赖救了她的命，这让雷冰十分不快，因为这会大大减损她在此人面前的气势与尊严。当然，以她老人家现在的尊范，实在是没有什么光彩可言。

"挨家挨户地搜！"她听到自己左侧有人在发号施令，"所有的路都被我们盯死了，他们的马也还在这儿，人不可能跑得掉！极恶童子的尸体都还没冷透呢。"

"嘿嘿，来之前牛皮吹得震天响，最后还不是三条命一块送掉，"另一个人接口说，"可惜现在三个都死了，也不知道究竟谁才是真正的极恶童子了。"

说完，他对着胖老头的尸体轻蔑地踢了一脚。这一脚力道十足，胖老头虽然体重不小，也被踢得一下子飞了起来，无巧不巧，正朝着君无行和雷冰藏身的墙角飞来。这原本是一个不错的位置：一目了然，不可能藏任何东西，所以不会有人靠近。但这种突发事件是谁都意想不到的，眼见着尸体向着这边飞过来，必然会扰动秘术的效果——比如尸体整个在众目睽睽之下消失——君无行也只能苦笑一下，打算认命。

正在千钧一发之际，忽然一只手伸出来，稳稳接住了那具尸体。只差半尺，尸体就能够侵入隐身术的范围内。

那是一个相貌粗鲁的青年男子，衣着却颇为华贵，十个手指头上亮晃晃的，说起话也是粗声粗气，让人一听就很反感："你干什么呢，弄坏了怎么办？我们可以从这具尸体上研究一下敌人的功夫的，每一具尸体就是一本活的教科书，你懂不懂？"

要不是专注于维持秘术，君无行几乎就要笑出声了。不知道这是哪里来的活宝，偏喜欢不懂装懂，大概是坊间那些故弄玄虚的打斗故事看得太多了。不过此人虽然惹人厌烦，旁人却对他颇为敬畏，那被教训的人当即唯唯诺诺，主动将三人尸身收入一辆马车中。说完这话之后，那青年人又不吭声了，看来也并不是这队人的首脑。另一个尖嘴缩腮的汉子下了命令，众人在镇里一通翻搅，终于也没能找出敌人，只能离开继续搜寻。

等到他们去远了，君无行长出一口气，往地上一躺，衣服已经被汗水浸透了。

两个人在地上躺着，此时只要任意来个人就能收拾掉他们，不过运气不错，始终没人回头再来找一遍。最后还是雷冰先晃晃悠悠站了起来，轻轻踢了君无行一脚："喂，死了没？"

"死了，活生生气死的。"君无行眼睛都没睁开一下。

"你有什么好气的？"

"我千辛万苦给你解毒，又冒着生命危险把你藏起来，最后换回来这罪恶的一脚，要是你，你不生气吗？"君无行说。

"谁叫你直接把我的头放到地上！"雷冰理直气壮，"半点绅士做派都没有。"

君无行微微一笑："绅士？我要是把你的头放在我腿上，你百分之百又要怪我色心不死占你便宜。你们女人都是这么蛮不讲理，习惯了就麻木了。"

直到此时，镇民们才敢探出头来看上两眼，收拾被方才那一番搜寻弄坏的门窗家什。两人的马匹已经被牵走，虽然重要物件都还随身带着，但没有马毕竟不方便。但镇上居民普遍都穷，仅能找到的几匹都是劣马，马主人还满眼恐惧，看得两人老大不自在。

"他们不敢帮咱们，怕惹上麻烦。"君无行说。但雷冰不管不顾，还是近乎明抢地拉走了两匹马，虽然付了钱，这让君无行十分肉疼："小姐，这样的劣马，最多值两个金铢，你居然给了……"

"所以你可以判断出，即便你这样的劣马，最后能得到的报酬也一定不少。"雷冰板着脸说。两人兜了一个大圈子，进入一座小城，中途雷冰又向过路人强买了两匹马，这才停下来休息，等待体力恢复。君无行还好，雷冰中的毒却非同小可，至少需要半个月静养才能完全清除。

出于安全考虑，君无行精心挑选了一处近乎无懈可击的地方躲藏起来。这里除了稍微狭窄一点，倒也没有别的坏处。

"你不用开口，我替你说，"君无行怪腔怪调地说，"不许碰你，不许动手动脚，不然就干掉我，对吧？"

雷冰冷笑："那倒不至于。我早说过，你现在对我还有用，在危及我自己的性命之前，我不会拿走你的性命。只不过嘛，动手剁手，动脚剁脚，要是动……哼！你就等着改名叫君无后吧。"

"只要不是君无命，怎么都行。我虽然挖苦了你，但事实上我也没有看出极恶童子的第二重圈套，算是我的错，就让你出出气吧。"君无行懒洋洋地说，不过身体倒的确艰难地和雷冰保持着距离。雷冰似乎暗中松了口气，而君无行自认没能识破圈套也让她心里很受用，算是略找回一点平衡。两人陷入了沉默中。但君无行没过多久就又找到了话题："这次来的这一伙人，很不一般。"

"你也很不一般，竟然是个高明的秘术师，伪装得还挺好。"雷冰想起来就有气。

君无行一笑，把话题岔开："那个无意中救了我们一命的人，一身衣服值点钱也就罢了，右手上套着的那枚戒指上面有颗宝石。如果我没有看错的话，那可是货真价实的越北黑犀石。"

"黑犀石？那是什么？"

"那是越州北部的黑背钢犀体内所蕴的宝石，色泽、硬度、纹路各方面俱是极品，但黑背钢犀本来就数目稀少，能生成宝石得更加寥寥无几。像那个人戒指上那么大的一块，一颗就和您老的价钱差不多。"

雷冰没有理会他的讽刺之意："也就是说，他绝不可能为了那笔赏金来追杀我，因为那种数额的赏金原本不会令他动心。这一点我也想到了，因为极恶童子也从来不是为钱杀人的角色。"

她简略叙述了极恶童子的生平，君无行想了一会儿："过去从来都只是普通的杀手来找你对不对？直到你找到了我为止？"

雷冰一愣："你的意思是说……是因为你？"

"不单单是因为我，"君无行说，"我烂命一条，这么多年来，除了你之外，还没有第二个人试图找我的麻烦。我想，是因为你和我凑在了一起，让某些人感受到了威胁。"

雷冰忽然觉得鼻尖又渗出了冷汗。这几年她几乎已经把和杀手们之间的追逐交手当成了游戏与乐趣，此时方才意识到背后隐藏着的真正的危险。君无行已经把她所想到的说了出来："很明显，你找我只为了一个目的：查清十五年前那件案子的真相。现在我们能看出来了，这一个真相，似乎很能让某些人心神不宁呢。如果我没有猜错的话，实际上……"

他忽然住口不说，换了个话题："还是说说你吧。别人想通过你找到你的祖父，但你自己都不知道他在哪儿。这是怎么回事。"

雷冰沉默了一阵，这才回答："我确实不知道他在哪儿，但他的确活着。我七岁那年，我们全家搬离了雁都，去往宁州南部的厌火城。那时候我们的生活困苦不堪，经常饿肚子，而且不知怎么的，我们是罪臣雷家的消息还是走漏了出去，连愿意让我妈洗衣服的主顾都没了。"

她回想起那间破败拥挤的树屋，回想起自己每天和身边的顽劣孩童打架后留下的伤痕，想起母亲的叹息和泪水，蓦地一阵心酸。但她又立即压抑住这种情感，仍然用很平淡的语气说："后来我们已经打算再度搬家了。但就在收拾行装的那天晚上……一件不可思议的事情发生了。我们羽族的传统居住方式是树屋，你知道吗？"

君无行说："没有亲眼见过，但大致听说过。羽人能直接在大树上建房屋，这样一座森林就是由树屋构成的城市，对吗？"

雷冰说："不错。那一夜我睡不着觉，溜到了地面上去，却意外地遇上了一个一直在等着我的人，他对我说：'你不必搬家，你祖父已经为你安排好了。'那是一个神色阴鸷的人类，脸形和皮肤都很怪异，我虽然跟着他学了八年的功夫，却始终无法判断他的年龄。"

"这个人就是教你功夫的老师？"君无行问。

"是的，同样也是给我们送来了大笔钱财的人。他告诉我说，我爷爷现在由于某些原因不能来见我，但他会负责教导我武功。"

"可是，你怎么能肯定他是你爷爷派来的？即便是带来一件信物，也有可能是假的。"

"因为……那个人知道我和我爷爷之间的一个小秘密。此事不可能有第三者知道，除非是我爷爷亲口告诉他。"

"我明白了，"君无行在黑暗中点点头，"你突然有了武功，有了钱，自然会引起旁人的关注。所以他们才会……"

话刚说到这里，两个人的身体忽然震动了起来，原来是君无行精挑细选的藏身之所被人整个抬了起来，并且开始移动。

"你不是说，躲在棺材里最安全，不会被人发现吗？"雷冰好像对这一变故本身并不在意，反而对能抓住一个机会挖苦一下君无行而感到高兴。

"世上从来没有能百分之百安全的事情，"君无行振振有词，"所谓智者千虑，必有一失。"

3

纬苍然很小的时候听过一个很著名的羽族寓言，说一个小孩子看到半山腰中鲜艳的野花，一心想要快些长大，以便能够飞起来，采摘到那些迷人的野花。但是当他真的能够起飞之后，却发现自己眼前有着无穷广大的天与地，相比而言，半山上的野花反而不算什么了。

当然了，这种胡编乱造的寓言故事目的不外乎是励志啦、教化啦之类，但纬苍然却很有一种感觉，那就是自己也成了这样的一个小孩。当他终于得偿所愿拿到钦天监案的卷宗并加以研究后，渐渐发现这个案子的背后还隐藏着一些庞大的东西，那种东西就像是树干上一根无足轻重的旁枝，你原本从来不在意它，某一天突然抬头却发现它已经长成了参天大树。

对于纬苍然而言，这一根旁枝就是发生在钦天监案之前一年的、影响遍及整个九州的星相师杀人案。

从因果关系来讲，如果不是雷虞博那起惨案，雷家就不会被抄家，钦天监案也就压根不会发生。所以纬苍然自然而然地找出了雷虞博案的卷宗翻看，这一看就沉迷进去了。由于越州过于偏远，全部的资料都来自发生事故的地点——塔颜部落的转述。当时一位使者来到雁都通报此事，被几乎是强留下来回答了很多问题。这样的转述肯定会存在许多错误和偏差，但从那些极为有限的文字中，纬苍然仍然可以敏锐地察觉到此案的与众不同之处。

按照卷宗所载，十五年前的八月中下旬，九州最负盛名的六位星相学家，都收到了一封奇怪的远方来信。这六位星相学家分别是：居住在宁州的羽人雷虞博，居住在中州的华族人类君微言，居住在雷州的魅施长生，居住在宛州的华族人类夏倾玄，居住在瀚州的蛮族人类乌洛夫，居住在殇州的夸父炎图。他们六个，再加上邀请者、河络长老神算德罗，被并称为"星学七圣"。

六位星相学家收到信后，都很快收拾行装，万里迢迢赶到了位于越州的塔颜部落。这个部落一向行踪神秘，除了确信他们在越州之外，其具体所在地一般无人知晓。

至于他们离开前的情形，可以参照雷虞博家人的叙述。看起来，那封信给了他极大的震动，令他全力演算了数日，并最后抛弃掉手中的一切事务远赴越州，可想而知其中的内容有多么震撼人心。遗憾的是，那封信在他离去前连同演算稿一同尽数被烧成灰烬，所以他看到了什么，又计算出了什么，终究只是一个难解之谜。

几个月之后，七位星相师终于在越州聚齐了。这其中路途最遥远的是来自殇州冰雪高原的炎图。这位身材高大的夸父几乎是不要命地连续赶路，到了塔颜部落后却拒绝休息，要求立即召开七人会议。

大多数河络部落都采取开凿地下洞穴的方式生活。这个种族拥有无与伦比的精湛工艺，所修建的地下洞穴规模庞大、设施齐全，被称为地下城。塔颜部落虽然沉迷于星相学，这方面的传统技艺仍然没有丢弃。在部落的地下城中，专门有一个议事厅留给部落的星相师们做会议和研讨之用。这座深藏于地底的石室，甚至可以通过特殊的反光镜看到天空中的星辰，令人不得不佩服河络的技术之高。

"但这一次不同，"来自塔颜部落的信使说，"连我们的德罗苏行（河络语中德高望重的长老）都不愿意待在地下，他说反光镜中看到的星域不够宽广。所以我们事先在地面上搭建好了一间石屋，顶部用透明的薄水晶铺制，他们就在那里面进行工作。"

以下摘自十四年前的问讯记录，其中的部分细节纬苍然曾经亲自去拜访了当时主持问讯的官员云衡，确认无误。鉴于这位名叫木工迪姆的河络信使通用语水平不高，为防止错谬，在问询中专门配备了河络语通译。此外，由于他坚决认定杀人者为雷虞博，言辞中颇多激烈之处，通译尽量滤去了那些词句，整理后的笔录中也作了一些润色，使之读起来更加平和。

云衡（以下简称"云"）：那间石屋距离地下城很远吗？

木工迪姆（以下简称"迪"）：不远，就在出口附近，而且我们随时保持至少两队人在附近巡逻，以保证安全。

云：七位星相学家的日常作息是怎么样的呢？

迪：他们成天把自己关在石屋里，基本上足不出户，而且为了防止受到打扰，我们每天只给他们送一次食物。

云：他们曾发生过争吵吗？

迪（犹豫片刻）：我们不能确定，因为那间石屋按照德罗苏行的要求，在隔音效果方面做了强化，平时很难听到从中传出声音。我有一次送饭时倒是听到他们高声说话，但在论辩中出现激烈的言辞和语调是很正常的事情，并不能肯定就是争吵。

云：也就是说，除了送饭，你们任何人都不能进入石屋？

迪：不，有一个人可以，那就是德罗苏行的助手和弟子，厨师菲克。

云：他的弟子？是个厨师？

迪（笑）：不是，我们河络的名字很长，通常为了好记，只取一个简称，再在前面加上绰号，方便称呼。菲克虽然是星相师的弟子，但做饭很有才能，所以绰号是"厨师"。

云：这个菲克，能够随时进入石屋？

迪：他平时守候在石屋门外，一旦德罗苏行召唤，就会进去。这次会议的全部整理工作都是由他来做的。

云：所以除了那八个人，没有任何人知道他们究竟在商讨什么要紧事？

迪（肃穆地）：事实上，即便是他们在公开的议事大厅中进行讨论，我们也绝不会去听。德罗苏行是受到神启指点的圣哲，是真神在世间的使者……（此处从略）

云：能请你详细讲述一下案发当时的情形吗？

迪：当时正是午夜时分，夜空中月明星稀，天气极度炎热，也是我们的巡逻队换班的时候。如果说一天中有什么时候守卫最为懈怠，就是那个时间。两队刚刚换岗完毕，空气中忽然飘来一阵皮肉烧焦的气息，大家连忙寻找，很快发现石屋的门窗紧闭，但从气孔中却不断冒出浓烟。

云：当时所有的星相师都在屋里？

迪（痛恨地）：是的，除了来自宁州的雷虞博。他完全就是魔鬼的化身！

云：你怎么那么肯定就是他杀的人呢？

迪：因为当时至少有四五十双眼睛看到他飞上天空，很快消失不见。七名星相学家中，只有他是羽族，这还不明显吗？除了羽族，九州还有第二种种族能飞上天吗？

云：除了他，其他人都在火场中？

迪：是的，剩下的六位星相师，包括我们的德罗苏行，都没能逃出来。他们毫无疑问在起火之前已经被制住或者杀害了。

云：你们其他人离得远，但菲克身为助手，一直守在屋外，怎么也没有注意到屋里的动静？

迪（极度痛恨地）：因为他是雷虞博的同谋！起火的时候，我们根本就没有看到他，一直到出事的时候才发现他已经失踪了。后来我们清查了他留下的个人物品，凡是能够拿去向外族人换钱的贵重物都不见了，说明他早已有所预谋。

信使继续说，作案者使用了某种强力的助燃剂，以至于在火被扑灭时，所有尸体都被烧得只剩下发黑的骨头。事后勘查火场，里面所有的东西都被烧得干干净净，一张纸片都没能留下来。但是他们认为，这一场能惊动七位大师的讨论会的成果，其实已经被雷虞博带走了。因为他的背上背了一个大包袱，飞走的时候还不小心散落了几张纸片下来。据部落里的其他长老们研究，那是几张推演星辰轨道的算稿。

那份记录到此而终，没有更多有价值的信息了。星相师们的尸骨被草草收敛，塔颜部落派人向死者的亲属们报告了噩耗。对于星相界而言，失去星学七圣的打击是灾难性的，但在普通人眼里，这些人所做的事情和他们的生活毫不相干。纬苍然也并没有什么特别的感慨，但翻完这份卷宗后，心里却好像总有猫爪子在挠。

这案子太有意思了，他想。抛开作案手法不谈，单论动机，雷虞博这样一位正受到羽皇垂青的重臣，据说家庭生活也很和睦，什么样的利益能够驱使一位本该安享晚年的老人做出那样骇人听闻的血案呢？这七个老家伙这么急匆匆地聚在一起，又究竟是为了什么呢？

尤其让他感到有些毛骨悚然的，是雷虞博离开宁州之前，留给家人的最后表情。根据雷虞博的家人回忆，他的脸上同时混杂着巨大的希望与深沉的绝望这两种相互矛盾的情绪。

是什么让他渴望？是什么令他恐惧？

4

棺材摇摇晃晃，已经移动了小半个对时，还不时突然来一个大转弯。两人都明白，虽然被困在棺材里，敌人仍然担心他们辨识出方向。抬棺材的四个人听脚步功夫不弱，却故意弄得棺材左右摇荡，无疑也是想要干扰他们的方向感。

"所以说不定我们走得并不远，只是在原地转圈而已。"雷冰用老江湖的口吻说。

君无行倒是无所谓："去哪儿都一样。对方要是有恶意，早就动手了。"

棺材继续前行，不久两人都感觉到了一阵倾斜，看来是钻进了地下。这之后又开始上升，最终停下来后，棺材盖很快被掀开，强烈的光线涌了进来，令两人都有些睁不开眼睛。等到视线清晰时，他们发现自己正身处一个绿草如茵的露天小院里。这样的小院子，在任何一座城市里都能找出无数，单凭眼前所见，断然无法判断出具体方位。

"你们不用猜了，"一个很耳熟的声音响起，"这里不过是一个临时的据点，两位离开后，也就废弃了。所以你们确定了方位也没什么用。"

听到这个声音，雷冰立马想起了他是谁。这竟然是在百余镇上无意中救了他们的那个青年男子。然而看到人后，她又觉得不大像。当时的那个人一脸蛮横之气，活脱脱一副暴发户的嘴脸，只恨不得把两个眼珠子都挖出来换成宝石。但现在他却只是穿了一身素净的白衣，身上那些亮晃晃的饰品尽数摘去，正悠闲地坐在一张软椅上，笑容可掬，风度儒雅雍容，带有一种天生的贵气，和君无行那一身落拓气息对照鲜明。

她立刻明白过来，此人之前的扮相举动，不过是一种刻意的掩饰，此时恐怕才算露出真容。他到底是什么人？

"离开？站着离开还是躺着离开？"虽然处于下风，雷冰却绝不肯在嘴上示弱。

男子轻笑一声："如果我真的想要你们躺着离开，就不必费那么大劲把这口棺材抬过来，以致扰了二位清兴了。事实上，只需在百余镇时不多此一手就行了。"

雷冰听他说"扰了二位清兴"，脸上微红，君无行却瞪着他："这么说，当时你就看穿了我的秘术了？"

"不是看穿的，"他摇摇头，"这一招的神奇效力我也有所耳闻，相信光凭眼睛是没法看出破绽的。但是两个大活人，总会有呼吸声的。"

"但是当时你距离我们至少三丈远，"君无行说，"以我们当时极力抑制的呼吸声，你怎么可能听得见？"

男子依然微笑着从软椅上站起，向前走了几步，来到两人身前。"一般人的确是听不见的，"他说，"但是瞎子的耳朵总是比常人要灵敏一点。"

阳光下，他的眼睛里灰蒙蒙一片，毫无神采。但从他的表情上，丝毫也看不出有什么懊丧阴郁的情绪。他完全就像一个正常人一样，向着两人伸出了手："在下黎鸿。"

吃饭的时候，雷冰一直在想着"黎鸿"这个名字。以她这些年来的阅历，江湖中有点名气的人物在她的脑子里都排着号，但这位黎鸿却从来没有听说过。当然了，从他之前成功的伪装来看，他至今寂寂无名倒也合情合理。不过，黎这个姓，听上去很熟……

君无行却不管不顾，毫无风度地狼吞虎咽着。雷冰的两条眉毛眼看都要拧成麻花了，他却还在兴高采烈地称赞："好手艺！没想到在中州也能吃到这么地道的宛州菜！"

黎鸿问："君先生也曾到过宛州？"

"很久以前的事情了，"君无行的口气听起来像个老头子，"宛州好地方啊，繁华喧嚣，纸醉金迷……我尝到这碟冰糖肘子的味道，马上就想到了南淮城最好的菜馆南望楼。"

雷冰心想，鬼知道你哪句话才是真的。她分明记得，在自己和君无行第一次碰面时，这厮可是口口声声说他绝少出门的，现在又摆出旅行家的架势。

但黎鸿的反应却很不寻常。他的脸正对着君无行，好像是在看着他，然后用一种奇怪的语调说："你已经看出来了？"

君无行无视他的目光，视线仍然在桌上的菜盘间扫来扫去，嘴里喃喃地说："南淮黎氏，富甲天下，谁会看不出来呢？"

雷冰心头一震，一下子反应过来眼前这人是谁。南淮黎氏，那是宛州商会的领袖，整个宛州势力最大的富豪，票号遍及九州各地，与各国君主都有不同程度的密切关系。黎氏先祖三百多年前由私盐贩子起家，黑白两道通吃，但对于自家的子弟却从来坚持两不准：不准做官，也不准做贼。在这条家规的束缚下，黎家历代出过许多富商大贾，也出过文人骚客，却从来没有武林高手。难怪雷冰想了半天也没有想到黎氏头上。

不过这一代的黎氏，声名之隆尤胜前代，据说已经富可敌国。黎氏现任家长黎耀，从来低调行事，不事张扬，却仿佛有着一只受到天神赐福的金手指，拨动着全九州的财富源源不断流入自己的口袋。而"不准做官，不准做贼"的准则，在他手里也就只是八个字而已。

黎鸿听了君无行的话，脸上显出一丝佩服之色，随即调侃着说："但是富甲天下的黎氏，从来没有子弟会直接参与黑道中事，你竟然能看出来，真是很不简单。"

其实雷冰也隐隐有这样的念头，只是不好说出口，回头看看君无行，居然做出一副当之无愧的表情，那一点点佩服立刻又化为了鄙视。她马上岔开话题："我记得，黎氏现在的家长是大公子黎耀，那么你就是他的弟弟、从不参与生意的黎二公子了？"

黎鸿说："我自幼眼盲，行动不便，参与生意又有何用？"

"但是你却和一群杀手一同来到了中州，还救了我们的性命。这是为什么？"雷冰毫不放松地追问。

"因为我有些时候，也会忍不住给我永远正确的大哥捣捣乱，"黎鸿又露出了他颇为迷人的微笑，"大哥想要做的事情，我就偏偏不让它成功。"

雷冰和君无行对望了一眼，两人心中都是一半恍然大悟一半大惑不解。显然，这是一出商界最常见的家族矛盾、兄弟相争，盲眼失势的弟弟想要从哥哥手中抢回属于自己的权力。虽然对于黎氏家族的详情两人并不了然，但稍微想象一下，也能猜个八九不离十。

所以问题只剩下一个了。君无行试探着问："你大哥想要做什么？抓住这位脾气很坏、脑子很糊涂的雷大小姐？"

在君无行的呼痛声中，黎鸿点了点头。于是他龇牙咧嘴地再问："可是，我记得悬赏一千金铢想要捉拿她的，不是宁州的黑道组织血羽会吗……喂，我的耳朵不是给你练手劲的！"

"这并不矛盾，"黎鸿说，"血羽会的资金一直都是由我大哥秘密提供的。这份密杀令由远在宁州的他们发出，就不会让人怀疑到他了。"

雷冰长出了一口气："那我就更不明白了。我原来也在纳闷儿，血羽会和我爷爷无冤无仇，怎么会突然想找他。可是比起他们，南淮黎氏更加八杆子打不着。我爷爷一辈子都没去过宛州，而且一向都是老老实实钻研星相，也从未经商。"

黎鸿说："这一点我也不是很清楚，我大哥做的事情，从来不会告诉我。"

他的语气依然平静，表情也毫无变化，雷冰却能听出其中隐含的怨毒之意，心里不禁想道：这也是一个可怜的人吗？

黎鸿继续说："几年前，当他发出那道通缉令的时候，我原本毫不在意。黎家的生意做得如此之大，自然少不了各种需要除去的对头。但是后来我又在无意中发现，他好像并不是真的想杀你或者捉你，因为教会你武功的人，正是他的手下；在你们生活最困难的时候赠予你们钱财的，也是他。”

雷冰"啊"了一声，脸色霎时间变得惨白："这不可能！"

"这的确是事实，"黎鸿说，"你七岁那年，你家刚刚搬迁到远离雁都的厌火城，生活困苦。但后来有人给你送去金银，又教你武功。那个人是我大哥的手下，这一点确凿无疑。"

"那他怎么可能知道我爷爷和我之间的暗号？"雷冰嚷道，"除了我俩，不会有第三个人知道的！"

但她也很清楚，黎鸿所说的绝对不会是假话。君无行拍拍她肩膀，示意要她镇静，然后对黎鸿说："也就是说，所谓的一千金铢的花红，其实只不过是一个幌子？"

黎鸿点头："不错，他的本意根本不是要杀雷小姐。你能想到为什么吗？"

"他只是把这位雷小姐当作一个幌子，"君无行毫不迟疑地说，"当所有的目光都集中到她身上时，真正知道雷虞博下落的人才能更好地保藏自己的秘密。"

他继续说："一个星相师卷入谋杀案，失踪几年后，他的后人突然变得又有钱又有本事，旁人会怎么想？即便这位后人去辩解此事和她的祖父毫无关系，又有谁会相信呢？何况连她自己都未曾怀疑过。"

他最后一句话的语气倒是很温和，毕竟此事对雷冰可能打击甚大，不愿意再刺激她。但雷冰并未如他想象的那样脆弱。她只是离开桌席，走到庭院中的假山旁，静静站立了一会儿，再转过头来时，脸上好似罩了一层严霜。

"但是现在他改变主意了，想要真的对付我，是因为我找到了这个无赖，打算去塔颜部落的缘故。这说明，如果我找到塔颜部落，就有可能发掘出事情的真相，从而对他构成威胁，是吗？"

被她称之为"无赖"的君无行并不动怒，反而鼓起掌来："你终于也懂得用脑子去推理了，可喜可贺。"

雷冰白他一眼，并不搭理。黎鸿笑笑："就是如此。这也是我为什么突然对此事感兴趣的原因。虽然还没有什么直接的证据，但我隐隐觉得，这起事件对我大哥而言，非常重要。如果我想要扳倒他，这或许是我最好的机会。"

"你还真是直白啊，"君无行说，"这么说起来，你是打算帮我们了？"

黎鸿一摊手："我不喜欢给自己的行为加上冠冕堂皇的借口，我帮你们，主要目的也是为了我自己。我会尽量给你们提供方便，让你们能尽快找出真相。希望这个真相对我是有用的。当然了，如果不是二位这样有才能的人，外人再怎么提供方便，也是无用的。"

这位盲眼的富贵公子的确是与众不同，他和蔼而彬彬有礼，毫无凌人之气，但说话又不遮遮掩掩，能给人以直爽真诚的感觉。

君无行忽然说："我很奇怪。"

"奇怪什么？"黎鸿问。

"你我不过初交，但我已经能看出你是什么人了。以你的能力，即便是眼盲，投身商界也绝对是一流的角色，难道你大哥比你还要强得多，以至于你永远也不能出头？"君无行说，"那他岂不是几百年才出一个的怪物？"

黎鸿稍微愣了愣，脸上十分难得地出现了一丝忧伤。他犹豫着，似乎是不知该怎么开口，最后才斟酌着说："其实，我之所以对雷虞博那么在意，也有这方面的原因。我听说，最优秀的星相师可以通过天相来推算人间发生的一切，是吗？"

两名星相师的后代面面相觑，不知该如何作答。雷冰老老实实地说："从出了我爷爷的事情后，我对星相极度反感，所以从来没有半点研究。这位嘛……"她冲着君无行一努嘴，"……据我所知，在天启城摆摊卜卦，受骗者趋之若鹜。"

君无行咳嗽两声："这个嘛，世事艰难，求生不易，何必深究呢？"

"这么说，所谓的观星相之演而研人世之迁，在你们二位看来，都是骗人的鬼把戏了？"黎鸿毫不放松地追问。

君无行摇摇头："也不能这么说。老实说吧，我的家事不足为外人道也，但我父亲的占星之术，我并没能学到什么。对于一件自己不了解的东西，我倾向于不要妄下结论。"

雷冰哼了一声："说了和不说，没什么两样。"

黎鸿没有理会两人的拌嘴。他沉思了一会儿，忽然长叹一声："其实从我的心底，很希望它只是一场骗局。然而……"

他的眉头紧紧皱了起来："有一件事情，我实在没办法解释，整个宛州乃至于全九州的商界也都没办法解释。"

"解释什么？"雷冰问。

"解释为什么我这位大哥经商如有神助，连两三年后的行情波动都能精确把握，在南淮城这样一座商战激烈、情势瞬息万变的城市里，这简直是不可想象的事情。就仿佛……仿佛未来的一切，都在他的预测之中。也许君先生说得对，我大哥的确是个几百年一出的怪物。"

5

"你真的去过宛州？"雷冰问。

此时黎鸿已经离开，将那间宅院暂时留给两人使用。黎鸿并没有将他们的眼睛蒙上，也没有限制他们的任何行动，这似乎暗示着某种信任，但雷冰清楚，对于黎鸿这样谨慎的人而言，这一处地点以后他也不会再使用了。

如她之前所猜测的，棺材转了个大圈，其实仍然在那座小城中。有黎鸿的照拂，这里是安全的，两人可以从容地在这里先等着雷冰养好伤，再决定下面的行程。当然了，要雷冰成天待在门里是绝对不可能的，有空时她就会跑到城里转悠，并且总是很霸道地拉着君无行作陪。

君无行听了雷冰的问话，嘴角浮现出一丝狡黠的笑容："其实我压根没去过。我曾告诉过你，我这个人很懒，极少出门，这可不是谎话。"

"那你怎么能一眼就看出他是黎家的二少爷？"雷冰有些惊奇。

"我只是瞎蒙的而已，"君无行说，"那家伙一看就是很有钱的人，而在有钱人中，黎氏的名头又那么响。后来上的那些菜，其实我也一样没尝过，但每道菜都几乎没有辣椒，而且口味偏甜，应该是宛州菜的路数，所以我就胡乱诌了他两句，没想到还真撞准了。"

雷冰忍不住笑起来："也只有你这样的无赖才敢这么做。你在天启城给人算命的时候，也都是这样蒙的吗？怎么会有那么多人相信这种虚无缥缈的玩意儿？"

说话间，太阳已经升了起来。早起的人们已经开始推着小车，支上桌椅，开始一天的营生。君无行鼻子抽动一下，闻着从空气中飘来的炸油饼的气味："油不好，已经有点变质了，火烧得太旺，很容易炸煳。"

"听起来很有点行家的感觉嘛。"雷冰说。君无行瞪他一眼："我本来就是行家。炸油饼、磨豆浆、木工活、赶车、卖酒……除了大茶壶，基本没什么我做不了的。"

雷冰不大明白所谓"大茶壶"到底是什么意思，但想来从君无行嘴里蹦出来的多半没什么好东西，于是不再追问。

君无行接着说："你这辈子过过的没钱的苦日子有多少？两年？三年？但很多人一过就是二三十年、五六十年。有些人活了一辈子，包里也从没有装过超过一个金铢的钱财，而您老这颗头就价值千金……"

雷冰并没有生气，而是细细体会着他话中的含义，慢慢开口说："你的意思是说，星相这东西，给了他们……希望？"

"就是这个意思，"君无行的脸上难得的没有什么调侃的神色，"有很多时候，那一丁点虚无缥缈的希望，就能支撑一个人继续活下去。如果连这一点希望都不给他们，人活着还有什么奔头呢？"

雷冰嗤之以鼻："你是想把你的行骗生涯上升到一个令人尊敬的高度吗？"

君无行正在招呼一个挑着担子卖茶蛋的小贩，仿佛压根就没听到这句话。等他一口气吞下七八个茶蛋后，才对雷冰说："怎么样？要不要也来受一次骗？看在咱俩的交情分儿上，免费。"

"还是不要免费了，我怎么能占你这点便宜，"雷冰慷慨地说，"这些茶蛋算在我的账上。"

"不必算命我就知道，你日后必能发大财。"君无行嘀咕着说。他拎着剩余的几个茶蛋，就在街边随意坐下，雷冰也跟着坐下，问："要怎么折腾？手相？面相？"

"手相？面相？那是江湖骗子玩的把戏！"君无行严肃地说，"《元极宗论》有云：玄化太初，星命始演。世缘依天而行……"

"行啦，别扯这些鬼话了，老娘半个字也听不懂！"

片刻之后，君无行完成了他的长篇大论。雷冰静静站了一会儿，忽然说："再见。"

君无行一怔："再见？"

"我的伤养得差不多了，到了动身的时候了。"

"但为什么是'再见'？"

"意思就是说，你不用陪我去越州了。"雷冰说。

"你又发什么疯了？"君无行说，"你突然变得那么善良，让我很不习惯。"

"我没有发疯，只不过觉得，何必舍易求难呢？"雷冰说。

君无行将嘴里的最后一口茶蛋咽下，突然两眼发直："舍易求难？你想干什么，难道要直接去南淮城？你真疯了！"

雷冰说："既然黎耀可能知道全部的真相，我又为什么非得去越州呢？直接把黎耀揪出来不就行了？"

"你这才叫真正的舍易求难，凭你一个人，单枪匹马地想要去把黎大老板揪出来，其概率之低，大约就相当于天上掉下一颗星星砸在你的头上。相比之下，还是在越州找到一个河络部落更加靠谱点。"君无行说。

这话虽然刻薄，却也八九不离十。黎家富甲天下，仇敌本多，黎耀又心机深沉，手下豢养的死士无数，雷大小姐这样大模大样地去往南淮，多半会成为盘子里的一块冰糖肘子，嚼碎了连渣滓都吐不出来。

"你想想，要是黎耀这么好对付，他那位擅长装疯卖傻的老弟还能找不到下手的机会？"君无行继续说，"黎鸿都不行，更何况你？"

雷冰不为所动："那是因为黎耀本来就防备着自己的弟弟。黎鸿装得再像，毕竟也是黎家的人，黎耀是他的亲哥哥，不可能不有所防备。而对于黎鸿而言，没有绝对的把握，一定也不敢贸然行事。但是我不同，黎耀自始至终并没有把我放在眼里，所以才会把我培养起来替他做一个挡箭牌。即便是现在真的找人来杀我，也仅仅是畏惧这件事情本身，而不是我。"

君无行苦笑一声："说得倒是轻松，也不掂掂自己究竟有几斤几两。"

"正因为很想掂清楚自己有几斤几两，我才一定要做这件事，"雷冰说，"你刚才不是给我解了星命吗？'逢凶化吉，遇难呈祥'，我还担心什么。"

君无行的表情活像有人往他嘴里塞了一把黄连："你明知道我那是骗人的！我告诉过你我并没有真正地学习过星相。"

"骗人就骗人，但是用你的话来说，这玩意儿总能给人一种希望吧。希望这种东西，本来就是骗术的一种，只不过是人人都乐意上当的骗术罢了。"雷冰悠悠地说。

说完，雷冰在包袱里翻拣一阵，找出一只墨绿色的玉手镯递给他。君无行有点愣神："喂，这么快就给我送定情信物了吗？这多不好意思……"

他随即飞快地将身一闪，躲过雷冰凶悍的一巴掌，耳听得她说："我身上没有太多现钱了，这小城又连家钱庄没有，没处换钱去。这手镯大概能值一两百个金铢，作为你跟我走了这段路的报酬吧。"

君无行长叹一声，不再说话，却也没有接过那只手镯。雷冰哼了一声："真是贪心不足，这都不够？那我再给你加……"

君无行摇摇手打断了她："我不是这个意思。我想我已经收过你的预付款了，至于全款嘛，按规矩应该等我替你办完事情再收。"

雷冰怔住了，好半天才反应过来对方是什么意思："你是说……你要……"

君无行唉声叹气地说："受人钱财，与人消灾。既然你执意要去寻死，我就勉为其难地替你去一趟越州吧。如果你不幸身故，我会将调查结果烧成灰送给你……"

雷冰的声音略有些颤抖，似乎掩饰不住自己的感动："可如果我死了，你岂不是就拿不到全款了？"

"那就算我倒霉吧，我认了。"君无行潇洒地耸耸肩，那样子颇有几分帅劲。雷冰点点头，方才的忧郁表情忽然间毫无征兆、毫无过渡地转化为了灿烂的笑意。

　　"喂，你亲口答应的，这次可不许抵赖啊！"她兴奋地嚷嚷着，引得行人侧目。君无行猛然知道自己上了大当，但想要反悔，已经来不及了。

　　"智者千虑，必有一失。"他喃喃自语着，任由雷冰在一旁唧唧呱呱，为自己终于能设套让君无行栽上一把而得意不已。

　　"小心一点。"君无行最后说。

　　"放心好了，"雷冰还是一脸无所谓的样子，"连极恶童子都干不掉我，说明我的运气就是比一般人好。"

第四章
大师·长老

1

作为一个职业杀手，秋余一向对自己的本领充满自信。出道四年，成功刺杀二十五个人，每一件生意都做得干净漂亮、不落痕迹，这样的成绩非比寻常。业内有一种说法，即便是几百年前横行九州的神秘组织"天罗"，也未必能比秋余更强。

遗憾的是，天罗兴盛的时代，正是乱世纷争、诸侯相残的时代。在那样一个血与火的年月里，总有许多重要的人物值得去刺杀，也会有人为了刺杀他们而付出高昂的代价。而如今，和平的生活已经让杀戮的血液逐渐冷却下来，杀手这个行当的生意也越来越不好做。即便是像秋余这样实力斐然而又卓有信誉的角色，也不得不面对着长达半年时间无事可做的尴尬。尽管做一笔生意就足够吃几年，但一身本领无处施展的寂寞，才是最难受的。

所以秋余相当看重现在手里的这一笔委托。高额的酬金在其次，刺杀对象的名气很有助于自己积累声望。一个无数人试图下手却从来没有人能够成功的目标，无疑是非常能吸引他人关注的。近年来，在这个目标身上失败的一流杀手着实不少，但是用当年师父的话来说：最曲折的道路才有最美丽的风景。

对于南淮城这座繁华的大城市而言，夜的到来才意味着风景的真正开始。有钱人去往灯红酒绿之所享受他们的雅致生活，没钱人也能到充满市井气息的街头巷陌寻找简单的乐趣。总体而言，南淮是公平的，如果你不能到凝翠楼之类的好地方去寻欢作乐，在街边捧上一碗麻辣豆花也是一样的。

南淮并不是一座静止的城市，商业都市的特色让这里每天都有无数人怀着希望而来，也有无数人带着失望而去。对于一般人而言，夜间的街头多出一个卖炸鱼丸的陌生小贩，是再正常不过的。至于这个小贩的真实身份很有可能是个杀手，他们就管不着了。

秋余的炸鱼丸小摊位处南淮城著名的惠食一条街，街边人来人往，四周弥漫着各种食品的香气。比起那些众多熟客光顾的同行们，这个新摊子略显冷清，所以这位摊主也在脸上十分恰当地摆出了落寞的神情。

"一个日进斗金的杀手，竟然会为了鱼丸子卖不出去而长吁短叹，这话说出去谁会信呢？"坐在面前的一位食客忽然说。这个人坐了已经有一阵子了，似乎是对该摊位的鱼丸很满意，连续吃了七串。

秋余轻轻摇头："我的手艺并不高明，你居然还能吃下那么多，尤其我还故意放了双倍分量的胡椒。"

食客微窘："原来你早就看出我的身份了。"

"我没有看出来，但是上次和你的头儿谈话时，你曾经在他身后咳嗽过几声，我记得你的声音。"秋余回答。

食客轻轻咳嗽一声，以掩饰自己的尴尬："不愧是四年来声望最隆的杀手。看来狄总管这次请你出山，必然能够马到成功。"

"马到成功吗？我看未必，不然为什么会派你来催呢？"秋余淡淡地说。

食客"唉"了一声："您误会了，我们当然是绝对信任您的，只不过想要知道您动手的时间。不瞒您说，我们刚刚接到飞鸽传书，连极恶童子都败在了那两个人手下。要是再耽搁……"

他忽然发现自己说多了，连忙住口。秋余看着他："你放心，我只管拿钱杀人，不问理由。但是同样的，活儿该怎么做、什么时候下手，你们也不应该来干涉我。"

食客从话里听出了一丝刀锋般的锐利，一时间噤若寒蝉，不敢多说。

秋余笑笑："别紧张，我一般不喜欢免费杀人，何况就算我敢得罪狄总管，你们的大老板我还惹不起呢。"

卖鱼丸的金牌杀手看着自己眼前沸腾的油锅，感慨地说："我哪怕卖上一百年的鱼丸，也抵不上黎大老板一天的收益啊！"

食客小心翼翼地赔笑，从身上取出一张金票，双手递给秋余。秋余并没有接："我已经说过了，我有我的规矩。价钱谈好了不再变，预付金收过了，也不需要追加。"

"您又误会了，"食客赶忙说，"只是因为刺杀的目标需要变化一下。这可能会给您的工作造成不方便，所以这笔钱算是合理的补偿。"

秋余点点头，不再推拒，把钱纳入怀中："有什么变化？"

"之前我们不是说过吗？重点在于杀死那个女人，如果需要连男人一起杀死，则照价多付一份酬金。但是现在……女人已经不重要了，"食客说，"狄总管想要请您尽全力杀死那个男的。"

2

雷冰的离去，对于君无行而言，带来的是一种很复杂的感受。一方面他既然郑重答应了对方的请求，就不得不去往越州完成此事，这让他很有些头皮发麻，并且偶尔会有点受骗上当的屈辱感。另一方面，一个漂亮姑娘从身边离开，也难免会有点惆怅。

不过我们的君无行君大爷生性乐天，小城虽小，自有妙处，比方说，黎鸿所留下的那座宅院完全归他支配。雷冰前脚刚走，他后脚就招来了当铺中人，把屋子里一切可以典当的东西尽数换成了现钱，幸好黎鸿没有把房契留下，否则他绝对会连房子一并卖掉。

这位自称炸油饼、磨豆浆、木工活、赶车、卖酒样样精通、常年在天启城算命骗钱的青年才俊，大概一辈子手里也没有过那么多钱——虽然由于他算学不精，买家都偷偷揩了不少油水。花天酒地地过了几天后，他又开始对小城不满，认为这样的小地方有钱都没处花。于是他将剩余的金铢往身上一揣，就准备挪窝，这时候问题来了——去哪儿呢？

这里必须要夸赞一下君大爷的品质，此人虽然骗起人来眼睛都不眨一下，但一旦诚心答应了的事情，却不会抵赖。基于该品质，他在犹豫了许久之后，终于没有策马奔向充满诱惑的天启方向，而是唉声叹气一步三回头地继续向南，朝着越州进发而去。

数日之后，他已经走在了越州与中州交界的雷眼山脉中。这座东陆最高大的山脉史上曾发生过无数可歌可泣的伟大战役，也曾留下了无数鲜血与尸骨。然而对于君无行而言，即便是雷眼山也不能激发他的一丁点遐想或是豪情，悲壮的古战场眼下只是一座让他爬得乏味无聊的该死的高山而已。

"我还真是很少见到你这样的人呢。"同行的马帮头目巴略达说。这个矮小而强健敦实的蛮族人，已经随着马队在这座山中走了三十余年，从一个小小的赶马人一直做到帮头，在本地马帮中颇有声望。雷眼山高峻雄伟、地势复杂，大部分山路崎岖难行。近几百年来虽然恰逢和平盛世，但越州的居民们——无论人类还是河络——都并没有改善交通的念头。对他们而言，不管什么年代，在九州其他地方的住民"南蛮""乡下佬"的歧视眼光中，这座阻隔越州与中州的大山就是最为可靠的天然屏障，鬼知道什么时候又打起仗来呢！

真要打起仗，土地贫瘠、资源匮乏的越州却从来不是吃素的。从河络族的机锋甲到离国的骑兵、真人的香猪部队，这里永远都是让外邦文明人吃尽苦头的地方。所以那些文明人也未必就愿意让雷眼山的天堑化为通途，让头上随时悬挂着南蛮或者河络利器的威胁。

因此马帮仍然是雷眼山中不可或缺的重要组成部分。他们翻山越岭，将外间的货物带入越州，将越州的货物带出去。他们熟悉这座大山的脾气与构造，有着和山路、泥石流、迷雾、瘴气、野兽毒虫作战的丰富经验，也能获得大山中凶悍的原住民们的信任。对于那些想要进入越州的行人而言，马帮也是最可靠的同路人。当然了，马帮也乐于借此再赚点小钱。

"我？我是什么样的人？"君无行莫名其妙。

"跟着我们爬大山的，少说也有几百来号人了，"马帮总是习惯性地将雷眼山称为大山，因为在他们心目中，再没有其他更大的山了，"有的人看到大山就脚软，一路上喊苦喊累；有的人高兴得不行，说自己从来没见过这么漂亮的风景；还有些叹气啊、掉眼泪啊，说一些历史上的事情，我也听不大懂。但是像你这样，一点别的反应都没有，就像是在大城市里走路的，还真少见。"

"我对这些地面上的事物并不是太在意，"君无行微笑着回答，"我是一个星相师，只有在看着浩渺无际的星空时，才会感受到万物的灵动与生长。"

这番话说得巴略达一愣一愣的，过了好久才反应过来："哎呀，没想到你那么年轻，竟然是个学问人！了不起，了不起。"

身旁负责导向的外号"穿山甲"的老头儿也凑了过来："星相师？那可了不得，那是丈量天地的本事！"

"天命和人寰，原本就是密不可分的，"君无行淡淡地说，"星学有很多流派，我最擅长者，不在于丈量天地，而是观天相以知人事。人命与星辰相比虽然微不足道，但星辰恒远，天数早定，每一个人渺小的命运，也都能依托天道而求得答案。"

他一面说，一面想着：这一趟的向导费，多半能捞回来了，保不齐还能多赚点。

是夜，马队寻了一处相对平坦的地方露营，燃起火堆。马帮中人果然毕恭毕敬地跑到君无行跟前询问，如果君大师能为他们卜算一下星命的话，收费几何。君大师神色间十分不屑："星相是门严肃的学问，不是拿给江湖术士去骗人敛财的。我在天启城时，最痛恨的就是那些摆摊算命的神棍骗子。"他顿了顿，又说："有劳诸位为我引路，一路同行，这也是命星所指引的缘分。若大家果然有求，我自然会效力。"

听者皆肃然起敬，觉得自己遇上了一个真正既有专业水准又有高尚情操的星相师楷模。巴略达当即拍板，君大师此行分文不必缴纳，相反马帮还有礼品相赠。他虽然是蛮族人，常年在越州、中州边界跑马帮，东陆语说得非常熟溜："我小的时候住在瀚州草原上，只有有权有势的大贵族才能请得动星相师啊！他们的地位比那些王爷还要高，甚至能和大君同坐一张床席呢。"

"真正的星相师眼中，只有星辰的运行才是神圣高贵的。万物如一，无分贵贱。"君无行回答。这话听了简直连一头香猪都会热泪盈眶。马帮中人和其他几名同行的旅人都围了过来，等待君大师为他们拨云见日指点迷津。

君无行咳嗽一声，正准备开始，忽然听得火堆另一侧传来一声冷哼："这种骗人的鬼话，也只有你们才会信。"

巴略达怒喝一声："王川！不许对星相师不敬！"

"对他不敬又能怎么样？他还能拨转星辰，招呼一颗星流石掉下来砸死我？"对方一面说着，一面已经走了过来。这是一个身材比一般同类稍高一点的河络，是马帮中方向感最强的一个，也有能力破解其他河络部落布置的幻术，因此一直都负责着带路的工作。他向来沉默寡言，不与人交谈，君无行这还是第一次听到他开口说话。

奇怪了，君无行想，"王川"？这是个河络，为什么会有一个人类的名字？他知道，过去某些河络族人如果在人类的国家做官，或许会被赐人类的名字。但最近一百年来，河络族和人族关系日趋紧张，各国都没有任用河络为官。何况眼前这个河络一身粗鲁气，也不像是个做官的人。

也许只有一种解释：这是一个河络的弃徒。他一定是做出了什么亵渎真神或者背叛种族的重大恶行，因而按照河络族的规矩，被施以比死刑还可怕的惩罚：被宣布遭到真神放弃，从此不许以河络自居，连河络的名字都必须放弃。该处罚的河络用语，翻译成东陆语就是一个字：弃。放弃的弃。对于一向有着极度虔诚的信仰、将侍奉真神作为人生唯一目标的河络而言，这种惩罚的确是残酷到生不如死。

王川来到了跟前，君无行仔细打量了他一下。这个河络听声音不过四十岁上下，但是满脸皱纹，头发已经掉光了，眉目中透出掩盖不住的愤世嫉俗与怨毒。一个带着这等面相的人，没有人愿意与之亲近倒也很正常。

"天地间的一切，都是真神的造化，凡人怎么可能参悟得透？"他一字一顿地说，"那些世俗的星相师穷尽自己的一生心血，自以为就能推算天命，简直是可笑！命运之轮永远只掌握在真神的手中，任何人都不配去触碰！"

这话反倒说得君无行有些发愣，听起来，这个河络对真神的信仰虔诚至极，和他之前想象的大相径庭。那么此人究竟是犯了什么罪才被"弃"的呢？又或者自己猜错了，此人取个人类名字的原因，并非由于被"弃"？

正在困惑中，巴略达又吼了起来："王川，你给我住嘴！张口真神闭口真神，最后还不是被河络赶出来！滚到一边去！"

原来这个王川真的是被弃者，君无行想，倒没有猜错。王川听了这话，顿时满脸涨得通红，但马帮当中，帮头最大，只要不做出有背马帮利益的事情，即便是打骂下面的人，也是份属应当。王川不敢和他争辩，只是瞪了君无行一眼，转身回去，一个人缩在火堆的另一角。但就在转身的那一瞬间，他无意中做了一个捋袖管的动作，君无行敏锐地看到了些什么。

这个发现令他更加纳闷儿，这一晚上替人算命时都有些恍惚，老是猜测着此人的身世，以及他为何对所谓"世俗的"星相师深恶痛绝。那什么样的星相师又是非世俗的呢？不过他毕竟行骗多年，职业精神尚在，虽然分心二用也能说得滴水不漏。被预言将有好运者自然心满意足，不管君大师如何严词拒绝也一定要略表谢意；被预言霉运当头者则忧心忡忡，在得到君大师如何化解厄运的指点后更加感激涕零，全然不顾大师如何皱着眉头说"我早已说过了我不收谢仪"。

这一番忙碌过后，时间已到深夜。其他人都各自裹紧毯子入梦了，君无行却有些睡不着。他站起身来，绕着火堆转了一圈，发现还有另外一个人和他一样是清醒的。那就是之前刚刚痛斥过他的河络王川。

王川看到他走近，身子一侧，把背对向了他。但君无行天生胆大皮厚，丝毫也不在意王川所表现出的敌意，紧随着绕到了他的正面。王川再转，他再跟，对方终于忍不住了："你想要干什么？我可不会上你的当听信你的那些鬼话！"

"喝酒，喝酒。"君无行一脸象征着和平的微笑，在王川身边坐下，递过去一个酒瓶子。王川不接，目光中的警惕之意稍减："我喝我自己的。"

君无行也不勉强，自顾自地灌了一口，然后抬起头，望着夜空发呆。身处大山之上，天空显得格外的近，那些明暗不定的星辰似乎触手可及。王川沉默了一阵子，突然说："你在看什么？观测星辰的运行、天道的演化吗？"

君无行注意到对方的语气中并不含讥讽。他轻轻摇头："星辰的运行、天道的演化？关我什么事？我只是在看云，判断明天会不会有雨……"

"关你什么事？"王川有些意外，"你们星相师不是干这个的吗？"

君无行诡秘地一笑，压低了声音说："星相师当然是干这个的。可我不是星相师啊，不过是骗骗他们而已。"

王川又是一呆。眼前这厮如此直言不讳，反而让他一时间无话可说。他盯着眼前跳跃的火焰，也低声问："你为什么要告诉我这件事？你不说，本来这里无人可以揭穿你的。"

"我这个人别的优点没有，就是好奇心很重，"君无行说，"我不过是想问一下，像你这样一个虔诚尊奉真神的河络，为什么会被'弃'呢？"

王川声音中明显有了怒气："你是什么人？打听这个做什么？"

君无行摊手："我说过了，仅仅是好奇而已。尤其当你走到我跟前的时候，我发现你的手臂上有一个刺青。"

王川浑身一震，一下子跳了起来，倒退好几步："你……你认识这个刺青？"

"要是别的刺青，我还真不认识，但这一个，我在很小的时候碰巧见过，"君无行说，"你说它像什么？我小时候总觉得它看上去很像是一块香喷喷的枣糕，后来才明白过来，那其实是一把算筹……"

"求求你别说了！"王川捧着脑袋，神情十分痛苦，又怕惊扰旁人，不敢大声说话。君无行却不依不饶，追问下去："河络族人从来不喜欢刺青，你文这个图案，只是为了纪念自己被强行剥夺的过去而已。但塔颜部落一向是以推演星相而闻名的，你为什么那么仇视星相师？难道你认为，只有你们那些信奉真神的河络，才有资格……"

王川猛地抬起头来，脸色变得煞白："你究竟是谁？你知道那么多我们部落的事情……你姓君！你姓君！你一定是那个人的儿子！"

这回轮到君无行吃惊了："那个人？谁？也是姓君的？"

他的表情看起来非常奇怪，好似一只咸鸭蛋鲠在了喉头："不会是那个叫君微言的老浑球吧……"

王川反而镇定下来，借着火光仔仔细细地打量着他："你长得一点也不像君微言。"

"长相不能说明问题，"君无行叹息着说，"儿子不一定非要长得像老子的，假设这个儿子只是个养子的话。"

"你果然和他有关系，"王川的口气忽然变得很平淡，"不过你为什么不跟着他学习真正的星相呢？"

君无行想了想："人各有志，不能强求。我就是对这玩意儿没兴趣。"他顿了顿，扮了个鬼脸："其实不是这样的，我小时候也一度很想学这玩意儿来着。但后来我发现，我的算学实在是太差，无论怎么也学不好，而算学能力是一个星相师的必备素质……"

王川的嘴角抽动了一下，似乎是想笑，但终于还是忍住了。不过看得出来，由于君无行确认自己并非星相师，他的敌意已经消除了不少。但他仍然固执地不愿意多说话，君无行也不能真的厚着脸皮磨他，只能怏怏地回去。

他小时候的确曾随养父君微言去过塔颜部落。以他超人的记忆力，本来大部分路段都能记得很清晰，唯独其中最重要的一截路程，他和养父都被蒙上了眼睛，完全没看到。踏破铁鞋无觅处，他正在发愁那段路怎么办，就遇上了从塔颜部落出来的王川。然而他也知道，河络的心态完全不能以人类的方式去揣测。这要是个人类，多半就会抱着复仇的心态被他收买、煽动、蛊惑，最终同流合污了；但河络却很难真正存有背叛之心，即便已经被自己的部落所放逐。从王川说的话可以看出，他对于心目中的真神，仍然是诚心一片。

一个从塔颜部落出来的河络，却对星相师们深恶痛绝……君无行总觉得这件事当中必然隐含着什么外人无法想象的秘密。另一方面，河络族对一个族人采用"弃"的时候，也必然有着不容置辩的理由——被弃者一定犯有骇人听闻的重罪，这一点真是让他的好奇心像吸了水的海绵一样剧烈膨胀起来。

　　这之后的行程，君无行很自然地获得了种种优待。当然他也很懂得如何合理地、可持续地利用这种优待，结果就是，没过几天，他已经成了整个马队中最值得尊敬的人物了。同行的一个年轻女行商也对他产生了浓厚兴趣，可惜该行商长相略显寒碜——至少完全无法和雷冰相比，所以他只能想方设法地躲着她。

　　在所有人当中，只有王川仍旧对他冷淡如常，不过君无行也已经习以为常。他也摸到了这家伙的脾性：他所痛恨的，只是那些真正的、有真才实学的星相师。对于君大师这样有名无实的纯骗子，他却并不在意。

　　这是一种心理阴影吗？难道是塔颜部落曾经和外族比拼星相术，并且吃了亏？君无行胡思乱想着，并且在心里编出了好几个足够拿到街头去说书的曲折故事。这段时间天气阴霾多雨，山路十分难走，即便是经验丰富的马帮也只能放缓了速度小心前进。在这漫长而无聊的过程中，胡思乱想也是一种打发时间不错的办法。

　　这一天清晨时分，连绵的雨忽然停了。经验丰富的巴略达看看天，兴奋地招呼众人迅速赶路："今天之内都不会再下雨了！我们要抓紧时间。"

　　此时距离走出雷眼山大约还有三分之一的路程，所有人似乎都看到了希望，连君无行都忍不住心情大好，和女行商眉来眼去暧昧两句。这一上午走得很顺，正午时分已经来到了雷眼山南麓一处极为险恶的地带，名叫恶龙脊。顾名思义，此处山势陡峭起伏，好似恶龙的脊背，虽然龙不过是一种传说中的动物，谁也没有亲眼见过。

　　"传说在上古时代，这里曾经发生过一场恶战。"巴略达向旅人们说，"有一头为祸人间的恶龙在这里活生生地被英雄们制伏，压到了山底，后来就形成了这座山。"

蛮族人说话没什么花巧，巴略达这番话也只是平实叙述，但衬托着此情此景，仍然让人背脊发寒。众人不再多言，打马快步走过这一段山路，刚刚下完一片陡坡，山顶上忽然传来一阵轰隆隆的异响。

　　马帮中人都面色大变，巴略达从马背上跳下，将身子趴在地上，耳朵贴地听了几秒钟。他接着直起身子，低喝一声："山崩了！快逃命！"

　　众人大惊，都禁不住抬头看去。只见头顶的山峰上，隐隐有一小片黑色正在慢慢地滚下来。远远看去毫不起眼，但没过一小会儿，已经逐渐逼近，速度也越来越快。而那低沉的轰鸣声也越来越大，已经有了震耳欲聋之感。

　　那片黑色迅速扩大，已经能看清是一股巨大的泥石流，一路不可阻挡地席卷而来。这种山中雨后爆发的泥石流，夹杂着大量泥浆和岩石，任你有三头六臂也不能阻挡，甚至于吞没掉整个山村也绝非罕见。巴略达毕竟经验丰富，临危而不乱，指挥着马帮快速前冲，试图避开。马帮中人随着他的指挥，拼尽全力控制住已经被泥石流所惊的马匹，挥刀斩断捆绑沉重货品的绳子，紧随着巴略达向前冲去，堪堪躲过了灾难。

　　但旅客们却完全慌了手脚，也无法驾驭胯下的惊马，多数人索性直接下马迈开双腿狂奔。一个脸蛋圆圆的小伙子惊惶之下也是直接从马背上跳下，不防脚下一滑，已经失去了平衡，从山崖上一直滚了下去，眼见是活不成了。身边的人只顾着各自逃命，谁也没有去救他。

　　就在此时，已经逃到安全地点的王川忽然策马奔回，甩出手中长长的马鞭，缠住了那小伙子的手腕，想要将他提上去。但他毕竟只是个河络，马鞭虽然使得熟练，力量却不足，不但没能把小伙子拉上去，自己的身体反而被拽着也朝着山崖方向掉落。

　　千钧一发之际，一个身影冲了过去，协助王川拉住了马鞭。那是原本走在队伍最尾的君无行，他本来只管向后退就能躲开泥石流，眼下却不退反进，这一下的身法真是够快。不过看得出来，他动作虽快，力气比王川也强不到哪儿去。两人合力"吭哧、吭哧"地把圆脸年轻人拉上来时，那片黑色的死亡阴影已经笼罩到了头上。

3

王川醒来时，觉得自己的状况非常奇怪。他能感觉到浑身上下有许多大大小小的伤口，但不知怎么回事，痛感很轻。他尝试着坐起来，也觉得全身乏力，移动起来异常艰难，甚至连睁开眼皮都不那么容易。好在听觉没受到什么影响，君无行的话还是能清晰地传入耳中。

"别乱动，"君无行说，"我现在用谷玄秘术减缓了你全身血液的流动，这样你就不会因为失血过多而死。但我身边没有好药，得等我们找到救援之后，才能给你治伤。"

原来是这样。王川想，难怪我连脑子都不怎么好使了。他昏昏沉沉地想了好一阵子，才想起自己想要说的话，然后艰难地嚅动着嘴唇："我身上……有药……"

河络的药品向来灵验，但王川被放逐已久，身上带的不过是寻常人类使用的伤药。幸亏君无行的秘术抑制了血液流出，而河络体型偏小，秘术效用更加明显，伤药很快将血止住，虽然痛感在此后汹涌袭来，性命却是无碍。太阳落山之前，他终于慢慢地坐了起来，并回忆起了灾难发生时的情景。在那起泥石流的冲击下，整个山道都已经完全被截断，他记得自己凭着本能猛地把君无行撞开，两人一起滚落山崖。而他们试图拯救的那个人……

"我没能找到他，"君无行说，"可能已经被泥石流吞没了。"

王川轻叹一声。他举目四顾一番，发现自己正身处一个被泥石流冲刷出来的谷地中，四围的道路全被封阻，山壁近乎直立。看起来，在伤势彻底养好之前，是不会有机会爬出去的。而在这段时间中，寻找食物的任务看来就只能交给眼前这位看上去实在不怎么可靠的君无行了。

正在微微犯愁，一回头却发现君无行正在解下腰间的一个包袱。这一路上他都将这个包袱拴在腰间，从来没有取下来过，人们一开始都在猜测里面装的是金银财宝。等到君大师用自己的学识人品令众人折服后，他们又认为里面可能装的是重要的书籍资料。眼下君无行终于把它打开了，王川却不敢相信自己所见到的竟然是真的。

包袱里装的全都是干粮，足够两人吃上好几天。王川有点瞠目结舌："你的包袱里就背着这个？"

君无行诡秘地一笑："你觉得世上还有东西比食物更宝贵吗？"

"没有。"王川终于也忍不住笑了。

养伤期间，君无行终于很知趣地没有再去找王川聒噪，这反而让他有些不习惯。然而君无行对此的解释是："我现在要先施恩于你。等到你心里有了负疚感，自然就会告诉我我想要知道的一切了。"

王川瞪着他看了好一会儿："你的嘴里永远说不出人话来，是吗？"

君无行一脸浩然正气："说人话有什么难的？重要的在于做人事。"

王川摇头："打着星相师的招牌坑蒙拐骗，也算是做人事的一种？"

"反正你那么瞧不起星相师，我毁一点他们的名誉，又有什么关系呢？"君无行理直气壮。

"瞧不起星相师……"王川的眼神中掠过一丝嘲讽的意味，也不知是在嘲人还是在自嘲。君无行知道王川的话头即将打开，于是也不打岔，只是耐心等着。

"我并不是瞧不起星相师，相反，我可能是太瞧得起他们了，"王川的话让君无行有些摸不着头脑，"你知道在我被'弃'之前，在部落中是什么身份吗？"

君无行显然答不出来，所以王川也并没有停顿，自顾自地说下去："你是君微言的养子，那么说来，当年随着君微言来到我们塔颜部落的那个孩子，就是你吧？我记得你到部落的第二天就闯了大祸，在地下城通风口偷偷生火烤豚鼠肉，引起了一场不大不小的火灾。"

君无行轻咳一声："都是年轻时候的事情了，还提他作甚。"

"因为这件事和你所问的略有点关系，"王川说，"当时如果不是我网开一面，你少不得要多吃点苦头了。"

君无行一惊："你是那时候掌管刑罚的那位长老！"

王川点点头："没错，就是我。"

君无行又感到有点糊涂了。河络族中，"阿络卡"，也就是地母，是每一部落中地位最尊贵的女性，手握至高无上的权力。但阿络卡不可能事无巨细地全盘管理，所以也有一定的权力分化，由阿络卡亲自挑选的长老来负责分项事务。这其中，执掌刑罚的长老地位尤其重要，因为河络族是一个依靠集体的力量共同生存的种族，只有绝对的赏罚分明、铁面无私，才能够维系一个部落的团结与稳定。

他还记得自己当时惹了祸，被几名河络抓起来。父亲的脸色十分难看，嘴里不断地说着诸如"这浑蛋小子任由你们处置"之类的话。他心里一寒，知道父亲大人说得出做得出，自己这一趟多半要倒大霉。

幸好当时的执刑长老并没有太过为难他，在清点完火灾的损失后，宣布并没有重要物品受损，被烧掉的都是可以重做重建的东西。考虑到君氏父子都是部落请来的贵宾，不必适用河络的严规，这一点损失也就不必计较了。不过此事过后，君无行难免有些灰头土脸，而且身边的河络们对他多了几分警惕，他走到哪里都有眼睛盯着，令他浑身不自在。所以那一趟越州之旅，实在没给他留下太好的印象，那位宽容的执刑长老算是唯一的例外。

君无行还记得那位长老身材比一般河络略高，身上的衣饰裁剪得体，相貌端庄威严，颇有几分高贵的气质。但看看现在的王川，刨去眼前的狼狈相不提，平时在马帮中也一贯浑身衣服脏兮兮的，胡子拉碴从不修饰，酒壶也不离身，哪有半点当年的模样？

"我还记得你的名字，"君无行说，"那个时候，好像他们都叫你长剑布斯长老。你的身上也的确随时都带着一柄长剑，我觉得以你的身高用那么长的剑一定不怎么趁手。"

王川说："那把剑不是用来战斗的，而是我们河络族律法的象征。手中执有律法之剑，就表明我有资格代替真神处理他的子民的纠纷，惩罚他们的罪过。"

"可是到了最后，那把剑惩罚了你自己的罪过，而且是用最残酷的方式，"君无行说，"究竟是为什么，能告诉我吗？"

王川再度陷入了沉默中。天色已经完全阴沉下来，四围的一切渐渐模糊不清，只有他的双目似乎还在闪着光。他卷起袖子，凝视着已经和黑暗融为一体的刺青，仿佛是要从中寻回过去的快乐与荣光。但那段历史早已远去，不复存在，剩下的只有一个被部族所抛弃的可怜虫。

"你不必同情我。"王川忽然说。

"你倒挺能猜度别人的心思，是当年断案施刑的职业习惯吗？"君无行嘟囔着。

王川的声音中有了怒意："那不是什么职业！那是为真神服务的义务与责任！"

"好吧，责任、义务、荣耀、神的恩宠，随便你怎么说都行，"君无行举起手做投降状，"不过是个用词问题，何必那么激动？"

王川不答，用君无行收集来的柴火点燃了一个小火堆，准备迎接寒冷的山间黑夜。山中潮湿，柴火很难点燃，即便燃烧起来也是一阵阵呛人的烟。君无行一面抹着被呛出来的眼泪，大声咳嗽着，一面眯眼看着王川坐在火堆旁，不知道是不是视线模糊了产生错觉，他觉得王川的脸上有一种虔诚的表情。

他大概是想起了地下城中跳跃的创造之火吧？君无行想。

4

纬苍然渐渐发觉，成名其实并没有什么好处。他自幼就听从父亲的教诲，努力上进，所做的一切都只是为了一个目标：成为一代名捕。如今他终于踏上了正确的方向，向着成功迈出了坚实的第一步，他却反而觉得不怎么快乐了。

不过，好像我过去也没怎么快乐过吧？纬苍然对自己说。他回想着自己成长的历程，好像一直都是埋着头苦学苦练，然后一步步熬了上来。如今终于进入了虎翼司，也调到了一线，办了几件还算漂亮的案子，正值前途无量之际，他却反而感受到了无法言说的迷惘。

上司宗丞虽然默许了他调查当年钦天监的那桩悬案，却并没有给他太多的时间。每一次纬苍然想要静下心来好好查一查时，宗丞就会压给他一件其他的案子，这似乎是某种鼓励，但也像是某种警告。宗丞大概是在说：小子，你现在已经小有名气，正走在正确的道路上，别为了那些无关紧要的东西耽误了自己的前程。

但是这样的伟大前程并不能带来快乐，纬苍然还是这么固执地想着。现在他的脑子里只有钦天监奇案以及雷虞博杀人案，那就像是一个充满诱惑的迷宫。纵然迷宫外花团锦簇、金玉满堂，他却只是为了那迷宫的终点而着迷。

或者说，那是一个精彩玄妙的智力游戏，只有求出正确的解，才能证明自己的存在。

盛夏到来的时候，纬苍然成功侦破了去年冬天发生在青都齐格林的粮仓纵火案，正打算喘口气琢磨一下那两桩旧案，宗丞却又打上门来了。他的一双绿豆眼不怀好意地在纬苍然身上转啊转啊，转得后者浑身发毛以为自己要被洗剥干净拿去炖汤。

"真不好意思，你又没时间闲着了，"宗丞狞笑着说，"有新的案子要交给你。"

纬苍然在心里叹口气，嘴上却说得很漂亮："有事情只管吩咐。我来到司里，多、多蒙您的照、照料……"

宗丞摆摆手："得了得了，我还不清楚你？你压根不是阿谀奉承的材料，用不着硬拧着说这种话，说出来你和我都闹心。"

纬苍然如释重负地一笑："不是闹心，是有点恶心。"但宗丞接下来的话让他有点笑不出来了："我要交给你一个相当麻烦的案子，不是因为你能力比别人强多少，头脑比别人聪明多少，而仅仅是因为你不会阿谀奉承，也不会被别人收买。如今的虎翼司中，要找到一个不会被收买的人，真的太艰难了。"

"我知道了，"纬苍然简短地说，"南淮黎氏？"

这可是个烫手山芋。纬苍然也是前几天才刚刚听说的。南淮黎氏作为九州大陆上最成功的生意人，一向和宁州的商人们往来密切。这已经不再是羽族自恃高贵的年代了，经商这种为传统所不齿的行当也早已成为风潮，除了一部分最为顽固的老派贵族，新一代的羽人逐渐开始热衷于和外族通商。

南淮黎氏就是在这种背景下开始扩张其在宁州的势力的。作为头脑聪明、擅长审时度势的世家，他们并不直接出面，而是悄悄扶植宁州本地的代理——那多半是一些力求向上爬的新生贵族，早就憋足了一口气想要和老家伙们大干一场。黎氏给了他们机会，他们自然要尽心竭力，因此黎家的生意在宁州越做越大。

当然了，这世上从来不存在既能赚钱又能保持清清白白的商人，黎氏也绝不会例外。他们所耍的种种手段，贿赂、收买、恶性垄断、盗窃商业机密乃至于恐吓勒索，虽然很隐秘，仍然会有蛛丝马迹露出来。比如两年之前，一家位于南药城的黎氏商号涉嫌勾结某地方官府欺压药农，以官府征收的方式低价收购药材，结果逼得一户药农由于无法完成额度而一家三口自尽身亡。此事一时间闹得沸沸扬扬，终于使黎氏沉在深海中的黑暗冰山露出了一个角。只不过……要通过这一角把整座冰山拖出水面，似乎很难。

"过去的两年中，已经有三位调查官在黎氏的南药案上翻了船，"宗丞说，"一个喝醉了酒和醉汉打架，被砸破了脑袋，不治身亡，虽然以他的身手寻常七八个高手都不是他的对手；一个被查出卷入了一起贪污案，证据确凿，只能狼狈离职，虽然他一直高呼冤枉；还有一个……"

"两天前逃走的楚净风。"纬苍然接口说。

宗丞回答："没错，就是他。这王八蛋忽然消失，不告而别，现在应该已经在远离雁都的路上了，而他家中的财物竟然绝大多数都没有带走，显然是那点小钱对他而言已经不重要了。有小道消息说，在宛州已经有一座豪宅划在他的名下。"

"不是小道消息，确定。"纬苍然说。

宗丞很无奈："这就是我要交给你的任务，跟踪楚净风并顺藤摸瓜，这就牵扯黎耀了。你也知道，黎耀是个相当不好对付的人。我想来想去，也许只有你是最适合的人选，不只是因为你不大容易被收买，还因为你出道时间不久，黎耀可能还无法掌握你足够详尽的资料。而你必须要赶在他了解你之前完成调查，所以要尽快动身。"

纬苍然听着"动身"两个字，想了想："我要去南淮、黎耀的老巢？这事……不止欺压药农？"

他说话一向简明扼要，这句话的意思应当是"这件事，不止表面上的欺压药农事件那么简单"。宗丞赞许地点点头："你一向善于动脑筋推理。我也不妨告诉你真相吧。我们根据药农案顺藤摸瓜，发现黎耀不止是网罗下层贵族，和一些高层也往来十分密切。羽皇一直对此颇有担忧，此次楚净风的事情彻底激怒了他，想要好好地查一查。但是我们羽族有名一些的捕役，都在黎耀的名单上，稍有举动就会被注意，只有你是新人，相对不那么显眼，才能有机可乘。"

"危险，是吗？"纬苍然冷不丁问了一句。宗丞一怔，小心翼翼地说："危险嘛，肯定比你之前办过的那些都要高一点点，不过……"

他并没有把"不过"之后的话讲完，因为他分明地听到纬苍然嘀咕了一句："还算有点意思。"

"你过去好像不是这样的人，"宗丞说，"我记得你能够在一个弹丸小城的城务司里成天干些排解邻里纷争、驱逐违章商贩之类的活计，还能够安之若素。"

纬苍然搔搔头皮："不知道。那时候干什么都是干，没想太多，现在……"他皱眉斟酌着词句，"也许是，到了这里，那个……那个……境界开阔了？"

"我发现你还是少说话的好，每次稍微多说几个字，就是胡言乱语地恶心人！"宗丞做出一个要吐的表情，随即板起脸，"记住，你不是去南淮城，而是去往离南淮很远的衡玉城，目的是追捕一名叫作何聿的羽族杀人犯。他在宁州各地犯下了十四条人命，逃往宛州避祸。作为虎翼司的新锐，你只有一个目标：把何聿捉拿归案！"

"为了掩人耳目，我们真的给你安排了一个何聿，"宗丞说，"他会在衡玉弄出一点事来，这样更加不会有人怀疑到你了。然后他会闻风逃向南淮，你则会追过去。当然他一入南淮就会石沉大海，你只能追不得已地在南淮待下去。"

"资料。"纬苍然又说了两个字。

"当然有，一会儿我派人给你送去。不过很抱歉，你真正想要看的没有，"宗丞说，"黎耀在这方面不会留下任何证据，一切都要靠你自己去……捕风捉影……"他忽然压低声音，补充了一句，"卷宗的倒数第二页。老规矩。"

纬苍然微微鞠一躬，不再多话，转身离去。宗丞看着他的背影，忽然间轻轻叹息了一声。

"真是个好小伙子。"他自言自语。

如你所知，不爱说话的人往往行动起来非常迅速。当天夜里，纬苍然就已经收拾好了行装准备出发。离天亮还有四个对时，他却根本没有睡觉的念头，而是把药农案的卷宗拿起来翻阅，虽然他清楚，自己真正要调查的东西没有任何实据。

药农案的内容乏善可陈。当地官府的确有政令，命令治下所有药农按定额每年缴纳若干锁阳草，那是南药最名贵的几味药材之一。据说这些锁阳草都是上供给羽皇的，可问题在于，为什么这种好事羽皇他老人家自己都不知道呢？

这一份定额数量不小，完成难度很大，终于发生了药农无法完成而自杀的惨剧。不需要羽皇听说，大大小小的官员知道有这么一笔冒皇室名义征收的赋税，吓得冷汗直流，赶忙开始清查。

一查不打紧，竟然发现锁阳草的流向是黎氏的药铺，但还没来得及深入，县太爷就离奇暴毙，于是死无对证。黎氏坚称自己只是付钱收货，对于货物来源一概不知。后面的事情宗丞已经讲过，调查者没有一个有好下场，案件始终处于搁浅状态。

这些内容之前纬苍然大多已经知晓，于是信手翻过，但突然之间，他的手停顿了下来，将眼前的一页纸举了起来。他两眼放光，死死盯着纸上的文字，额头上渐渐有汗水渗出来。

这一页纸上所记录的，是那名和黎家勾结的县令的仵作验尸报告。这位县令在结束了一天的工作后回家睡觉，再也没有醒过来，县内的仵作找不到死亡原因。兹事体大，一名城邦直属的仵作被派了过来，结果从他的心脏里找到了一丁点毒质。那是一种来自越州的奇毒，名唤"心一跳"，能直接麻痹跳动的心脏，而且药物起效的时间可以由施药者任意控制长短，实在是暗杀的绝佳利器。遗憾的是，会使用这种毒药的那一支南蛮部族向来不与外人通声气，后来到了战争年代被整个灭族，早已消亡，毒药配方也不复存焉。在很长一段时间内，人们都以为"心一跳"早已消失，没想到这一回让这位县太爷品尝了一下。

然而这绝不是近十余年来"心一跳"第一次出现，在此之前，它还出现过一次！不必回想，那些天天在纬苍然脑海里转来转去的细节立即跳了出来。风鹄，十来年前的钦天监监正风鹄，前上司汤遇所讲述的隐身人案的死者，他的死因就是因为中了"心一跳"。

纬苍然扔下卷宗，靠在被褥上，陷入了沉思。这会是巧合吗？他想，如果是别的毒药，或许是巧合。但这样一种失传已久的奇毒，恐怕不会有太多人掌握，况且它们都被用来谋杀官员。

纬苍然得出一个大胆的结论，风鹄的死亡必然也和黎氏有关。以此推论，雷虞博的事件……难道也会和黎氏发生关系吗？这一家富甲天下的宛州巨贾，看来隐藏的东西还着实不少呢。他们能神不知鬼不觉地干掉风鹄和那位县令，要干掉自己恐怕也不会比捏死一只苍蝇更加费劲。宗丞所说的"一点点危险"，还真是轻描淡写。

"有意思。"纬苍然在黑暗中对自己说了三个字。这个智力游戏，正在出现重大转折。

然后就是最重要的事情了，宗丞所说的"卷宗的倒数第二页"。这是虎翼司中传递某些机密情报的办法。在那一页上，每次会用各种不同的方法隐藏着一些简短的词句，也许是破案的关键证据，也许是一项秘密的指令。

这一次，宗丞这个平时有点神神经经的怪老头儿会告诉自己什么呢？按以往的经历推断，多半不是什么好事。

5

"我们河络族，从来都以真神作为唯一的信仰。一直以来，每一个河络部落都保留着千百年一直流传下来的神启，作为我们心灵与行动的指导。我知道，这种事在你们外族人眼中看来，难免可笑，但对我们河络，这是天经地义的。"王川说。

君无行礼貌地点着头，双手手指放在膝盖上无聊地交叉着，心里想：我他妈不会这么倒霉，先要听他来一段信仰启蒙吧？好在王川接着说下去的话题立即转向了那种挺合他胃口的方向："神启是每一个部落的无上至宝，一般的族民轻易都没有机会去翻阅甚至于触碰。至于外族人，更加是没有资格接近的，那将会是一种亵渎。最重要的是，几乎每一个大部落，都会存在着某种加了神之封印的神启。意思是说，即便是真神自己，也不能相信他的子民能够理解这样的内容。为了避免造成信仰的混淆乃至于崩溃，在获得神的同意之前，这样的神启从来不许人解封阅读，即便是阿络卡也不行。"

君无行差点冲口而出"那要猴年马月才能等到你们的神显灵啊"，但终于没有说出来，这倒不是因为他老人家良心发现有了羞耻之心，也不是因为怕招惹王川发怒，而是他一下子回想起了十多年前那次到塔颜部落的经历。王川绝不会无缘无故地提到被封印的神启，联想到此人之前对自己的养父君微言的态度，他突然有了一种大胆而疯狂的猜测。这种猜测来源于他的亲身经历。

一阵寒风吹过，跳动的火苗也跟着摇晃了一下。君无行感到寒意渐浓，伸手拢了拢衣服，回忆起十多年前，自己上一次来到越州的情景。那时候身边并没有马帮跟随，同行的只有养父君微言一个人。看上去，他对这条路很熟悉，以前一定是走过不止一次的。他知道，养父头脑虽然聪明无比，记性却稍嫌差了一点，而自己虽然怎么也学不懂算学，但和养父正好相反，记忆惊人，过目不忘。当年养父就是看中了这一点才决定收养自己的。这次把自己带到越州来，一定也是想要利用这一长处。

君无行很清楚，养父天性凉薄，对自己是不会存有半点爱心和温情的。所以他也很知趣，只要能供给衣食，从来不会要求什么过分的东西。在外人面前，两人保持着一份恰到好处的亲近与互相尊敬；当没有旁人在场时，两人几乎连对话都没有。这几乎是一种不需要沟通的默契。

但走在越州大雷泽中时，君微言却非常难得地和他多说了几句话。当时好像也是在这样的一个黑夜里，沼泽里毒虫的嗡嗡声搅得人很心烦，月亮从闪亮的水汽中缓缓升起，却又很快被墨黑的乌云所遮盖。君微言看着眼前微弱的火光，不紧不慢地说："养兵千日，用兵一时。这句话你听说过没有？"

君无行其时正抱着一根和他的身体差不多长的羊棒骨开怀大嚼，听了君微言的话丝毫也不感到吃惊。他放下羊腿，用衣袖擦了擦嘴角的油，懒洋洋地说："我明白你的意思。你养了我这么多年，终于到了该我付饭钱的时候了。只管吩咐吧。"

君微言点点头："很好，和你说话就是从来不用费劲。再走大约三四天，就会进入塔颜部落的地界了，到时候会有人来接我们。你一定要做出一副天真调皮的顽童模样，在部落里不大不小地闯一点祸，然后我会以此为借口，要求你一直跟着我，寸步不离身。"

"再然后，你会有机会阅读到一些非常重要的东西，甭管那是什么，你会想办法让我也看到，并且迅速地全部记下来，对吗？"君无行一面说，一面继续捡起羊腿，却发现肉已经有点冷了，于是把它架到火上烘烤。

"你很聪明，简直和我小时候一模一样，若非你不具备成为一个星相师的基本素质，我说不定会收你做入室弟子。"君微言说。所谓"不具备成为一个星相师的基本素质"，指的是君无行在算学方面天赋为负，连最基本的加减乘除都经常弄错。君无行摇摇头："免啦，有天赋也不行，我没那方面的兴趣。像我这样连爹娘是什么样都没见过的小孩，有饭吃，有衣穿，就已经足够了……哎呀，烤煳啦！"

一直到最后，君无行也没能知道，养父想要利用他变相盗窃的，究竟是什么。他成功地制造了一起小小的纵火事件，成功地让养父找到借口将他随身看管。此后他就百无聊赖地跟在养父身边，看着他每天和那个叫作神算德罗的老河络促膝长谈。每每谈到关键之处，他就会被赶到一旁，但也不许离开，于是他只能竖着耳朵偷听。虽然大部分关键词句都听不清楚，但他毕竟还是能连蒙带猜地判断出，养父在向德罗提议两人交换些什么，但德罗始终犹豫着，不敢答应。不知怎么的，君无行心里隐隐希望德罗不要答应，他对于自己心术不正的养父实在缺乏好感，倘若能看到他的计划失败，那也是一种小小的乐子。

但他万万没有想到，最后养父的计划果然没有成功，却是因为一种无比极端的理由。这一天中午，养父正在房中午休，君无行被勒令不得乱跑，只好郁闷地躺在床上，在地下城的黑暗中怀想着热闹繁华的天启城。就在这时，神算德罗连门都不敲就径直闯了进来，将梦中的养父唤醒，低声对他耳语了两句。君无行看到，养父顷刻面色惨白如纸，一下子跳下床，连鞋都忘了穿。

"被烧掉了！怎么可能！"他禁不住叫出声来。德罗慌忙阻止他，他才没有继续说下去，但君无行从这一声喊已经可以猜出来：养父费尽心机想要盗取的东西，还没能看到，就已经被烧了。至于是谁烧的，为什么被烧，之后没有人向他提起，他也无从得知了。他跟着父亲离开越州，一路上君微言都阴沉着脸一言不发，看来是受到了很大打击。

这之后，又过了两年，养父君微言再次受邀去往塔颜部落，这回不知为何并没有带上他。而君微言最终并没能回来，他同其他几位星相师一道，被羽族的雷虞博杀死了。

时隔多年，君无行再次遇到了塔颜部落的河络，而且是这样一个身份特殊的角色。他仔细回想着当年的情景，想想王川对君微言的痛恨，再想到他方才提到的"神启不能给外族人观看，那是一种亵渎"，忽然之间，他的思路一片豁然开朗，这些看似无关的事件似乎都串了起来，融会贯通了。他稍微整理了一下思绪，问王川："照这么说，如果有外族人可能会亵渎被封印的神启，你的选择会不会是……宁可把神启毁掉？"

王川好像是被人打了一闷棍，浑身都禁不住抖起来。他向着火堆挪近了几步，却仍然无法止住身上的颤抖。

"那个想要靠近神启的人，就是我的养父君微言吧，"君无行不依不饶地追问着，"但他最后并没有达到目的，那是因为你，当时的执刑长老长剑布斯，把他想要得到的东西毁掉了，是吗？"

火光下，王川的眼神充满了绝望和悲愤，却也隐含着一丝骄傲。他喃喃地说："是啊，我毁掉了部族最为神圣不可侵犯的一道神启，这个罪孽重到我甚至不能以一个河络的身份去死，而是被剥夺了我几乎赖以生存的信仰。可是我不后悔，绝不后悔，从来也没有后悔过。在真神面前，我不过是一粒无足轻重的尘埃，能够用我的名誉保护神的尊严，我已经很知足了。"

"你为什么非要用这种极端的手段呢？就不能温和地阻止吗？"君无行问。

王川嘿嘿一笑："温和地阻止？在一个河络部落里，只有一个人的话具备至高无上的力量，那就是阿络卡。如果阿络卡的心都被人迷惑了，别人说话还有什么用呢？"

"阿络卡的心都被人迷惑了，"君无行禁不住重复了一遍，"那个能说动阿络卡借出神启的，就是神算德罗？"

王川没有回答，但他的表情已经默认了。君无行叹息一声："那你能不能告诉我，我的养父究竟想求阅什么样的神启呢？它究竟封印了怎样的秘密？"

这个要求看来很让王川为难。他眼望着火堆，陷入了沉默，直到一粒火星溅到他的衣服上才反应过来。君无行说："这件事很重要，因为它必然和一年后塔颜部落发生的那起凶杀案有关……"

他还没说完，王川霍然站起："你说什么？什么凶杀案？"

这回轮到君无行发愣了，但他很快想明白了，这起血案的消息一直被压，本身就没有很多人知道，王川又忠实于部族的宣判，只怕十多年来都强忍着不去打探部落的任何消息。于是他简要讲述了一下事件概况，王川听完，面如死灰。

"这么说来，德罗他……也死了？"王川的表情似哭似笑，"这些年来，我从来也不曾停止过对他的痛恨，可是……他毕竟是我们塔颜部落最精通星相学的人，他死了，对我们……"

他说不下去了，君无行倒是对他生起了几分敬意，这的确是一个对自己的种族和部落无限忠诚的河络啊！君无行轻拍他的肩膀，温和地说："这件案子到现在仍然没能找到答案。外人对塔颜部落一无所知，你们的人即便知道些什么，也不肯说出口。可是你想想，神启已经被烧毁，德罗也死了，付出如此惨重的代价，却连事实真相都没法查明，这样值得吗？对得起一直庇佑着你们的真神吗？"

其实事情真相是否查明，和对不对得起真神之间，并没有必然联系。但君无行信口胡诌的这一句，却对王川颇有触动。他猛地从火堆中抽出一根还在燃烧的树枝，在君无行打算逃命之前，恶狠狠地将树枝按在了自己的肩膀上。那里的衣服早已撕破，伤口也并未痊愈，这一下只听得"哧啦"一声，一阵难闻的焦臭味弥漫开来。但王川的脸上却有一种如释重负的神情，仿佛这样肉体的伤痛能减轻精神上的折磨。

"不同的部落，有着不同的封印，"王川喘息着说，"在传说中，某些古老的部落保留着九州世界形成那一刻的证据，某些部落存有最神秘的种族——龙族的记载，而我们塔颜部落，保存的是……保存的是……"

他仍然在犹豫着，不敢说出来，君无行不敢催促他，内心虽然焦灼，表面上还装得若无其事。然而正当王川迟疑未决时，从高处忽然传来几点光亮。有人在悬崖上方点亮了火把，并且做有规律的运动，那是一种信号。

王川也当即举起一根燃烧的木头，向上打着信号，嘴里说着："他们来救我们了。"救援到来，君无行却一点也不开心，心里恨得牙痒痒的，知道那片刻的动摇之后，再想诱使王川向他讲述封印的事，可就没什么机会了。那种心情，大概就相当于一个好色之徒费尽心思勾搭良家妇女，眼看就要得手，该妇女的丈夫却忽然破门而入。

他娘的，君无行郁闷不已地伸出手，抓住了从山壁上垂下来的绳子。君大师的崇拜者们正在高处等候着他。他们将会向君大师诉说，在泥石流发生后，他们是如何的焦虑不安，又是怎样地向附近村寨的山民求助，弄到了攀缘工具来拯救他。他们将会为自己如此迅速地救出君大师而激动，却万万想不到君大师心里恨得想把他们都扔到山下去。

第五章
凶兽·幻境

1

雷眼山如此险峻，交通极为不便，物资很难运输上去，因此绝少有山间驿站供人歇脚。马帮从雷眼山北麓进入，开头两天之后，再也没有碰到一处驿站，直到已经快要离开南麓时，才找到了一个。这个驿站紧依着一处近乎直立的危崖修建，其实也就是简单地搭起一个棚子，摆上几张桌子椅子。棚子不大，有一半的桌椅都摆放在露天。

君无行此时也顾不得大师的风度，同马帮汉子们一道扑将上去，在肮脏的露天桌子旁坐定，大碗大碗地喝着粗劣的烧酒，嘴里嚼着连毛都没有拔干净的山鸡肉，心中感叹：总算是活下来了。为了装神弄鬼骗人钱财，他一路上都硬挺着做出种种镇定自若的神态，其实心里也是苦不堪言。

吃饱喝足了，便舒舒服服靠在椅子上，一面让被马背折磨了一天的屁股得到休息，一面听着马帮中人和驿站站长的对话。这位驿站站长并非当地土著，而是来自与东陆隔海相望的西陆雷州。他很直言不讳地说，自己是因为在当地做非法生意误杀官差，这才逃到越州来避祸的。马帮汉子最喜欢爽直真诚之人，而且自己也经常做些超乎律法界限外的勾当，双方一时间臭味相投，聊得颇为热乎。

君无行也饶有趣味地听着双方交谈，说一些在他耳中近乎天花乱坠的各地异闻。驿站站长是一个外表朴实的青年男子，不善言辞，据他说自己不过三十四岁，但一看就是饱经生活锤炼，看来比实际年龄大出不少。他也不收酒钱，只请马帮折价卖给他一些盐和茶叶之类的必需品。

"对了,有一样好东西,你们肯定很久都没有尝到过了。你们一定喜欢。"他忽然憨厚地一笑,转身进了屋,出来时搬出来一些炭炉铁板之类的器具,点上火。

"炸鱼丸!"君无行的眼睛都直了,"这也太离谱了!"

这位姓邱名宇的站长哈哈大笑,透出一种朴实的得意:"这附近有一座瀑布,瀑布下的水潭里面很多这样的白鱼,肉很肥,也很嫩,做成鱼丸最好不过。"

大家见到那莹白肥美的鱼丸,个个食指大动,都围了上去。邱宇一面烹制一面说:"我这个人只有点蛮力,把鱼肉拍扁了做成鱼丸还行,做饭不行。这些调料,都是我的妹妹邱韵做出来的。"他顿了顿,又说,"刚才各位吃到的饭菜,都是她的杰作。"

除了王川照例一声不吭,马帮中人都轰然叫好,只有君无行在心里轻叹一声,因为方才的几样菜味道实在一般。如果还是此女的手艺,那不是糟蹋鱼丸吗?不过他也知道,这一队马帮常年山中奔走,几乎没有机会见到女人,这一次好不容易队中有个女客商,偏偏又长得……不那么对得起观众。此时又能见到一个女人,他们所兴奋的,大概在此吧。鱼丸什么的,只怕无关紧要,只要有个漂亮姑娘,大概端出一盘泥丸他们也笑纳了。

一名马夫喊了起来:"那一定要请舍妹出来,和我们一见,让我们表达一下谢意!"其他人也跟着起哄,容不得邱宇推辞,只好答应。这位仁兄显然想说话略显风雅一点,可惜水平有限,连"舍妹""令妹"都分不清楚。

唉,真是一帮没品的好色之徒,君无行十分正直地想,看这站长的相貌,他的妹妹就算出来多半也只能吓唬人。可惜这样的正直维持了还不到半盏茶时间,站长的妹妹真的被请出来了,然后他就傻眼了。

他真的不敢相信,在雷眼山中也会有这样美丽的女子。尤其那双温婉如水的眼睛,和凶猛粗粝的雷眼山脉放在一起,似乎显得那么的不协调,却又好像能完美无瑕地统一在一起。女子走出来时,君无行还能努力做矜持状,其他人却差点连手里的酒碗都扔掉了。

在片刻的震惊后,君无行忽然生起了一丝疑惑:这样的漂亮姑娘,怎么也应当生于大户，锦衣玉食，怎么会是这个逃犯的妹妹，躲在如此荒山中照料驿站？他隐隐觉得其中可能有点问题。我们的君先生虽然好色，脑子却并不糊涂，暗暗多留了个心眼。

邱韵向众人微微福了一福，以示致意，随即便打算回屋。驿站长此时正巧将鱼丸煎好送到桌上，马帮众自然少不得大呼小叫，邀请眼前这位难得的美女入座。邱韵显得略有点为难，但还是点了点头，大大方方地坐了下来。

君无行又感到有些意外，忽然觉得这女子的性格相当合自己胃口。他曾接触过一些扭捏作态的女人，未说话之前脸先红透，走到哪里都恨不能拿袖子半遮着脸，据说所谓淑女都是那副德行。君无行对此的评价是：这不是女人，而是鸵鸟，因为只有鸵鸟才喜欢动不动就把脑袋埋进沙子里。

还有一些女人正好相反，别说见个面喝杯酒这种小事了，认识不到三分钟，就能脱衣服。君无行对此的评价是：这不是女人，而是河马，因为只有河马大概才有那么厚的皮。

当然还有雷冰这样的女孩，如果在她完全听不到的时候，君无行可能会小声嘀咕两句：这也不是女人，这是披着女人皮的男人，尽管雷冰长得不会比眼前这位美女更差。这位名叫邱韵的女子的确是与众不同，矜持而不造作，端庄而不矫情，属于那种最能令君无行心动的性格。他悄悄地调整了一下坐姿，力图使自己的形象看上去更好一些。

不过不用他多做什么努力，他那副游手好闲的尊容已经足够为他和马帮众划出界限了。邱韵轻启朱唇，毫不腼腆地喝了一杯酒，眼光随即向他扫了过来。

君无行还在思量着如何搭腔，马帮帮头巴略达已经抢着开始介绍了："这位是九州知名的星相大师君无行先生。"君无行先生有礼貌地点点头，笑纳了巴略达所赠送的"九州知名""星相大师"的帽子。

邱韵的双眸微微一闪："君先生如此年轻，已经能有这样的成就，真是难得。"

这是所有人第一次听到她说话，那声音并不像她的眼神那样温软细腻，却带有一种无法言说的沉着与恬静。马帮众大概还听不出什么，君无行却感到了这女子身上蕴藏的某种力量。他愈发觉得此女非同一般，赶忙将方才那一丝心猿意马、想入非非收了起来，定定神，微笑着回答："那只是巴略达谬赞而已，同那些真正的星相大师相比，我的修为还差得太远太远。"

除了他自己和王川，谁也不知道这句话实实在在是发自肺腑的真心话，他一生所说的话大概没有比这句更真诚的了，但在旁人听来，这却是一句非常得体的自谦。邱韵点点头："才能犹在其次，能够拥才而不自傲，才是最难得的。不知道我有没有荣幸向君先生请教一下星命方面的事情呢？"

果然冲着我来了，君无行想。然而当此情境，容不得他推辞，况且还有他的忠实崇拜者们在旁聒噪助推。于是他只能答应下来，就在面前的木桌上给邱韵分析一番。

这里可以简介一下君大师利用星相骗人的方式。他对于真正的星相学其实一窍不通，但凭借着良好的记忆力，首先记住了天空中诸天星辰的名称方位和重要星阙的运行轨道。光是凭着信手指点星曜的那股气势，就能让人先佩服个七八成。

倘若是遇上了眼下这样白昼不容易见到星星的时节，他又会展现他超卓的背书功夫。君微言死后并未给他留下什么遗产，只有一书柜的星相书籍，不久都被君无行拿去变卖了。但在变卖之前，他已经挑了一批被君微言翻阅最多的（这说明该书比较重要）统统死记硬背了个滚瓜烂熟。待到替人算命时，他张口《占术纵览》闭口《星流补鉴》，再加上几句"三日之后，裂章将进入谷玄轨道"之类扯得没边的话，一般人都会被他说晕过去。

但邱韵却没那么简单。她虽然也是认真地凝神细听，却时不时要问一些问题，而且每个都问到关窍上。好在君大师也是身经百战之人，绞尽脑汁一一应对，面上保持着潇洒的微笑不变，背上却已经被汗水湿透了。他为了掩饰自己的紧张，眼光也时常作无意状四下里扫扫，却一下子发现邱宇坐在一个角落里，目光游移不定，发现自己正在看他，立即把头扭开。但那一瞬间，君无行已经注意到了一件很有意思的事。

——邱宇的目光显得十分紧张，甚至可以说有些恐惧。自己一个人畜无害的伪星相师，有什么值得他恐惧的？

也许令他恐惧的根本不是自己，而是这个方向其他的人？比如说……邱韵？

君无行不动声色，一面嘴里继续舌灿莲花，一面暗自戒备着。他脑子里滴溜溜转得飞快：邱宇和邱韵究竟是什么人？这两个人有何目的？他们的危险性到底在哪里？邱宇看上去就是个普通的山中汉子，但是从来人不可貌相，保不齐此人身上有什么惊人的功夫。邱韵则完全看不出底细，而看不出底细的人才是最值得小心的。

好不容易熬到将星相事宜解释清楚，邱韵很诚挚地向他致谢，却又问了个问题："君先生不远千里，翻越大山来到越州，不知道所为何事呢？"她紧接着又感到有些不好意思："真是抱歉，我只是一时好奇，您可以不必回答。"

君无行一转念，笑着说："哪里哪里，本来也就没什么秘密可言。我深感自己才疏学浅，有负星相师之名，听说越州某些河络部落精研星相之术，自成一派，和我们人类的方向大不相同，所以想要去拜访求教，增长自己的知识。"

这话半真半假，乍一听倒也没什么破绽。邱韵微微一笑，没有多说，那笑容颇有几分神秘。远处的邱宇却已经开始擦汗，嘴嗫嚅着好像是想说话，却没敢说出口。

邱韵忽然出声招呼："哥哥，这里的酒都快喝完了，麻烦再给诸位朋友送一些来。"君无行循着她的话紧盯邱宇，只见邱宇脸上立刻显出十分紧张的神情。但好像邱韵说话他不敢抗拒，仍然又抱出了两大坛酒，一一为众人斟上，还强作欢颜分别劝酒。除了早已心中存疑的君无行，没有别人看出他的脸色有异。

邱宇倒完酒依旧退回去，君无行又转过一个新点子，决定撩拨邱宇说话。他冲着邱宇说："邱兄，为什么不一起过来坐坐呢？"

邱宇一愣，结结巴巴地说："不必了，我不怎么会说话，你们聊就行。"

君无行更增疑惑，死皮赖脸一定要邀他过来。邱宇无奈，只好过来坐下，但君无行仔细观察，发现他的屁股只是虚虚放在椅子上，好像随时准备跳起来逃命似的。而且他的眼神有意无意，总在往自己脚下瞟。

脚底下有文章！君无行心里一沉。他装着见色心喜的模样，和邱韵说了几个略显粗俗的笑话。马帮众听了都哄堂大笑，邱韵居然并不生气，而是宽容地陪他笑笑。君无行却相当放得开，忘情地一面大笑一面在地上重重跺了几脚。他发觉，下面的地底是空的，里面很有可能藏了什么陷阱。

他不动声色，讲了一个更加放肆的小段子，当讲到结尾处的那句"……兄弟，我说的是我们每到空闲时候就骑着香猪到附近的村镇里去"时，脚下跺得更重，地表被他踏得微微下陷。邱韵终于注意到了他的行为，脸色一变，君无行索性直视着她的眼睛。

"漂亮女人的心真是高深莫测，"他说，"你是黎耀派来的吗？"

坐在一旁的邱宇一下跳了起来，踉跄退出几步，满脸惊惶。邱韵轻叹一声："君先生，你果然如传闻中的聪明机警，可是你就不担心聪明反被聪明误吗？"

这句暴露敌意的话君无行等待已久，马帮众听了却十分突兀，一时间不知所措。就在他们发愣时，君无行已经听到脚底传来异响，当即大喝一声："大家快逃！"

他一面喊，一面已经高高跃起，眼睛余光一扫，地面上裂开了一条缝，好像有什么黑乎乎的东西正在钻出来。而邱韵镇定地坐在原地，仿佛什么都没有发生。

2

人类的城市完全不适合羽人生存。纬苍然从北陆进入东陆不过两天，就已经得出了这个确凿无疑的结论。

从宁州到宛州，是一段漫长跋涉的旅程。纬苍然自幼就已经习惯了吃苦与忍耐，所以旅途本身于他而言并没有什么不能适应，只有东陆人的某些古怪习气才是最让人受不了的。

比如刚刚来到中州北部的林河城，就不断地有人上前纠缠，或者兜售商品，或者死乞白赖地要给他做向导。纬苍然很有礼貌地告诉他们自己不需要向导，也不需要买那些鸡零狗碎的劣质小货品，他们却仍然穷追猛打，让纬苍然很有几分想要凝出羽翼迅速飞离的冲动。

又比如进入到繁华一些的宛州城市后，投宿住店时，总有些老板、店伙、车夫之流的人来找他聊天，张口闭口净是："你们羽人都是住在树洞里吗？""你们只吃蔬果不吃肉，是不是从来都不用生火？""听说在宁州，杀死一个人判的罪还不如砍倒一棵树重，是真的吗？"这些问题有的让他很恼火，有的让他完全不知该如何回答。他发觉虽然战争早已结束，种族之间的融合交流也日益增多，人类却总有一种莫名其妙的优越感，就好像六大文明种族只有人类——确切地说，华族人类，因为蛮族人也在受歧视之列——才真正和"文明"二字沾边，而其他种族统统都是茹毛饮血、钻木取火的野人，还在过着暗无天日的生活。

后来他终于有些忍不住了，加之自己不善言辞，本来就不喜欢和旁人过多交谈，于是不得已动用随身带着的表明身份的对牌，每到一座城市，就到羽族设立的公馆中住宿，求个耳根清净。他本来并不愿意享受这种特权，然而形势所逼，不得不享也。

这样一路来到了衡玉城，心情总算好了很多。衡玉是一座见多识广的城市，每日里人来人往，各大种族都在此处会聚，市民也并没有那么少见多怪。人们偶尔与他接触，也不过是抱着一种大城市居民见到乡巴佬的心态，这种心态大约就和等级观念森严的羽族中贵族见到平民一样，至少不会太别扭了。

纬苍然公开的身份是雁都虎翼司派来追捕通缉犯何聿的捕快。据说该何聿在宁州各地抢劫杀人，光是确定记在他账上的凶案就有十四起，其余还有一些被怀疑为他的手法的，加在一起恐怕超过二十起。此人藏在哪里纬苍然并不知晓，但他只需要耐心等下去，何聿很快就会在衡玉城犯事露面。

在此之前，他需要做的就是以官方身份拜会当地人类的衙门，向他们详述何聿的危害性，请人类协助他搜捕此人。宗丞向他拍了胸脯保证过，何聿是一个十分机警的人，况且通缉令上提供的相貌体征都是错误的，绝不会被人类抓住。

"就算是你自己想要找到他，恐怕都很难，"宗丞临行前对他说，"所以你只管等着就行了，没事儿在衡玉城逛逛，看看当地风物，但记住别去勾搭人类的姑娘，免得惹麻烦，哈哈。"

纬苍然"哦"了一声，并没有理会宗丞最后一句毫无水准的冷笑话，却想起了另一个问题："他要杀人，在衡玉？"

"不然怎么证明他的存在呢？"宗丞反问。

"人命很无辜。"纬苍然皱着眉头想了许久，憋出这五个字。宗丞苦笑一声："我们没有别的办法。如果不能尽快拔除黎耀在我们当中种下的毒瘤，会有十倍、百倍、千倍的人受到伤害，甚至于更糟。"

他又说："我甚至可以告诉你，扮演何聿的，也是我们一名很优秀的骨干。长期以来，他的所作所为都是为了除暴安良，保护百姓，干这件事他也感到非常痛苦。然而为了羽族的利益，这一点小小的牺牲，总还是要做的。"

"但是，人命很无辜。"纬苍然又想了很久，还是给出这五个字。宗丞带着一种对牛弹琴的悲哀大步离开，不再搭理他。

现在纬苍然就在衡玉城等待着何聿动手。他的心里很矛盾，一方面希望尽快动身去往南淮，追踪叛逃的楚净风；另一方面又不希望看到何聿出手，因为那样会造成平民的伤亡。在这种矛盾的心态之下，他不知不觉间已经把衡玉及其周围的地方都逛遍了，虽然表面上是在寻找何聿，事实却让他产生了"其实我是到这里来公费旅游的"的错觉。

但这样的公费旅游在一个闷热的午后终于被破坏了。当时纬苍然按照多年来养成的习惯，刚刚趁着天气最热的时候在公馆院中练完了武，正打好一桶水准备在房中擦擦汗，一阵急促的敲门声响起。他匆匆拾掇一番打开门，进来的是公馆的负责人向立人。

难道是何聿动手了？他心里一阵说不出的滋味，只希望何聿杀的本来就是该死之人，最好是到死囚牢里搞点屠杀……正在胡思乱想，向立人却一脸喜色地向他汇报说："纬爷，好消息！人类的衙门已经帮我们把何聿给抓住了！"

这个好消息实在好得过分了点，纬苍然第一反应差点大喊一声："抓错了！我们给出的相貌体征都是假的！"但他毕竟为人沉稳，震惊之下还是强自稳住了情绪，跟随向立人先去院中见人类衙门派来的官差。

但接下来的事情更加出乎他的意料。将何聿抓来的人并非官府公差，而是几名普通百姓。当然了，这里的普通百姓只是和"官"对应的概念而已，这几人一看衣饰就普通不了，绝对是出自富贵人家。而为首那个中年人虽然面带微笑，礼数周到，身上所带有的那种高人一等的气势却怎么也掩藏不了。

"纬先生，幸会幸会！"对方拱手为礼，"在下狄放天，是南淮黎氏黎耀公子的管家。"

纬苍然刚刚擦掉的汗水又冒了出来。他嘴里应承的是什么连自己都没注意，心里却是一团乱麻：黎氏无疑已经完全洞悉了他此来的意图，并且用这样肆无忌惮的方式在向他明目张胆地示威。他又进一步想到，黎氏再厉害也不是神，不可能未卜先知、能掐会算地知道整个计划，显然在宗丞的身边还有内奸。想到黎氏的势力竟然会如此深入并盘根错节地驻扎在羽族内部，纬苍然的汗水又迅速干掉了，却有一种寒意从脚底升起来。

狄放天说："我们黎氏一向和羽族保持着良好的关系，双方通过生意往来互惠互利，很多当朝大贵族都是我们黎公子的老朋友了。如今这名凶犯胆敢逃到东陆来藏匿，纬先生虽然大能，毕竟人生地不熟。我们如果不出手效犬马之力，那可真是对不住朋友了。"

纬苍然这才注意到躺在地上的何聿。他的手筋脚筋已经被全部挑断，躺在地上动也不动。纬苍然仔细看着那张沾满血迹的脸，发现此人他以前曾经见过，也是虎翼司中的一名成员，不过绝少在司里露面，他连名字都不知道，估计是专门从事卧底事宜的。眼下他手脚筋已断，即便不死，此后也必将终生成为废人，对于一个练武之人而言，这样的打击不言而喻。

"此人虽然改头换面，相貌已经和通缉令上大不相同，但行踪诡秘，行碟也是伪造的，还是被我们看出了破绽，"狄放天丝毫不带表功的语调，仿佛只是在叙述一件家常小事，"他的武功很硬，身法尤其轻捷，我们死了三人，伤了七人，这才把他抓获。为防他逃脱，我们并未和您沟通，就挑断了他的手脚筋，十分抱歉。"

纬苍然看着何聿的眼睛，那里面饱含着一个年轻人对死亡的恐惧，一个练武之人从此被废的绝望，以及一个捕快未能完成任务的不甘心。他凝视着这双充满痛苦的眼睛，用自己的眼神向他传递着信息："安心去吧。我一定会把黎耀的真相全部揭露出来。"

对方面无表情地死死瞪着他，好像是要确认他的话，随即，那具瘫软在地上的身躯猛地弹了起来，背后在一瞬间强行凝出了一对羽翼。羽族的羽翼纯靠精神力凝结，即便在捆绑状态下，也能伸展。只不过一般人受重伤后精神涣散，原本无法凝翅，但何聿却拼尽自己的最后一口气飞了起来。

羽翼拍打带来的劲风令众人都有些睁不开眼睛。但站在狄放天身边的几名随从并无丝毫慌乱，其中一人拔出剑来，护在狄放天身前。眼见着何聿高高飞起后，猛然提速向狄放天撞了过去，但由于伤重力竭，身子在半空中已经是歪歪斜斜的了。那随从剑法着实不弱，看准时机，当胸一剑刺去，正中胸口。

然而何聿仿佛完全没有痛觉，虽然被长剑钉入胸口，仍然勉力下冲，剑锋透背而出，何聿满是血污的脸却已经到了那随从眼前。一声嘶哑的惨号之后，随从的喉咙已经被何聿用尽全力生生咬断。他的身体也紧跟着掉在地上，不再动弹了，眼睛却不肯闭上，仍然看向纬苍然所站的方向。

何聿的尸身被收拾走之后，神色不变的狄放天向纬苍然道歉说："真是对不起，我们打理不周，倒教纬先生受惊了。"

"没什么。"纬苍然平静地说。他低下头，看着何聿洒在地上已经变成紫黑色的血迹，又补了一句："这才是羽人。"

狄放天打个哈哈，问他："既然何聿已经拒捕被杀，纬先生此行的目的，可算是圆满完成了？这何聿果真是厉害非常，幸好身在我们的地盘，任他再有能耐，仍然难逃一死。"

这话表面在说何聿，其实是在暗示纬苍然：快滚回你们羽人的地盘去吧。你们的花招我们揭穿了，何聿这样扎手的角色都被我们干掉了，何况是你？

纬苍然摇摇头："这件了结。还有一件。"

狄放天眉头微皱："哦？可有兄弟可以为您效劳的地方吗？"

纬苍然说："有。我要去南淮，找楚净风。"

狄放天眉头皱得更紧，但很快舒展开来，脸上又挂出了那副和蔼温顺的笑容："纬先生年少有为，胆略过人，如此人才实在是令狄某佩服有加。兄弟即日便会启程回南淮，期待与纬先生在南淮再见。"

"一定会。"纬苍然淡淡地说。

3

地底传来的怪响声刚才还很轻微，但眨眼工夫就变得震耳欲聋，众人都发觉了不对，纷纷起身离座，想要逃开那声音的范围。

"没用的，"邱韵用十分温柔的声音说，"你们在大山中走了那么多年，难道连鸠芒有多大都不知道吗？"

鸠芒！所有马帮中人都惊呆了。他们在雷眼山中来来往往若干年，对于鸠芒的传说耳闻已久，尽管都没有亲眼见过，但对这种可怕生物的种种特性仍然印象深刻。这是一种半植物半动物的古怪物种，外面看来好像一大团形状不规则的岩石，体型庞大无比，一般可达数十丈。常态下的鸠芒是一只行动缓慢而脾气温和的巨型动物，平时深藏在地底，慢慢在山石与泥土中向前掘进，通常一个月时间也前进不了多少。在这种时候，它的身上会伸展出许多细密的触须，在泥土中延展出很长，寻找各种地下小生物入口，在没有足够的动物可进食时，甚至也能直接从泥土中汲取养料。

然而鸠芒并不总是那么温驯无害，它也会产生一些恐怖的变化。当鸠芒的主体死亡时，那具躯体就会转变为植物，从此不能再动弹，只是在深深的地底扎下根来，而以往延伸出去的触须却仍然具有生命力，而且伸展得比以前还要长数倍。此时的鸠芒虽然成了植物，却反而具备了可怕的攻击性，能够利用自己的触须钻出地面攻击其他生物，甚至用蛮力挤开地面，将地表上的生物活生生吞下去。

君无行这次与马帮同行，就听巴略达讲过一个和鸠芒有关的传闻。据说在几百年前，曾经有一个规模较小的河络部落为了扩建地下城，在雷眼山山腹中一路开凿山石，此后这个部落就忽然间销声匿迹，再也没有任何人听到过他们的下落。半年之后，才有另外一个部落的河洛族人找到了他们，确切地说，是找到了他们的墓穴。这一整个部落的河洛，竟然在无意中打通了一处鸠芒的藏身之所，结果整个部落的人都被杀死。对于这只鸠芒而言，撞上这样的丰盛大餐，只怕也是生平未有。当它被发现时，前来探查的几位河洛躲得远远的，只看到遍地被消化得干干净净的白骨，此外还有若干个蚕茧状的透明黏膜裹成的物体，里面是还没有来得及被吃掉的河络的尸体。鸠芒分泌出了某种药液，使他们的尸体始终处于半腐烂状态，以便自己饥饿的时候入口。

巴略达当时讲得口沫四溅，煞有介事，君无行听了也不由得觉得有些恶心。幸好巴略达又接着强调，广大无垠的大山中，鸠芒的数量毕竟是极少数。因为这种生物体型实在太庞大，即便是尽量伸展根须，找到足够食物也是相当不容易的事情。

"你要是去过沙漠就会知道了，沙漠里的植物，都是小小的，绝对没有参天大树，"巴略达说，"因为体型小，才能锁住水分，减少消耗。鸠芒也是同样的道理。"

他补充说："我在大山里跑马帮跑了三十年，还从来没遇到过鸠芒呢。"这话多少让君无行得到了一丝安慰。但他万万没有想到，此刻距离走出雷眼山已经没有几天路程了，他偏偏会遇到一只活的。

众人惊恐万状，但仍然抱着一丝希望拼命向着远处奔逃。几声巨响后，地面上破裂开无数大洞，鸠芒的触须钻了出来。但这些触须形状扁平，更像是青蛙或者蜥蜴的舌头，思之令人作呕。

君无行虽然第一时间跳出老远，但鸠芒的体型实在过于庞大，仍然没有逃离它的攻击范围。刚一落地，几只触须已经冲着他的脚底卷过来，他身形一晃，闪开了这几条触须，嘴里还不忘抱怨一句："别来找我，我又不是蚊子。"

但鸠芒才不会管他是不是蚊子，一击不中，更多的舌状触须从地下伸出，向他攻来。君无行一面躲闪，一面百忙中往周围扫一眼，马帮汉子们有的在勉力逃窜，有的索性就拔出身上的武器，与那些触须硬拼。但触须一来厚实，二来滑溜溜地不沾力，武器根本砍不进去，全都被弹开了。已经有两名客商没什么武功、脚下又不够快，被那舌状触须一沾到身上，立刻牢牢黏住，惨叫连连中，生生被卷到了地下。

君无行再看看邱氏兄妹——他现在确定无疑这两个人绝对不是兄妹——有所防备的邱宇已经提前跑开，躲到了相对安全的地方。但他应当仍然是对邱韵有所忌惮，不敢跑得太远。至于邱韵，竟然和方才一样，仍然坐在酒桌旁，动也未动。那是唯一一张没有被掀翻的酒桌，而所有的舌状触须也是绕着她伸出，没有任何一根去攻击她的。

君无行不觉怒气勃发，双手一合一搓，再摊开时，掌心中隐隐透出了一股黑气。这是谷玄秘术中极为凶猛的一招，名唤"黑色缚咒"，中者身上会有一道黑气逐渐蔓延扩散，等到黑气遍布全身时，体内的血液便会凝成固态，不再流动，人自然也会丧命。而倘若是植物，体内的体液也一样会凝固。君无行一时间分不清眼前这只鸠芒究竟该算动物还是植物，索性用这一招最为保险，因为这世上从来不存在体内没有体液的生物。

他将手中的黑气凝成线，口中念动咒术，黑气放了出去，离他最近的两根触须立即染上了黑气。那黑气顺着触须一路蔓延开去，很快触须全身都变得漆黑。君无行冷笑一声，正准备对其他触须如法炮制，却惊讶地发现方才被染黑的两根触须生命力没有一丝一毫的减弱。其中一根放弃君无行，转向另一名马帮中的刀手，"啪"的一声贴在了他的背上。那刀手回刀砍去，但背对着对手，很难用力，触须真的像青蛙捕虫一般，将他的身体死死黏住，就那样拖进了地底。

怎么会没有效果？君无行心里一沉，又变换了几种秘术。他所修习的秘术以谷玄系为主，谷玄是九州十二主星中主黑暗、终结与死亡的，其攻击性秘术往往具备极大的威力，不必借助风雨雷电等外物，都是直接针对生命体施术。但是万万没料到，这些秘术没有一样奏效。君无行不会武术，轻功逃命和秘术防身就是他安身立命的法宝，然而自己引以为傲的秘术修为竟然不起作用，心中的震骇可想而知。

地面开始剧烈地震颤起来，一道道裂缝如密布的蛛网四面散播开去，君无行只觉得要站稳都很困难。他仗着轻灵的身法，屡次想要突出重围，却被无数触须死死拦住去路，脱困不得。而其他人大都已被击倒或者黏住，下场统统只有一个——被拖入地底。至于是做鸠芒的即席午餐还是存起来日后慢慢吃，那就不得而知了，反正君无行此刻自身难保，也无暇他顾。

君无行费力地躲闪着，忽然想到："我能不能直接攻击邱韵？"看起来，这头凶悍的鸠芒似乎是受邱韵控制的，如果能把邱韵击倒，是不是鸠芒就会停止攻击？但也有另一半可能，那就是这只怪物开始完全不受控制，那时候恐怕自己就彻底逃不掉了。如今这只鸠芒不但伸出触须，自己的身躯也在地下不断地震颤，令整个地面剧震不止。

但是事到如今，不搏一把也不行了。君无行再度运起黑色缚咒，心里已经提前拟好了攻击的路线，只要能欺近到五尺之内，缚咒便可以施放到邱韵身上。

计划停当，他便开始变换步法，表面上作躲闪状，实则准备抓住空隙突袭邱韵。但就在此时，一个小小的身体撞在了他脚上。他低头一看，却是老河络王川。看来他仗着身躯小巧，倒也颇能躲闪腾挪一阵子，但毕竟上了年纪，体力不支，终于被抽中一记，失去平衡倒在了君无行脚旁。

君无行正想伸手扶起他，然而就在这一瞬间，他的心里闪过了一个非常古怪的念头。看到王川，令他想到了一些旁的事情，将这些事情仔细推敲后，他觉得自己拟定的作战计划很有可能是错误的，而且是极其错误的。对于形势，他似乎应该做出一个全新的判断。

危急关头，他也并没有时间去仔细分析自己的想法究竟是对是错，然而君无行一向有一个毛病，或者说是优点，那就是对自己的智力水平和判断能力从来深信不疑。此刻他对自己默念一声："娘的，老子这么聪明的脑袋，不会错的！"紧接着就下定了决心。

他猛然停止了一切活动，就这样站在原地不动弹。身旁等待时机已久的触须当即卷了过来，将他死死缠住。

但他却并不慌乱，脸上反而浮现出镇定的笑容。他闭上眼睛，深吸一口气，运足全力大喊一声："我已经完全看穿了！快把这拙劣的幻术收起来吧！"

随着这一声喊，地面的震动忽然间停了下来，卷在身上的触须也一下子消失无踪。他充满自信地睁开眼睛。眼前没有鸠芒的触须，没有遍地裂缝的地面，没有无数血肉模糊的死尸。一切都如他刚刚来到时那样：一座在危崖下建起的小驿站，简陋的棚子和桌椅，桌上的烧酒和肉还在散发出香气。

邱宇、邱韵仍然坐在桌旁，但已经不是他刚才身处触须包围中时所见到的方位了。同行的所有人一个不落，全都健在，看来也没有谁被鸠芒吞食。不过此时他们全都站了起来，脸上带着奇怪的表情望着自己，就像是……在看一个疯子。

"刚才我是不是一个人在旁边像猴子一样跳来跳去，嘴里还说些奇怪的话？"君无行问。

众人你看看我，我看看你，最后还是巴略达站出来，疑惑地点点头。

"那就对了，"君无行微笑不变，"这位美丽的让人一见就心动不已的邱韵邱小姐，真是位一流的药术师啊！你们看见我像猴子一样耍宝，就是她用一点迷幻药物加上一点秘术把我送进了一个只有我能看见的幻境中。"

他简述了自己在幻境中的所见所闻，众人都相顾骇然，邱韵神色自若："何以见得？为什么你就那么肯定我是药术师呢？"

"我这个人一向都有点小小的自信心，"君无行遗憾地说，"我的秘术修为或许还不够精到，但我自信还很难被纯粹的秘术送入幻境中。但如果使用一丁点药物，也许我就防范不到了。"

邱韵没有回答，而是偏过头去，看了邱宇一眼。邱宇好像更为慌张，眼睛都不知该往哪儿看。邱韵回过头来，叹了口气："既然这样，那我也不必再否认下去了。我的确没有料到，你既然已经中了招，竟然还能识破幻境，脱困而出。如果你没有看破的话……"

　　"我多半会选择一口气跳出鸠芒所在的范围，或者向你所在的方位进行攻击，"君无行接口说，"如果我真的那样做的话，毫无疑问已经跌下悬崖摔死了。"

　　"是啊，那原本就是我的计划。"邱韵说。马帮众听到这里才明白发生了什么，同仇敌忾之心促使他们纷纷拔出武器，朝向邱氏兄妹。邱韵视若无睹，继续问君无行："你能不能告诉我，你是怎么识破我的幻境的？"

　　君无行说："其实一开始我还真的没有觉察，因为你这个幻境设置得非常平滑，完全没有任何多余的变化。我应该是在和你面对面说话的时候中招的，但我竟然一点都没有意识到，破绽出现在那只鸠芒身上。"

　　邱韵皱起眉头："鸠芒？那应该出自你自己想象的形象，非我所能控制，为什么会有破绽？"

　　君无行在桌上随手抓起一只酒碗，"咕嘟、咕嘟"喝了一半下去，这才抹抹嘴回答："因为我在幻境中看到了王川……"他说着，向王川指了一下，"我和这位老兄曾经一起经历过山崩，知道大山在坚硬的外表下是何其脆弱。所以看到他我就想起来了：这鸠芒在地下抖得那么厉害，恨不能把地皮都翻过来，此处为什么却没有一丁点山崩的迹象？"

　　邱韵想了想，无奈地拍拍手："在那么紧张的情况下你还能想到这点，确实不简单。"

　　君无行又露出他那种故作诡秘的表情："其实我还没有告诉你最主要的一点原因。这个原因让我百分之百肯定我已经陷身在幻境中了。"

　　"哪一点？"邱韵问。

　　"就是我对自己的秘术非常有信心，"君无行竖起一根食指，"只要鸠芒还是只活着的生物，我就不相信我的秘术会对它完全无效。而事实上……真的没有奏效。”

“你还真是信心十足嘛。”邱韵的语调中隐含着挖苦，但君无行发挥出他脸皮奇厚的特长，装作听不出来，反而沾沾自喜地伸出自己的手掌。手掌上已经布满了紫气，和方才黑色缚咒的纯黑色大不相同。

“这一招的名字，叫作‘紫雨’，”君无行说，“在你我这样面对面的距离里，如果我念出咒语，你猜这个咒术会体现出怎样的效果呢？”

邱韵的目光仍然沉静如水，毫无涟漪：“我也不知道，但我并不介意试试。”

她的双手慢慢伸出，摊在桌上。那双手洁白如玉，令人目眩，看不出丝毫威胁。但旁观的马帮众都知道，两人已经蓄势待发。这是一场超越他们认知能力的战斗，他们也知道自己完全插不进手，只能是在旁观望。巴略达禁不住在心中感慨：君大师又懂星相，又通秘术，实在是个全才。

两人相互对视，似乎是在比拼谁更能沉得住气。邱韵的脸上带着似笑非笑的表情，颇含几分媚态，这样的神态在雷冰雷大小姐身上是断然看不到的。君无行好像有点忍受不了这种诱惑，终于抢先出手。只见他嘴唇微动，一道紫气骤然间升腾而起，向着邱韵所在的方向缓缓移动。

这是事关生死的较量，君无行全神贯注，脸上惯常的嬉皮笑脸的样子也没有了。秘术与武术不同，是运用精神力的技能，使用时容不得半点杂念。即便是君无行这样满脑子古怪念头的人，运用秘术也得凝神静气。

眼看邱韵已经完全笼罩在紫气中，马帮众都在窃喜，然而一个谁也没有想到的情况发生了。邱宇，一直缩在角落里以至于被大家完全忽略了的邱宇，在这一刻突然暴起。他双手食指与无名指弯曲，大喝一声，君无行的头顶当即出现了一团金色的云气，那云气迅速扩大，很快将君无行的全身都包裹起来。

马帮汉子们大惊失色，却谁也没能力去帮君无行一把，就算此时扑过去直接攻击邱宇，君无行也已经中招。他们也并不知道，那团金色的云雾是裂章系的高明秘术“点石成金”，可以让人的身体永久化为金属，无法还原。和裂章系的初级法术“金属变身”相比，由于转变的过程不可逆，显示出极度残忍的一面。当然了，这一招的准备时间也必然会很长——然而没有谁提防看上去畏畏缩缩的邱宇，所有人的注意力都放在了邱韵身上。君无行自己也正在全神应对邱韵，看来完全没有留意到，真正的对手已经展开了行动，只能眼睁睁地等待着变成金属人的厄运。

4

然而世事总是向着人们绝对意想不到的方向发展。当大家都以为邱氏兄妹乃良善之辈时，他们不声不响地袭击了君无行；当大家都以为与这处荒山驿站极不协调的邱韵才是主谋时，邱宇却偷偷露出了他的狰狞。

同样地，当所有人都以为倒霉的君无行上了第一次当又紧接着上了第二次时，他却让所有人都大吃一惊。邱宇的"点石成金"释放到了他身上，却没有产生任何效果，这正和方才君无行自己在幻境中无能为力的情形一模一样。君无行的形体仍在，没有成为金属。

难道我也中了对方的幻境？邱宇在这一瞬间只觉得胸腔里空荡荡的，死亡的威胁就像一把冰冷的利刃一样，在他的体内翻搅着。

果然，就在"点石成金"落空的同时，邱宇感受到一阵突如其来的绝望。那种绝望就像黑色的潮水，突然间出现，突然间汹涌，强烈地冲击着他。我为什么要活着？我的人生有什么意义？我费尽心机连这么一个人都杀不死，为什么还要继续留在世上？

他猛然察觉自己的想法很成问题，但不知怎么的完全无法遏制那些绝望的念头。绝望就像是一针烈性毒剂，猛地钻入了他的体内，让他觉得人生苍茫灰暗，了无生趣。

众目睽睽之下，邱宇举起双手，使出了召唤金属的秘术。离他最近的桌上一把割肉用的小刀应声飞起，向着他疾飞而去。"噗"的一声，小刀准确命中了他自己的咽喉，邱宇用这种无比惨烈的方式，结束了自己的性命。

所有人都呆住了，一时间无法明白发生了什么事。直到君无行坐在邱韵对面的身体忽然消失，然后真身出现在已死的邱宇身旁，他们才有所领悟。

一直以来沉着自如的邱韵此时也显出了无法抑制的慌乱。她站起身，想要奔过去查看邱宇的状况，却又不敢轻举妄动。

"他已经死了。"君无行说话的语气十分温和，丝毫不带敌意。邱韵深深呼吸几口，把头埋在自己胸前，等再抬起头时，虽然面色苍白如纸，却已经再次恢复了镇静。

"我不会对你怎么样的，"君无行说，"我已经很清楚了，你既不会武功，也不会秘术。你只是邱宇的一枚棋子、一个幌子。"

"你说得对，"邱韵低声说，"自从三年前，他从戏班中将我买下之后，就一直让我扮演这样的角色。我虚张声势，摆足了架子，让所有人忽略他的存在，以便他偷偷下手。"

君无行听到"从戏班中将我买下"这句话，心头剧烈地一颤。虽然还不明详情，但从这一句话，他已经可以推测出邱韵过去的生存状态，并且联想到自己和被买来差不多性质的收养生涯，顿时生起一种同病相怜之感。同时他也明白了，为什么邱韵明明毫无本领，却能够扮演出那样以假乱真的气势。他的心里刹那涌起了一种从未有过的冲动，他想要保护这个女人，让她从此不再受到任何伤害，虽然他和这个女人初次相见，对她的一切一无所知。

"我知道了。我一直没想明白我是什么时候中的幻境，因为从你一出现我就对你全神戒备，你应该没有下手的机会。到后来我才明白过来，所谓非此即彼，如果不是你下的手，那就只可能是邱宇了。"君无行说。

"所以你刚才也故意骗我，让我以为你还蒙在鼓里，"邱韵幽幽地说，"聪明反被聪明误，如此而已。可是我不懂，你用的是什么手段，竟然能让他自杀？"

君无行犹豫了一下，说："那也是谷玄秘术中的一招，直接侵蚀人的精神，将谷玄黑暗和消亡的意志灌输其中。和他所施展的幻境一样，这一招在平时奏效的概率很低很低，但在毫无防备的情况下就不一样了。"

"那你刚才移动的身法呢？"邱韵说，"虽然我不会武功，秋余也不是武术家，但我曾目睹他击杀一个武学高手。那个人的脚步已经快到匪夷所思了，但仍然及不上你那几步。"

君无行这次犹豫的时间更长，有些含混地说："那是我无意中学来的一种步法。"他赶忙转移话题："你刚才说，你是被他……买来的？"

邱韵脸上掠过一丝悲伤的神色，但很快隐去，轻声说："这样的日子我可能已经太习惯了，都忘了向你致谢，毕竟你替我除掉了他，真是不好意思。"

她紧接着说："邱宇的真名，叫秋余，不知道你听说过没有？"

"没听说过的只怕不多，"君无行说，"最近若干年最成功的刺客，而且几乎从来没有人见到过他的真面目。我一直以为这是个武学家，没想到会是秘术师。"

"他的事情从来不愿向我多说，我只知道他收了别人的钱，想要对付你。"邱韵说。

"我知道是谁，"君无行回答，"对了，既然邱宇和邱韵都是假名，能告诉我你的真名吗？"

邱韵沉默了一阵子，最后说："我没有名字。你还是叫我邱韵就行了。"

君无行没有费什么力气就说动了马帮带着邱韵一路同行。这当中固然有君大师德艺双馨、深受爱戴的原因；另一方面，漂亮姑娘总是容易得到原谅的，况且邱韵也并没有真正犯下什么了不起的罪过，君无行依然健在，旁人也没有被误伤——就算误伤了，他们也能找到原谅的理由。男人大致就是这么贱。

反倒是说服邱韵随自己同行着实费了一番周折。邱韵和他所见过的其他女子都大不相同，虽然遭际坎坷，却从来不愿现出软弱，同样也不会像雷冰那样任何时候都故意表现出硬气，一副"虽然我是女人，但是老子天下第一"的德行。

"谢谢你的好意，我知道你是一个好人，"邱韵说，"不过我自己能照顾自己，不必劳你费心。"

这话反而激起了君无行的一腔侠肝义胆——假如这个词还能用在他身上的话。他变化着花样想着用什么话能打动邱韵，试图晓之以理，动之以情，可惜都不怎么能奏效。

比如他慷慨激昂地说："锄强扶弱，本来就是我辈分所应当之事。"这话和那些话本小说里的英雄人物台词一模一样，可惜邱韵柔柔地回答一句："既然我连你都能骗得过，说明我也不是那么弱，一定需要你来照顾我吗？"

这话让君无行好好噎了一把。他换了个口吻："那我们邀请你和我们同行一程，总不过分吧？世道艰险，路上多一些同伴，也好有个照应。"

"你们要去哪儿？"邱韵反问。

"呃，我大概是要去……大雷泽方向。"君无行回答。

"既然如此，你我完全不同路，虽说人多好照应，也总得照应到正确的方向啊！"邱韵遗憾地说。

君无行差点冲口而出"那就去你要去的方向好了"，所幸此人还没有彻底糊涂到家，总算是悬崖勒马。他眼珠子一转，既然晓之以理，动之以情不管用，莫如干脆赖之以皮。他在这方面的经验原本丰富，对漂亮姑娘死缠烂打乃是绝活，但不知怎么的，面对着邱韵，他觉得自己的种种伎俩简直无处施展，犹豫了很久，最后还是长叹一声："算了，各走各的路吧。"

邱韵反而好奇了："你为什么一定想要我和你同路呢？"

"因为我是个好色之徒，见到美女邀约同行，难道不是普天之下所有好色之徒的共性吗？"君无行作坦诚状。出乎他的意料，邱韵并没有生气，反而摇着头笑起来，好似一个邻家大姐见到调皮的小孩过去胡噜脑袋那样："其实我知道你在想什么，我已经说过了，你是一个好人，真的。不过我绝不会像你想象的那样脆弱，你放心好了。"

她的话语里带着一点感激的语调，君无行能听出来，这未免让他有一点飘飘然。不过飘飘然之后紧接着就是惆怅，因为这句话似曾相识，在爱情故事里，凡是女主角嘴里吐出"你是好人"之类的话，接下来都是悲剧啊悲剧。

结果邱韵接下来的话让他喜出望外："其实我也并没有任何一个特定的地方想去……"

"既然如此，还是和新结识的朋友一同上路最有意思！"他按捺不住自己的喜悦，"越州是个好地方，绝不像那些外地人所说的那般蛮荒，在越州走走一定能大长见识。"

这是句大谎话，他心里不知抱怨过多少次这个该死的鬼地方。此刻他心里怦怦乱跳，哪管越州究竟是好是坏，只求邱韵不要回绝，幸好邱韵终于没有让他失望。

"我倒是的确想去北邙山看看，"邱韵说，"然后翻越北邙山，回到宛州，在此之前我们大概还可以同行一段，享受一下新结识的朋友一起上路的快乐吧。"

君无行不再说话，做了一个"请上马"的手势。

此后的路程在君无行眼中变得充满阳光。虽然雷眼山最后的几天路程仍然难行，虽然越州的天空始终阴霾晦暗，他却完全不在乎了。和邱韵这样一个女子共行，走什么样的路似乎并不重要。

马帮众也发现有邱韵同行实在不错，那是因为有邱韵在，他们所拥戴的君大师话变得多了起来，经常借助星相为由头向他们讲述一些人生哲学。虽然君无行年纪轻轻，比马帮中绝大多数人都要小，但学问这东西不以年龄划分，这个道理即便是那些粗鲁汉子也明白。

几天后，他们终于走出了雷眼山，当脚步踏到平地上时，君无行简直忍不住要欢呼起来，但他一路上一直装腔作势，不愿在此刻原形毕露，何况马帮汉子们都很平静，他也不能显得太没见识。倒是邱韵很诚实地感叹："终于走出来了，山中的路程太艰难。秋余本来打算抄近道在半道追击你，结果由于山崩，你们改道了。所以他只能占据了那个客栈。"

"我还以为那起山崩也是他的杰作。"君无行嘀咕着。

"这一点我倒不是没有想过，但是秋余有个怪癖，喜欢当面杀死敌人，"邱韵说，"所以你的运气其实挺不错，要是秋余听了我的话，也许你已经死于某起山崩了。"

"你比他还狠。"君无行又嘀咕了一句。他发现邱韵提到秋余时，仍然禁不住微微蹙眉，可见她并不如表面上那样已经对那些阴暗的往事忘怀。

这些日子邱韵虽然言谈从不扭捏，但总是避而不谈自己的过去，他自然也不能勉强。

有时候他会自己问自己：我想要做什么？是想要追求这个女子吗？但他却给不出答案来。这个女人固然值得任何男人去追求一番，但她身上有一种另类的东西吸引着向来无行的君先生。

然而另一方面，他再也没能找到机会和愈发沉默的王川说话。王川显然在为自己那一天差一点说了不该说的话而懊恼，所以见到君无行靠近立即避开。这大概是君无行这些日子唯一的烦恼，他毕竟还是没有忘记自己究竟为何才来越州的。

不久他们来到了九原城，这是进入越州地界后第一座略具规模的城市，也是历史上多次发生战役的地点。马帮的行程到此结束，随行客商们也将散去，他们略带一些依依不舍地和君无行告别，为自己能和这样一位九州知名的星相大师同路而行而感动不已。君大师想起一路上马帮对自己的照顾，也是小有感动，遂慷慨解囊，要请大家吃个散伙饭。

"挑最好的酒楼！"由于算学水准太差，他并没有留意到，自己的旅费在请过这顿饭后只怕就所剩无几了。

当然九原只算越州的中等城市而已，而乡巴佬的城市再大，也不能和中州宛州的繁华之地相比。朴实的马帮汉子们也不知道哪里是最好的酒楼，最后转来转去找到一家以实惠著称的大骨面馆。众人一人捧起一只大海碗，吃得汗流浃背，不亦乐乎。

王川还是照惯例坐在人群之外，也不吃什么东西，偶尔喝上两口酒。君无行叹口气，来到他跟前坐下。

"你放心，我不会逼你说你不想说的话的，"君无行说，"不过临分手了，告个别总没什么问题吧？"

王川勉强笑笑："没什么不行的。你此去……那个部落，愿真神祝福你能够发现你所想要的真相。"

"如果有机会，我还希望能帮助你恢复名誉。"君无行说。

"那是不可能的，"王川的脸上掠过一丝悲哀的神色，"我犯了重罪，这一点连我自己也不否认。"

"可是如果事实证明你这样做是对的呢？"君无行说，"虽然我还不明所以，但我相信你对自己部落的忠诚，如果你能说明那样做的原因，仍然是有机会的。"

王川苦笑一声，不再说话，只是大口喝酒。众人喝到酒酣耳热方散，各自寻了客栈休息。马帮汉子们找了最便宜的旅店歇宿，君无行素来不拘小节，也同他们住在一起，但等到把烂醉如泥的众人安顿好，他又悄然离开，跟到了邱韵所住的一家还算过得去的客栈。两人之间的情状颇为奇异，以至于伙计一眼就能判断出来：这又是一出毫无希望的赖皮小子追着良家妇女死缠烂打的闹剧。

邱韵看来很累，并不想多说话，君无行只好将她送回房间，在门外问："接下来你打算去哪儿？"

邱韵说："送君千里，终须一别。你从此处继续往西南，即可到达大雷泽。而我则会一路往西去北邙山。"

君无行叹息着："看来是只能就此别过了。日后还能有缘再见面吗？"

邱韵在门内轻笑一声："有缘？缘分这种东西，和你所钻研的星命一样，在我眼里都是虚无缥缈、毫无定数的。我们本是萍水相逢，今朝有酒图一醉，明日相隔杳无音，也不是什么坏事啊！"

君无行怔怔地重复了一遍："今朝有酒图一醉，明日相隔杳无音……朋友、故交，对你来说真的没有意义吗？"

邱韵没有说话，过了一会儿将房门打开。君无行看着她的面容，内心里一阵迷乱，本来准备了许多花言巧语，此刻一句也说不出来，只是在心里不断地想着：明日相隔杳无音、明日相隔杳无音……以后真的不能再见到这个女子了？

邱韵望着君无行，柔声说："我明白你的心意，但你和我，是完全身处两个不同世界的人，共行一路我已经很快乐，最后分道扬镳才是正确的选择。"

君无行一下子酒劲上涌，哼了一声："不同世界？有什么不同的？你是戏子出身，被一个职业杀手买了去作掩护；我是一个孤儿，被一个老浑蛋收养，因为我记忆力强，过目不忘，可以帮他偷盗一些重要的文书。我们有很大区别吗？"

邱韵微微摇头："我不是这个意思。你是个很有前途的星相师，以后必然能成为受人尊敬的角色。而我……"

君无行立即打断她："假的！我他妈的不是什么星相师，完全不懂星相学，我不过是在天启城摆摊算命换点饭钱罢了，只是个花言巧语的大骗子！"他情绪激动，近乎大叫大嚷着说出了真相，幸亏他的崇拜者们此刻不在这个客栈里。邱韵万万没想到对方会说出这一档子事，愣了好久，不知该说什么。

"算了，"君无行疲惫地挥挥手，好像也有点因为自己的失言而懊恼，"再见吧。"

这一夜他没有回那间小旅店，而是就在邱韵的客栈外找了一棵大树，躺在了树下。他睡得非常死，双眼一闭，立即沉入黑暗中，印象里好像连一个梦都没有做，也完全不知道时间的流逝。但他长年保持的警觉性尚在，刚刚感觉到有脚步在轻轻靠近，立即惊醒。睁眼一看，居然已经日上三竿。

"你醒了吗？"是邱韵的声音，语声中带着几分焦虑，听来似乎有事发生。君无行一个激灵，立即从树下坐了起来，几片树叶从他身上掉落。邱韵的面色确实很难看，一副欲言又止的样子。看她的装扮和手里提着的简单行李，应当是准备趁他睡着时悄悄离开，却不知为何又转了回来。

"出什么事了？"君无行看她的表情就知道不妙，赶忙问。

"我刚才听到店伙在说，城西一家小旅店发生了火灾，"邱韵说，"死了很多人……其中就有你的那些朋友。"

第六章
人·羽

1

据说人的心理往往存在着一些非常矛盾的地方，当总有人和你过不去、想方设法与你为敌时，你会觉得很苦闷，希望这些该死的麻烦尽早过去；但是当再也没有人和你过不去，仿佛全世界都将你遗忘了的时候，你又会无比失落，感到自己不再受人重视，有一种地位上的巨大落差感。

现在雷冰就感受到了这种落差。她离开小城后，就一路向西奔赴宛州，每天晚上脑袋下枕着弓箭睡觉，却始终不见有什么人来骚扰她了，这让她十分纳闷儿。一直到过了兰缀江，她才无意间打听到真相：原来自己的悬红在前些日子已经被突然取消了。

不过雷冰的悬红取消，新的又出现了：如今整个江湖都在想办法捉拿一个叫君无行的男人。这仍然是宁州血羽会开出来的通缉，数额比雷冰的还高，达到了一千四百个金铢。

凭什么这个无赖比我还值钱？雷冰想着，颇有几分愤愤不平。当然回头想想，这毕竟是件好事，以后不会再有人找自己麻烦了，行动起来会更方便。只是想到君无行那张嘴脸，以及他可能说出的"最后我还是比你值钱"之类的话，实在令人愤慨。至于君无行会否因此遇到危险，她反而没有想到，大约是因为她的潜意识里已经不情愿地承认了这厮照料自身的能力。

尽管悬赏已经取消，多年养成的习惯还是令雷冰一路上小心翼翼，不敢稍有松懈。每经过一处城市，她都会花上一天工夫在城里稍微逛逛，关注那些商铺、票号、酒楼之类的场所。她发现黎氏的踪迹并不像她想象中那样无所不在，尤其在稍具规模的大中城市里，许多商号的招牌比黎氏的都要多。

但越是小地方，黎氏的招牌反而越多，黎氏势力范围之广，由此可见一斑。到后来她还发现，有不少商号虽然并没有打着黎氏的旗号，但实际上的后台老板，都是黎氏。这样算起来，黎氏实际上掌握着富可敌国的势力，在表面上却又想方设法地收敛。人们只知道南淮黎氏乃是富甲一方的大富豪，却不知道它的财力足以令一个国家都黯然失色。

看来我真的是在蚍蜉撼大树？雷冰不无犹豫地想。好在她天生就是那种迎难而上的不要命的性子，黎氏的强大反而激起了她的斗志。此后的行程她加速赶路，只觉得骨架都要被坐骑给颠散了，在一个热得连鸣蝉都没力气叫的下午，她终于进入了南淮城。

由于此前也见识过不少人类的大城市，而羽人的宁南城原本也是仿造人类而建，所以南淮城虽然别样繁华，倒也并没有给她太深的触动。她只是不断地擦着额头上永远擦不完的汗水，想要找一个安静的客栈洗个澡，然后好好休息一下。既然已经来到南淮这个黎氏的大本营，什么时候行动反而不必着急了。

舒舒服服泡在温水里时，她觉得自己简直就想这样在水里大睡一觉，并且开始迷迷糊糊地胡思乱想：唉，我为什么不是一个鲛人呢？可惜还没能进入变成鲛人的美梦，客栈的窗外就传来了一阵阵喧哗声，一下子将她惊醒。而且那声音闹闹嚷嚷看来一时半会儿停不了。

雷冰很郁闷，只好出水穿好衣服，但楼下的声音还没完没了，好像是发生了什么麻烦事。雷大小姐是一个蛮有好奇心的人，这一下反正睡不成觉，多管闲事的兴致立马涌了上来。看看，我就是随便看看，她对自己说，不会违背我进入南淮前定下的"少惹事、少露面、少出头"的原则。

走出客栈大门，就见到一大群人挤在一起，人圈中无疑有热闹可看。雷冰绕了几个圈子，找到条缝钻进里圈，看到一幕让她说不出是什么滋味的场景。

她看到一个个头高高的青年男子，那一头银色的头发说明他是自己的同类——羽人。该同类长得倒是不赖，某种程度上甚至有一点像君无行，然而气质上和君无行那个无赖相去甚远。眼前的这个羽人脸上明显带有某种强烈的正气，或者从另一方面来形容，呆气。

他的手上抓着一个十二三岁的少年，那少年也不挣扎，只是漠然地站在那里，好似周遭的一切都与己无关。他脚底下则躺着四个人族的年轻人，看装束就是地痞无赖，好像是被他打了，正在地上呻吟不止。

比较糟糕的是，他身旁还有一个看年纪六十余岁的老者，老者几乎是跪坐在地上，死死揪着他的衣服不放，嘴里不断地嚷嚷着什么。羽人看起来有些不知所措，但抓住那少年的手却始终没有松开。

雷冰听着围观众人的议论，大致了解了事情经过。原来那小孩子这天从中午起一直游荡在附近街区，偷袭路边经过的妇女。他的脚步又快又轻，看准了一名戴着项链或耳饰的目标便从背后冲上，猛地一把将东西扯掉，随即撒腿便跑。女人通常奔跑迟缓，即便被抢，也没有办法追得上这个小孩。一个下午，便有七八个人被他抢走了饰物。

而这位羽族青年碰巧路过此地，发现了这少年的伎俩，不声不响地等到他再次作案时，出手抓了个正着，并打算把这小孩送到官府去。孰料刚刚揪着他走出没几步，那四名地痞不知从哪个角落抢了出来，二话不说对着他拔拳就打。但这羽族青年看似瘦弱，武功却不低，一手抓着抢东西的少年，另一只手把他们四个全都收拾了。

此时那老头儿便登场了，一把揪住他，大呼小叫"羽人当街行凶了"，于是引来了大群人围观。这些人平日里也是深受地痞小偷之害，对被打者并无同情，但想到"羽人在人类的地盘打人"这等事件，大抵还是心头不大舒服，以至于竟然没有一个人过去排解。

雷冰五岁时遭逢巨变，从此生活在社会底层中，后来又游历过不少人类城市，对于这种利用小孩犯罪的小集团了如指掌。她走上前去，悄声在那老头儿身边耳语说："见好就收，不然姑奶奶把你们连窝端了。"

她目光中露出的逼人锋芒让人不寒而栗，那老头儿经验丰富，知道此女招惹不得，但还是有些为难地指了指被抓住的少年人。雷冰扭过头，同样悄声在羽人耳边说了一句："先放了他，此处不宜惹事。"

羽人看她一眼，仍然有些犹豫，雷冰气得就想骂他一顿，但还是忍住气说："别人的地盘，不要造次！"她硬把对方的手掰开，粗暴地将那少年推给老头儿，抓起羽人就走。

一直走到僻静处，她才停下来，对他说："何必在人类的地方管那么多闲事？那些人是一伙的，专门拐骗小孩，训练为他们偷抢财物。那种事情，地方官府通常也只能睁一只眼闭一只眼，你能有什么办法？"

羽人静静听她说完，慢吞吞回了一句："律法总是律法。"

雷冰肺都快气炸了："你怎么那么死脑筋，律法难道就是万能的？律法管不了的事情多了去了。"

羽人仍然简单地回答她几个字："能管的就不放过。"

雷冰听了这话，反而警惕起来："你是做什么的？难道是个捕快？"

对方点点头："虎翼司，纬苍然。"

听到"虎翼司"三个字，雷冰刚刚生起的一点见到族人的欢喜顷刻化为了怒火。她想起自己幼年时被抄家的经历，那个领头的王八蛋就是虎翼司出来的。后来她曾经想过去报复那厮，结果一打听才知道，他把从自己家中抄走的星图给弄丢了，最终被撤了职，从此前程尽毁，这才打消了这一念头。

但这并不能降低她对虎翼司的厌恶。这个叫纬苍然的人既然来自虎翼司，那自己和他就没什么可说的了。"幸会，再见。"她冷淡地说，转身离去，甚至没有出于礼貌也报上自己的名字。

"再见，雷小姐。"对方说着，向着反方向离去。雷冰猛地刹住脚："喂，你怎么知道我的名字？"

"血羽会的悬红，有画像。"纬苍然说，并没有停步。雷冰不觉有气，抢上去拦住他："你说话能不能多说几个字？难道和我说话很丢脸吗？"

纬苍然有些手足无措，想了想说："不是。"再想了想又说："习、习惯。"

他看起来在漂亮姑娘面前说话很紧张，总共回答了四五个字，居然脸都有些红了。雷冰看着他这副窘态，实在忍不住想笑，心里的恶感也一下子减轻了不少。看来这是个老实人，她想，至少和君无行比起来绝对是个老实人。倒是不妨和这个人说说话，好歹也是同族。

雷冰虽然一向喜欢挖苦君无行为人轻薄无行，但不知为何，自己也有一点点被他潜移默化了。此时她大大方方地邀请纬苍然一同去喝一杯，这可不大像她以往的作风——要她拿着刀子闯进男浴室她大概也敢干，要约男人喝酒却是绝对不情愿的。

纬苍然如她所料没有拒绝，当然很可能是因为他压根就不知道该如何拒绝一个姑娘。但无论在哪里，他的话都很少，这反而更让雷冰觉得很有趣。

"堂堂虎翼司大捕快万里迢迢跑到南淮，是有什么要紧案子要办吗？"她故意问，想看看这个不善言辞的家伙如何搪塞。没想到纬苍然没半点犹豫，顺着她的话头点了点头。

雷冰反而呆住了，好半天才反应过来接着问："能告诉我是什么案子吗？一定很好玩吧。"

纬苍然这次坚定地摇摇头："不能说。不好玩。"

"你才不好玩。"雷冰噘起了嘴，很想在他的木头脑瓜子上狠敲一记。纬苍然看出她生气，大概心里也有点抱歉，非常难得地主动找话题。可惜此人交际经验基本为零，一时想不起有什么话题与雷冰相关，结果一开口就直接奔着他人的痛脚而去："你祖父是雷虞博？"

雷冰面色一沉："是又怎样？纬大捕头可有兴趣将他擒拿归案，以正律法？"

纬苍然继续诚实地摇头："不。此案有问题。也许他不是凶手。"他又补充了一句，"我觉得。"

管他是谁觉得。雷冰为了祖父的事情，这些年来东奔西走，历尽波折，后来虽然有君无行相助，但那家伙一脸贪财好色的模样，答应帮助自己也说不上究竟为了什么——至少用他的原话，他对案子的真相本身并不大在意。纬苍然是第一个人，第一个真心实意地认为祖父不会是杀人凶手的人。

她蓦然间觉得心里一阵酸楚，几乎就有大哭一场的冲动。但她强行忍住了，抓起酒壶直接往嘴里倒酒，呛得她一阵咳嗽，顺势抹去了眼角滑出的几滴泪水。

"慢点喝。"纬苍然不无担心地说。

"没事儿，天热口渴，"雷冰摆摆手，定了定神，"你说你觉得我爷爷的案子有问题，为什么？"

纬苍然又犹豫起来，好像是在斟酌应不应该说出口，但估计他觉得对嫌疑犯亲属说两句也无妨，所以最后还是开了口："动机有问题。"

"能详细说说吗？"雷冰问。

纬苍然回答："不能确定，因为我只是看资料推断。"他的言下之意是，在亲身考察过现场之前，一切都未有定论，这倒是一种严谨的作风。但禁不住雷冰软硬兼施地磨，他还是皱着眉多说了几句："雷虞博之前修建观象台，累到吐血，可见并无杀人预谋。"

这话的意思是说，如果早有杀人之心，当知道观象台不可能完成，也就不会如此尽心尽力。雷冰又问："那为什么不会是他临到了塔颜部落才突然起意杀人的呢？我爷爷虽然体力不好，但是脑子很管用，如果先下毒再纵火，也不是不能办到。"

纬苍然说："如果能设计那么缜密，他不该被人发现行迹。"

这话倒也有理。雷冰叹口气："可惜最后只有他的尸体没有被人发现，而且有很多人看见他飞走了，当时那个河络部落里，只有一个羽人。这一点坐实了，连我自己都怀疑其实他就是凶手。"

"办案需要证据。"纬苍然简单地说。雷冰一笑："我之前也是那么想的，所以原本打算去一趟塔颜部落，多了解一点细节。可是到了后来，我觉得我可能发现了主谋者的蛛丝马迹，所以直接来了南淮城。"

纬苍然心里一惊，想起自己所发现的两桩风马牛不相及的案件中毒物的巧合，并由此怀疑到了黎家。宗丞派自己来南淮调查黎耀，不过是个巧合，这个叫雷冰的女子来南淮找所谓"主谋者"，难道也是巧合吗？

他正想发问，酒店外却传来一阵叫喊声。两人回过头时，正看见一大帮子地痞涌将进来，为首的正是刚才同纬苍然为难的那个老头儿。

"就是他们！"老头儿怒吼着，"敢在我们人类的地盘撒野，大家一起把这俩扁毛给修理了！"

雷冰见自己好心放过他一马，他却还来找碴儿，不由得怒从心起。眼见着来的都是一堆歪瓜裂枣的杂碎，三拳两脚就能打发，正想上前活动一下筋骨，忽然间想起黑道中常见的老套路：一群高手伪装成普通平民一拥而上，然后突然施展绝技，将目标杀死。

莫非这也是那样的阴谋？雷冰不敢怠慢，眼看当头的一个秃子已经冲到了自己面前，她抬手在对方肘上一卸，肩膀顺势一带，动作看似简单平淡，却是她多年苦练的绝招之一，因为羽族骨质中空，力量比之人类要弱不少，此等借力打力的法子最能抵消身体上的劣势。只听得背后一阵"噼里啪啦"的乱响，她这一带竟然直接将那秃头摔到了身后几尺的柜台里，木屑、碎瓷片、纸张、酒水四处飞溅。那秃头半天也没重新站起来，想来已经摔晕了。

咦，这帮家伙原来如此不济？雷冰颇有些为自己的过分紧张感到羞愧。她和纬苍然一同动手，很快收拾了这帮地痞，简直不费吹灰之力。

然后……然后她和纬苍然就进去了。一群捕快就像从地底下钻出来的那样，突然将他们包围，不由分说将两人拘了回去，并以"挑动种族矛盾""公共场合斗殴滋事"等罪名判两人入狱六个月。

雷冰过去倒也听说过人类的司法黑暗，羽族内部这种事情原本也不少，但这样亲身经历一次"不调查、不问讯、不取证、不辩护"的判罪，还是第一次。刚一来到南淮，难道就要在号子里蹲上半年养膘？她一时恶向胆边生，就想要掀翻身边的衙役，直接逃走，但纬苍然镇静的眼神让她没有那么做。

"没事，"纬苍然说，"等着，有人。"

这句"有人"的意思，无疑是说，有人会把他们捞出来。她知道，说话很少的人往往不会说谎，而且这个纬苍然看来是个脑筋清醒的人，他说有，那多半就会有了。于是她不再挣扎，居然真的安然在牢狱里睡了一夜，并且把晚饭中的青菜、萝卜都挑出来吃光了。

第二天果真有人出面把他们保了出来。那是一个和和气气的中年人，但有经验的人一眼就能看出，此人必定是那种十分厉害的角色。这个自称狄天放的人看来和纬苍然是旧识，打起招呼来甚是亲热："纬兄好快的脚程！我回到南淮不过两天，没想到纬兄就已经紧跟着到了。"

纬苍然并不说话，只是冲他点点头。狄天放又说："只是纬兄初来乍到，对南淮城的种种情况只怕了解不深，还是不要四处闲逛为好。此次若非兄弟碰巧耳闻此事，只怕纬兄的麻烦就不小了。"

纬苍然看他一眼，不置可否，过了一会儿才说："你应该多关我两天。你说话气会更足。"

狄放天听了这话，眼睛眯成了一条缝，但脸上的笑意依然不变："纬兄大才，非我能及，在你面前我说什么气都不会足。只不过自古锐器易折、良木易毁，在南淮这样的地方，小心一些总是好的。当然我的建议仍然是，远离这样的是非之地，宁州多好啊，我都时常想在那里定居呢。"

雷冰听着两人对话，虽然大半不明其意，却也慢慢理出点头绪。原来这起事件就是狄放天安排的，目的是为了把纬苍然吓走，而纬苍然显然是故意被抓，目的也是向他示威：你做的事情，我都知道。

她迅速得出结论，纬苍然此行来到南淮，一定就是和狄放天作对来了。

等到纬狄二人礼数周到而又火花四溅地告别后——狄放天除了向她礼节性地问好之后，并没有和她说一句话——她迫不及待地问纬苍然："这是什么人？是你要抓的对象？"

"不。是他的老板。"纬苍然回答。

"他的老板是谁？"雷冰继续问，"告诉我呗。反正我知道他姓狄，看他的派头肯定也算南淮知名人士，要自己打听也不难。"

纬苍然考虑了一会儿，知道迟早也瞒不住，于是低声说："南淮黎氏的大公子，黎耀。"

刚说完这句话，他诧异地发现，雷冰的神情立马变了。那一刻她看起来像是一个终于找到猎物的兴奋的猎手，又像是一只听到了猎手弓弦声的愤怒的野兽。

2

如果不是生活所迫，谁愿意冒着生命危险在可怕的大山里跑马帮呢？马帮汉子即便挣到了钱，也会很节约，更何况这一趟遭遇山崩，损失了不少货物。

所以他们挤住在城西一家最廉价的小旅店里，睡的是木板房里的大通铺，晚上睡觉时从里面将门一插即可，君无行离去时就是插好了门，然后跳窗而出。结果大火烧起来，人们在房间内谁也没能跑出去，竟然尽数被烧死。

火场内焦臭一片，令人作呕，一具具黑漆漆的尸体被抬了出来，触目惊心。君无行守在一旁，看着人们忙碌着，面无表情。他已经从最初的震惊与悲愤中缓过来，那是他一向的作风，既然死者已矣，空悲切也没什么用，不如做些实事。

他开始思考一个问题：马帮众醉得固然厉害，也不至于火起时没一个能逃出去。要知道这等廉价小旅店，木板恨不能比一块布还薄，即便君无行这样不善武力的，撞开门甚至撞破墙板都并非难事，何况那群五大三粗的汉子？

要么是他们先被害了，要么是他们中了什么迷药彻底不省人事。见鬼，君无行想，这个火场为什么会让我想起十五年前的那起凶杀案，虽然我自己并没有亲历。同样是显然的非正常死亡，同样是现场毁坏得一塌糊涂，尸体都被烧成了焦炭，这一次就发生在君无行眼皮底下。这一幕场景总让他禁不住要联想到一些什么，一些让他隐隐觉得有点不对劲的东西。

想到十五年前的案子，他才反应过来另一件事：重要人物王川死了。这一噩耗令他顷刻又沮丧起来，邱韵轻轻拍拍他的肩膀，以示安慰。她并不明白君无行沮丧的原因，以为他只是单纯为了朋友的死而伤心。

君无行叹口气，也没有心情向她详细分说，开始揣测这些人的死因。

按理说，这些马帮的人一般不会得罪人，更不至于招惹到别人一口气把他们全都杀死。推测下来，只有唯一的可能性：他们是因为自己而死的。

这个结论让人很不好受，但却是唯一说得通的理由。自己昨晚的确和马帮众人一起住进了旅店，而且别好了门，如果有敌人在门外监视，听到别门声就会放心，却不会想到自己又跳窗出去约会佳人。他可能是用迷香一类的东西，在那破墙板上随便找个洞吹进去，然后再纵火焚烧。若不是自己念念不忘邱韵，此刻恐怕也成了焦炭了。

这一切依然是为了掩盖十五年前的真相。那个真相之下，不知掩盖着怎样不可触碰的秘密，会让那只幕后的黑手一而再再而三地行动。

那我一定要揭开这个秘密，让你为你所做的一切付出代价。君无行恶狠狠地想，鼻端仍然有尸臭围绕。

"这会是谁干的？"邱韵喃喃地说，"会是请秋余去杀你的那个黎耀吗？"

"是他，"君无行紧握着拳头，"我绝对不会放过他。"

"难道你要去南淮找他？"邱韵皱着眉，"那几乎就是送死。"

"我会去的，但在此之前，我要先到大雷泽，越快越好！"君无行说。

在这种澎湃的复仇之念的刺激下，他近乎无所顾忌地将自己此行的目的向邱韵和盘托出。邱韵也没想到其中有如此错综复杂的关系，听完面色惨白，半晌不语。

"所以你可以想象，六位星相师的死亡背后必然藏着深深的罪恶，不然黎耀不会如此兴师动众，甚至于请出秋余这样的顶尖杀手，"君无行说，"所以我就更不会放过他了。"

"当时秋余也对我说，黎耀对你们很头疼，所以才请他出山，"邱韵说着，忽然反应过来，"当时他用的词是'他们'，也就是说，你还有同伴？"

君无行尴尬地一笑："是有一个，不过我们后来不同行了。"虽然他其实和雷冰并无特殊关系，和邱韵……当然就更没有了，但出于一种男人的古怪心态，他还是赶紧避开了这个话题，转过头去，打算将同伴们的尸身一一认领，然后想办法通知其亲属。如你所知，君大爷不想做事时总是百般推诿，但到了自己想做事时，不会计较任何麻烦。

然而此时他才发现，这样的尸体相当不好辨认，因为每一具焦尸面貌全毁，外表的特征完全消失，他纵是能记住谁脸上有刀疤，谁长着长胡子，此刻也是完全无济于事。

他唯一能认出来的就是王川的尸身，因为河洛的身躯实在太小，即便每具尸体都因为焚烧而蜷缩，他还是与众不同。更为与众不同的是，他死后的姿态非常怪异，双臂并拢放在胸口，手掌外翻，两腿弯曲盘在一起，乍一看有点像那些苦修士们打坐的模样。这应该是河络族冥想修炼的姿势，君无行想，这个虔诚的老河络，即便是早已遭到放逐，仍然固执地保留着许多河络的习俗，即便在喝得大醉的时候，仍然不忘坚持冥修。他不由得又是一阵难过。

此时火场外跑来一个哭哭啼啼的老羽人，二话不说就想冲进去扒尸体，所幸被拦住了。一问才知，此人十余年前得罪了家乡的贵族，逃难至此，就在九原城四处给人做杂工糊口。前一天他的两个侄子做生意亏了钱，到这里来投奔他，他能有什么办法？只好安排他们先在这低价的旅店住下，没想到这一住就丢了性命。

老人哭号着，想要找到自己的两个侄儿，但是他记忆中的侄儿也只是不到十岁的孩童，十余年后再见，不过匆匆半日，教他如何在焦尸中分辨？

"我们羽人的个子比一般人类都要高。"他只会不断地向地方官重复这句话，地方官只能苦笑："老头儿，尸体烧焦之后很难分辨的，即便是身材，由于燃烧烧尽了体内的脂肪与水分，所有尸体都缩得小小的，也和死前完全两样。羽人和人类的骨头外表看区别不大，非得验尸后才能分辨。"

"那就验尸啊！"老羽人哭着说。

"那你可得掏钱。"地方官耸着肩说。

这以下两人之间的扯皮君无行基本没有听到。方才地方官所说的那句话仿佛一记重锤，狠狠敲在他的心上："尸体烧焦之后很难分辨的，即便是身材，由于燃烧烧尽了体内的脂肪与水分，所有尸体都缩得小小的。""羽人和人类的骨头外表看区别不大。"

他终于想明白了，从刚才开始一直盘绕在自己心中的那一点"不对劲"究竟是什么。那些尸体！十五年前的那些尸体！据说凶手还使用了助燃的药剂，因此死去的六位星相师被烧得更加彻底，每一个人都只剩下一点残存的骨骸。当然了，其中有一位夸父，一位河络，那无疑是醒目的、可辨认的。但剩下的人类和羽人混在一起，恐怕就……很难分辨了。

由于和君微言感情淡薄，他自己并没有太过关心那桩凶杀案。于他而言，君微言死了就死了，其他几个老梆子更是关他鸟事。但雷冰曾向他详述过案件经过，他记得其中的细节，由于所有目击者都确认有一名羽人逃走了，因此并没有进行详细的验尸。

——假如雷虞博其实并没有杀人也没有逃走，而是作为受害者葬身火窟的话，那也不会有人察觉到。河络们会把他的尸体当成人类收敛，而不会注意到真正的凶手已经消失了。

——如果这个推断成立，那个飞上天的人究竟是谁？明明只有雷虞博是羽人，为何会多出一个人能飞？

一阵诡异的震颤出现在了君无行的脑海中。这并不是一种形容方式，而是一种真正的震颤感。仿佛是头脑里有一块地方始终被布牢牢遮住，但在此刻却被神奇的力量猛地一下掀开了。君无行知道，这是一种封闭记忆的秘术，但当受到和该记忆有关的关键因素的触发时，那种封闭很有可能失效。

而现在，秘术失效了，记忆在这样一个尸臭弥漫的火场旁打开，但触发的因素并非是火灾、尸体等，而是——一个隐藏的羽人。这一记忆在自己的脑子里躲藏了十多年，如今终于憋足了劲浮出水面了。

君无行疲惫地舒了一口气，觉得全身软软的，几乎想要就在地上坐下来。他觉得自己已经触碰到了这起凶杀案的真相。虽然潜藏在背后的动机还不清楚，但是杀人凶手是谁，似乎已经很明了了。

君微言，养父君微言，现在君无行满脑子都是这个人。其实自己早该想到，也只有他那样深沉的心机，才会一直隐瞒着自己羽人的身份，并且不动声色地移祸给无辜的雷虞博。而那段记忆，那段被牢牢封存起来的可怕记忆，为这种推断提供了最好的证据。

3

养父的身材一向比常人略微瘦削一点，但他常年都穿着宽松肥大的袍子，因此并不是很显瘦。君无行记得自己七八岁的时候，曾经在一次奔跑中无意间撞到了养父一次，居然把他撞得趔趄了几步，可见他的身体也并不重。

——羽人和人类体质上有差异，他们身材更细长，也更轻，中空的骨质才能令他们飞起来。

养父虽然深沉，却并不孤僻，时常会和星相界的同道或者其他有身份的人欢宴聚会，宴席上他一般吃得很少，理由是自己胃口一向不佳，不过也并不避讳吃肉。然而回到家后，有时君无行会听到养父呕吐的声音。

——羽人的传统习俗是不食肉的，虽然新派的羽人不少已经摒弃了这一传统，接受了更易令身体强壮的肉食，但大多数羽人仍然坚持食素。

养父平时有空就喜欢在树林里走走，却并不喜欢木制品。他尤其对于参天大树有一种偏爱，每次看到都会禁不住上前抚摩，而他一次碰巧看到大规模的伐木场面，当时脸色都变得很难看。

——羽人自古居住在森林中，崇拜树木，尤忌采伐。

以上三点都很可疑，但还不足以作为证据，真正的证据作为记忆被封闭了，君无行刚刚将它找回来。

这件事情发生在某一个月圆之夜，即便是现在回想起来，君无行也能感受到那时候的巨大恐怖。当时他刚刚被收养不久，尚且不明白君微言的真正意图。君微言对他虽然比较冷淡，但在衣食上至少从未亏欠，这一点对于一个饱受饥馑折磨的孩子而言倒也足够了。哪怕明天就要被宰了吃肉，至少今天先让我填饱肚子，他想。

那个月圆之夜的晚餐餐桌上，摆着君无行最喜欢吃的烧鸡。君微言从来不碰这东西，说自己从来不喜欢鸡肉味，君无行如果想吃，养父就会给他一些钱，让他在外面吃。因此这一晚餐桌上出现鸡肉，让君无行颇有些诧异。

君无行那时候体现出了非常难能可贵的人小鬼大。他不认为人会无缘无故举动反常，意识到那烧鸡多半有点问题，于是装模作样地吃了一些，却暗地里把鸡肉都藏进了袖子里。离开餐桌后，他咽着口水悄悄把那些鸡肉扔给了自己养的一条土狗，土狗嚼完了肉，不久就睡着了，睡得很沉，用脚踢都不醒。

养父果然想把自己迷晕，君无行为自己的小聪明得逞感到高兴。养父想要干什么？难道这个道貌岸然的中年人想要背着自己约会漂亮姑娘？对男女之事其实一窍不通的小屁孩兴致勃勃地胡乱猜测着，早早跳上床开始装睡。

不久之后，养父就过来试探他了。养父轻声呼唤着他的名字，告诉他还有半只鸡没吃完，君无行只是装作没听到，还十分逼真地打起了呼噜。养父放了心，走出门去。

君无行等了一会儿，等到养父的脚步声逐渐远去，这才悄悄爬起床，蹑手蹑脚摸出门去。这一夜月光清朗，明月的光辉笼罩着大地。君家住在一片小树林旁，那片树林往日在夜色下总是显得有些阴森狰狞，而在这样明亮的月色下，居然有几分温柔的味道在其中。

然而养父不见了。君无行用尽可能轻快的脚步把四周都找了一遍，养父真的不在了，地上甚至也没有脚印。这可太纳闷儿了，难道他已经悄悄地跑远了，到一个更加隐秘的地方去和情人约会？

正在胡思乱想着，一种本能的警觉令他无意识地抬起头来。然后他的苦胆差点被生生吓破。养父，他见到了养父，养父就像一个恐怖的恶魔，竟然高高飞翔于天空，背后有一双巨大的白色羽翼。月光下，养父脸上的表情可以看得十分清晰：那是一种近乎癫狂的陶醉，混杂着某种压抑已久的痛苦。

那时候君无行还从来没有见过羽人飞翔，惊惧之下也完全没有向种族差异上面去想，他心里只有一个念头：魔鬼！会飞的魔鬼！

他蓦然爆发出一声惨叫，转过身跌跌撞撞地就向家中跑去，但这一声惨叫过于响亮，不可能不引起"魔鬼"的注意。君微言陡然变向，从高空中直接对着君无行俯冲下来。那巨大的阴影投射到他的身上，令他感受到了前所未有的恐惧和绝望。

一阵劲风吹过，君微言已经落到了地上，一道蓝光从背后闪过，那对羽翼顷刻消失了。君无行浑身乱颤，两条腿已经完全不听使唤，一时间竟然忘记了逃命。君微言上上下下地打量着他，一言不发。君无行想：完蛋了，他一定是在想怎么收拾我。他嘴唇动了动，想要讨饶，但最终没有说出口。

"你没有吃那只烧鸡？"君微言问，声音倒是没有变化。

君无行下意识地摇摇头，又点点头。君微言叹气："收养你之后，我和你交谈太少，很多事情你都不明白，那是我的错。所以从今天开始，我必须要慢慢教会你一些东西。"

君无行把脑袋点成了鸡啄米，却不知道和蔼慈祥的养父究竟要教他什么。君微言伸手轻抚他的头顶，和颜悦色地说："少年人聪明一些，是个优点，但聪明过头，就不大好了。某些时候，当糊涂处且糊涂才是正确的选择。"

少年人听得似懂非懂，但也明白君微言好像并不打算将自己剥皮抽筋，刚刚松了一口气，忽然感到脑袋一烫，君微言的手心有一股热流从自己的头顶心透入，还没明白是怎么回事，就已经晕了过去。

醒来之后，他已经完全忘记了那晚发生的事情，这之后养父也对此只字不提，然而他也再没有使用过催眠药的手段，不知是不是担心再次露馅。显然，当时养父用了某种秘术，将他的这一段记忆尽数封闭，但现在，这记忆复苏了。

是的，"聪明的少年人"可能不懂，但现在没什么不明白的了。君微言是个羽人，一直都是，他只不过是始终伪装成人类罢了。

身为羽人，却要扮成人类，无疑是在图谋些什么。他究竟想干什么？难道他如此处心积虑，就是为了最终在越州塔颜部落中进行致命一击吗？

4

在前后二十二次拒绝了雷冰的要求后，第二十三次，纬苍然终于妥协了，尽管还是心不甘情不愿。

"不该说的，"他强调，"而且只是猜测。"

"稍微透露一点也无妨，"雷冰笑靥如花，"看在我孤苦伶仃一个人追寻了那么多年，你告诉我一下你的想法也不是什么错吧？"

她毫不犹豫地把自己近些年虽然奔波忙碌却也不缺钱用的生活归结为"孤苦伶仃"，纬苍然很无奈，只好犹犹豫豫地讲下去："两种可能。一、突发变故，你祖父临时其意杀人……"

雷冰打断他："你不必讲这种了，虽然连我都认为它确实可能存在，讲第二种，怎么样可能我爷爷其实不是凶手？"

纬苍然点点头："首先肯定，确实有羽人飞走。假如不是雷虞博，则只有一种可能性……"

"什么可能？"

"还有第二个羽人。他杀死雷虞博，冒充他飞走，并放火烧尸，没法辨认。"

于是这之后雷冰一直在苦思：难道真的有第二个羽人？那会是谁？其他六名星相师中的一个，或者是潜伏于部落中的外来者？她很清楚，这般空想是不可能找到正确答案的，也许应当去把那个可能知道真相的人给揪出来。那个人就是黎耀。

然而揪出黎耀谈何容易？某种程度上而言，那不会比揪出羽皇更省事。南淮是黎耀的势力范围，虽然表面上不事声张，实则眼线遍布，这一点光从前两天的流氓斗殴事件就能看出来。如今狄放天一定是安排了暗哨在盯着两人的行踪，己方稍有异动，他就会迅速做出反应；即便己方没有异动，他要制造一点意外出来，也是轻而易举。

眼下狄放天暂时没有行动，那是因为纬苍然也没有行动。双方似乎都坚持着"彼不动，己不动"的原则，狄放天没过来再找麻烦，纬苍然也成天待在茶馆里喝茶哪儿也不去。

"大男人成天喝什么茶？"雷冰很不屑。

纬苍然浑不在意："喝茶好，脑子清醒。喝酒误事。"

他倒真不是一般沉得住气，在南淮城炎热的夏季里，每一天坐在茶馆里慢悠悠喝茶，听着说书先生讲的种种故事，俨然有点自得其乐之感。雷冰忍不住要想：同样是消夏，宁州的森林里大概会凉快很多吧？

不过在羽族的地盘，大概还真的很少能见到说书先生这样的行当，宁南城会有，但纬苍然没去过。这个人活到二十多岁，去过的地方寥寥无几，而且通常都是被人发配的。比如他的第一个工作地点杜林城，就是一个幽静乏味到雷冰觉得自己待上三天就会疯掉的地方，而纬苍然在那里一板一眼地辛勤工作了好几个月，丝毫没有抱怨。

"那没什么，"纬苍然的回答也无比乏味，"工作而已。"

"看起来现在的工作你更享受一些？"雷冰调侃说。

纬苍然既不肯定也不否认，只是说："听他讲很有意思。"

雷冰没想到"有意思"这三字评语竟然会从纬苍然嘴里蹦出来，那简直比君无行变成正人君子还要不容易，登时来了兴趣："说说，怎么有意思？"

"了解一些计谋，"纬苍然说，"比我们羽人的复杂。"

这话雷冰极不乐意听，但想想黎耀玩弄的花样，想想君无行的一肚子坏水，又觉得对方说得有点道理。她问："那有哪些计谋对你办案有帮助呢？"

这话可把纬苍然问住了，他磕磕巴巴地回答："没有具体……只是一种思路……"那情状活像是拿着公款吃喝享乐被抓住的腐败分子，让雷冰忍不住地�咧直乐。最后她醒悟过来好歹要给纬大人一点面子，于是忍住笑说："行啦，其实说书先生也不过是靠一张嘴舌灿莲花，一丁点大的小事也能说得很夸张，基本不可信。要我说，也许你办过的好玩的案子，比他讲的故事要精彩多了。"

这个麻烦可就大了，但纬苍然天生不大会拒绝人，尤其对于和姑娘打交道毫无经验。被缠得没办法，只好拣了几个案子大略说说。雷冰听完略有些失望："不怎么好玩……怎么都是整天整天地翻文书找资料啊，要不然就是刨尸体认死人。"

"办案大多这样，"纬苍然抱歉地说，并伸手指了指正在摇头晃脑的说书人，"所以他的好听。"

"我不信你就没有办过真正精彩的案子，"雷冰哼哼唧唧地说，"多半又是触及了什么律法啦、规定啦，让您老不便启齿。"

纬苍然抓耳挠腮，好一会儿才说："不是，案子都是那样。"但看着雷冰失望之情溢于言表，他又老大不忍心，想了想，对她说："有一个有意思，你一定要听，我讲。"

"有什么不妥吗？"雷冰听出他语气有点怪。纬苍然犹豫了一下："是的，又和你家有关……"

于是雷冰也听到了那个奇特的隐身人案。尽管纬大捕头拙于口舌并非一个好的讲述者——至少比汤遇差远了，但这个故事本身不用太多的言语花巧，也足够吸引人。雷冰此前只知道家传的星图被夺走后不久即告失窃，这时候才知道具体细节。她居然一时间忘记了发火，推想着当时的过程，最后忽然笑了起来。

纬苍然不解地望着他，雷冰说："其实就用你刚才的思路来推嘛。"

"怎么推？"

"穷尽一切可能，从最简单的开始，看其中哪种长得最像真的。第一种可能，真的有隐身人存在。"

纬苍然摇头不说话，雷冰笑笑，说第二种："你那位不幸的上司其实是个笨蛋，路上有旁人接触到他了，但他没有察觉。"

纬苍然还是摇头，但这回有话说："他不是那种人。"

"那就只可能是第三种啰，"雷冰悠然说，"汤遇编了个谎话骗你们。其实他早已被买通，半路上就把我家的宝贝转给了别人，再自己设法杀死风鹄，然后扯一堆隐身人盗窃杀人的鬼话。"

纬苍然皱起眉："我想过，但不像。"他进一步解释说，后来他还偷偷托人调查过这十余年来汤遇的状况，此人的确过得非常潦倒，并不存在被人以钱财买通的可能性。

"那也许是要挟呢？"雷冰不服气，"万一他有什么把柄落在别人手里，不给钱不也得干吗？"

"他不是那种人。"纬苍然仍然是这没精打采的六个字，气得雷冰七窍生烟，决意要和他抬杠到底。

"知人知面而已，你能保证你就知道他想什么？"雷冰恶声恶气地说，声音略有点大，令周围的人都扭过头来看她。雷冰毫不理睬，继续说："说不定他就是敌人安排在羽族内部的奸细，处心积虑地搞点破坏什么的。你仔细想想那些年的重要悬案，说不定都有他……"

纬苍然索性就等她胡扯，扯完了才反问一句："然后不停讲故事，唯恐别人不注意？"

雷冰怒目而视："这样做是为了掩饰，旁人反而不会怀疑他，比如你这样的笨蛋就信了。"

笨蛋涵养甚好，完全不反驳，那副逆来顺受的样子对雷大小姐而言不啻火上浇油："你这种笨蛋就是什么人都轻信，难怪以前我们羽人总是打败仗。我告诉你，不管死人活人，都有可能欺骗你，别提这个汤遇了，就算是那个风鹠……那个风鹠……那个风鹠……"

她忽然说不下去了，因为纬苍然的脸色一下变得很可怕。他眉头紧锁，双唇紧闭，牙关紧咬，拳头紧握，好像受了很大的刺激。雷冰想：糟糕，我说错什么话了？

猛然间"砰"的一声巨响，纬苍然竟然双手重重一拍桌子，站了起来。不止雷冰，茶馆内的所有人都吓了一跳，眇了一目的说书先生的故事正讲到紧要处，被他这么一吓，登时住口，心里迷迷瞪瞪：难道是我记错段子了，以至于惹恼了这位爷？

这位爷粗暴地对着众茶客摆摆手："没事！"更加粗暴地指了指说书先生，"继续！"然后一把抓起身边漂亮的女伴，快步走出了茶铺。说书先生遭此惊扰，虽然听话地继续，此后明显不在状态，错谬连篇，以至于最后茶客们少给了很多钱。

雷冰云里雾里，被纬苍然生拉硬拽着冲回客栈，并听到他沉重的关门声。关门的刹那，雷冰分明听到楼道里的两名伙计在窃窃私语："不是吧，大白天那么着急？"

莫非这厮想占老娘便宜？雷冰大怒，但又觉得不像——能干出这种事的人叫君无行，而不是纬苍然。果然纬苍然也没有其他动作，他倒了一杯水，"咕嘟、咕嘟"喝下去，狠狠喘了几口气，这才回头对雷冰说："我明白了。"

"你明白什么了？"雷冰不解。

"隐身人，"纬苍然说，"是风鹄！"

风鹄？雷冰一怔，有些不明所以，但仔细想想纬苍然讲过的当时的细节，忽然眼前一亮，明白了对方的意思。

其实道理很简单，从头到尾，除了汤遇之外，唯一一个曾经经手那只木盒的人，就是风鹄。因此，风鹄也就是唯一一个有机会将木盒中的图谱调包的人。

"能再告诉我一下两人交接木盒时的情状吗？"雷冰颤声问。

纬苍然缓缓说："两人面对面。汤遇递盒，风鹄当面打开，然后向汤遇扬起手中的白纸。"

"就是那个时候，"雷冰说，"风鹄打开盒子的一刹那，已经用巧妙的手法把所有图谱藏进了袖子里，而将事先准备好的白纸换出来。这一招只要手快，加上木盒的遮挡，是可以瞒过人的，我都会玩。"说完，她就用桌上的两个茶杯给纬苍然演示了一下。纬苍然自认为眼力上佳，但若不全神细看，还真注意不到雷冰的手法。而那个时候，汤遇完全想不到风鹄会耍花招，如果风鹄再用一点其他东西分散他的注意力，就更容易得手了。

"可是那支箭是怎么回事？"雷冰问，"难道也是风鹄预先插在身上作苦肉计的？汤遇可是确实听到了窗户纸破裂的声音，说明真的有人从外面放箭。"

"风鹄摔了木盒。"纬苍然说。

雷冰点头："是啊！他为了让自己伪装得更像一点，做出愤怒的样子，摔木盒是不错的选择。怎么了？"

纬苍然随手从桌上捡起一个没烧完的蜡烛头，用力向窗户掷去。窗户纸应声而破。

雷冰一呆："你的意思是说，窗户纸破……也可以是从室内？"

纬苍然赞许地点点头："摔木盒发出声响，掩盖物体的来路。"

"不对！"雷冰说，"不信你可以自己试试。在用尽全力摔碎一个木盒的同时扔一个东西出去打碎窗纸，这两个动作力道大不一样，方向也完全相反，太难做了，何况他用的是双手。"

"摔木盒前，他靠在了桌子上，"纬苍然说，"事先做个小机关弹出石子，不难。"

雷冰恍然大悟，事情至此似乎已经有了明晰的答案了。一切都是风鹄预先策划好的，他用巧妙的手法，在汤遇绝没有留意的时刻迅速调换了星图，再利用摔碎木盒的声响掩饰桌上机关发动的轻微声响。不需要什么东西，一枚小石子就够了，草地上出现一枚石子是再正常不过的，汤遇之后跳出窗去也不会留意到。

而风鹄背上的那支短箭，无疑也是他事先强忍着剧痛插在背上的，从两人见面开始，风鹄始终都是面对汤遇，没有转过身，汤遇根本不知道那支箭是早就留在他背上的。

"可是问题来了，"雷冰说，"既然是他自己安排的诡计，怎么会在箭上抹毒，取了自己的性命？而且如果真是那样，星图应该还在身上藏着，为什么事后既没有星图，也没有人发现桌上的小机关？"

"仆人。"纬苍然说。

雷冰猛然想到：出事之后，在其他大队人马赶来前，还有一个人提前赶到，接触到了尸体，那就是伺候茶水的仆人。

纬苍然也正是想到这一点。根据汤遇的讲述，"伺候茶水的仆人正在尸体旁手足无措，一见到我就哭号起来，一面往外跑一面高呼杀人了。"利用汤遇跃出窗口的时间，他完全可以将风鹄藏在身上的物品占为己有，也能迅捷地将桌上的小机关拆掉带走。

"这个仆人才是主谋，"雷冰面色苍白地说，"他指使风鹄演出这一场苦肉计，也许只是告诉他，可以用这个办法得到我家的星图，并且栽赃给汤遇。但他却偷偷在箭上抹了毒药，早就决意杀死风鹄。"

　　"不错。"纬苍然表示同意。这是一起双重连环的欺骗，风鹄欺骗了汤遇，却又被那个仆人所欺骗。但正因为如此，这起凶案才呈现出这样完美的效果，让人难以猜度。

　　"那么问题又来了，这个仆人是谁？现在何处？"雷冰看着纬苍然。纬苍然鼓起腮帮子，意思是说：我也不是神。

　　"谁也没注意他，"纬苍然说，"也许后来偷偷溜了。"羽族等级观念很重，死了钦天监监正是件大事，少了一个低贱的仆从，只怕就很少人能注意到了。

　　"那个仆从是羽人吗？"雷冰忽然想起，随即又发现这是句废话。钦天监中所用仆人，是断断不会有外族人的。她抱着万分之一的希望问纬苍然："能查到他吗？"

　　纬苍然毫不犹豫地摇摇头，反问："星图有什么重要性？"

　　这话问得雷冰不知所措。这个星学世家的不肖子弟苦思了一阵子，很不确定地开口："我妈以前和我说过，星相学分为多种流派，有的长于观测，有的长于计算，有的长于归纳推演。我们雷家就是观测派，数代人积累了许多宝贵的资料，名为星图，实则是一份非常完整的星相记录。很多其他研究星相的人，都对这份记录很眼热。"

　　"研究星相有什么用？"纬苍然又问。这个问题就更难回答了，雷冰想了许久，似乎也没法解释星相究竟有什么用。她知道自古以来，就有无数星相师游荡在九州大陆上，通过观测星辰的运行来推演人世的变迁，为此还产生了许多很有名望的角色。但可气的是，这些所谓的名家所指点出来的星命基本都是似是而非，可圆可缺。比如每逢乱世，总会有个了不起的大师站将出来，双目深沉地透过血色的尘埃眺望星空，任由星光打在他沧桑智慧的老脸上，从喉咙深处发出一声叹息："帝星已暗，统治大地的新霸主将在北辰的指引下崛起……"

这他妈的不是废话吗！乱世时期本来就是九州大陆的政治力量重新洗牌的时候，旧的帝王难免被推翻，新的霸主必然会出现，这种屁话说了和没说有什么区别？雷冰所知道的是，每到战争年月，某些星相师选择独立，某些则会各自选择可依附的君主，等到了最后，反正总有一个人是选对了的。然后他就会被吹捧上天，成为那个能在历史上留名的看穿了天下命运的人。

再加上满街横行的借星相行骗的君无行之流，雷冰实在对星相学没什么好感，不过母亲倒也告诉过她一些其他的事情："其实星相学并不像你所想象那样，只是为了推测星命而存在的，它也有许多实际的用途。比如为了制作更精密的观测仪器，人们发明了许多先进的制造技术；比如为了推算轨道，人们的算学知识有了很大提升；比如掌握了星辰的特性，秘术师们能够更好地将星辰力化为己用。往远了说，我们掌握了星辰运行的轨道，也许日后就能想办法改变这种轨道，从而对大地施加影响。"

这话听上去总算让人舒服一点，虽然几乎是偷换概念：那些都只能算是附属成果，而不是星相学的本意。不过雷冰还是把这些都告诉了纬苍然，纬苍然思索了一阵子，蹦出俩字："不值。"

雷冰冷冷地看着他："你上辈子显然是说话累死的，所以现在多说一个字都跟要你命似的。"

纬苍然只好解释："如果星相学只有这些用途，付出那样代价不值。"他所谓的"付出代价"，应该是既包括了远在越州的凶杀案，也包括了风鹄的命案。

这也是雷冰所疑惑的。虽然也听母亲说起过星相界种种明抢暗夺他人成就的丑行，但那样的抢夺充其量也就是撕破脸大吵大闹，好像从来没有到过拔刀子的地步，原因就是纬苍然所说的那两个字：不值。真正的星相师好像没有发大财掌握大权的，君无行这样的……又压根不需要懂星相。

雷冰隐隐有点火气，表面上看起来，杀人手法被两个人猜出来了，但背后的动机却更加让人想不通了。要是世界上压根不存在星相学这破玩意儿就好了，她郁闷地想。

5

可是养父究竟图谋着什么？这一点让君无行百思不得其解。他自幼也曾随着养父接触过不少星相师，这帮人有的像养父那样四处都吃得开，有的贫困潦倒一身臭脾气，总体而言都既无钱也无势。雷虞博大概算是混得最好的——他毫不犹豫地把"混"这个字用在了众多受人尊敬的星相师身上——也不过是碰巧羽皇特别重视星相而已。

这帮人想要得到什么？就算是争得一个"天下第一星相大师"的名头，貌似也没有太多实际价值，除非像自己这样去行骗。要知道答案，唯一的选择就是亲自去一趟塔颜部落。

雷冰应该已经到南淮了吧？君无行想。本来自己的行程应当比她快，但自己在那座不知名的小城胡吃海喝耽搁了很久，这么想着，他居然有了一丝悔意。这本来只是一桩无可无不可的漫游，加上一点男女之间的小暧昧，再加上一点点正义感的蠢蠢欲动，但现在，在十余具焦臭的尸体面前，一切都被打上了仇恨的烙印。仇恨永远是在任何种族的智慧生物身上最具推动力的东西，即便是君无行这样的人也不会例外。

"我陪你一起走。"邱韵说。

君无行笑笑："谢谢你的好意。老实说，之前我对于这趟行程还抱着半玩半认真的心态，所以很希望邀你同路。但现在，不再有什么风光旖旎了，剩下的只有危险和死亡，我不会再多拉一个人下水的。"

"可我不是你拉下水的，"邱韵说，"死去的人也是我的朋友。从看到他们尸体的那一刻起，我本来就在水里。"

她不必多说什么，那双眼睛里透出的眼神说明了一切。这种女人看似柔弱，一旦决定了的事情却很难听从他人的意见。君无行心里一阵欣慰，不再多说什么。

死者的遗物大多随着主人一起化为灰烬，君无行只找到一枚金属的徽章。不知这徽章是用什么材质做成，在烈火中连颜色都未曾改变，上面那个有点像算筹的标志也仍然清晰。无疑这是王川的遗物，那是他对自己部落的怀念。

"长剑布斯，我会把你的遗物带回去的。"君无行喃喃自语。两人随后起程，君无行难得地相对沉默，这一方面是因为他总喜欢对着这枚徽章出神，另一方面大概也是不好意思和邱韵说话——他的钱包没什么钱了，马帮的马匹又被官府全数扣押，他只能给邱韵买了一头病怏怏的骡子骑，而自己只能走路。这样的场景，和他之前所想象的一男一女同乘骏马驰骋江湖的画面相去甚远，也算得是美中不足。

"骡子挺好，比马走得稳当，"邱韵安慰他，"别把我当成娇滴滴的大小姐。"

君无行唉声叹气："宝剑赠名士，红粉送佳人。你这样的佳人，怎么也得配上一匹瀚州阴羽原出产的月夜追风，才算恰如其分。"

"得了吧！"邱韵"扑哧"一乐："说得你真见过月夜追风似的。你不是说自己这辈子从来懒得出门远行吗？"

"我自己懒，但我的养父很勤快，"君无行回答，"所以在我小时候，还真走过一些地方。虽然没有骑过月夜追风这样的好马，却骑过比它奇怪百倍的东西。"

"比如？"

君无行想了想："河络骑的骑鼠，就很有意思。那东西体型很小，其他种族都没办法骑上去，但我当时是小孩子，身材和河络差不多，所以他们允许我骑着试试。可惜那玩意儿非常不听使唤，跑起来又很颠簸，一会儿工夫把我甩下来两次，屁股差点变成八瓣，疼得我发誓以后再也不坐了……"

如是谈谈说说，邱韵感受如何不得而知，君无行总之是乐在其中，要不是心里总算还惦记着正事，差一点就要盼望这条路一路延伸下去，永远也走不完，管他到什么地方，之前对那头骡子的愧疚也抛到了九霄云外。只是理想美好，现实残酷，走了几天后，君无行肚子里装的种种谈资卖弄了还不到十分之一，钱包里装的钱却是实实在在所剩无几了。他当初变卖黎鸿那间宅院里的家当，本来就大大咧咧地被人算计了不少，一路上胡乱花销又不知节制，到了想要在心仪的姑娘面前献殷勤时，才发现金钱宝贵，没有钱果然是万万不能的。

比较可气的是，越州民风与中州、宛州等所谓"文明之地"相去甚远，那些纯朴的原住民，无论人类还是河络，都只相信脚踏实地地埋头苦干，而对占卜自己的命运没有丝毫兴趣。君无行原本指望重操旧业体面地赚上一点路费，这下子毫无希望了，难道堂堂九州知名星相大师要沦落到出卖劳力打短工的地步？

"我们是不是没什么钱了？"邱韵问。此时两人已经歇宿在一个叫作洛木的小镇，出镇不远就是一片森林。

君无行抓耳挠腮，最终只能愁眉苦脸地回答："是的。"

"那我们就找些事情做，赚点旅费好了，"邱韵说，"那没什么难的。"

她说这话时，神色如常，就像是在谈吃饭睡觉一样。君无行猛然省悟，自己总是被那美丽的容颜所迷惑，而忽略了容颜背后的实质。正如她自己所说，邱韵从来不是一个娇弱的女子，虽然她在贫贱困苦中活到现在，虽然她既不会武功也不会秘术，但在她的内心深处，总是保有一份无法磨灭的坚韧与顽强。而自己总想在她面前维系着那种脆弱虚伪的风度，实在是愚不可及。

君无行忽然觉得胸中一阵说不出的畅快，简直想要仰天大笑一番。他对邱韵说："这太好办了，要论各种干活儿赚钱的手艺，我要是自认天下第二，就没人敢称第一。你先歇着，我要是挣不到钱，你再去抛头露面也不迟。"

这话倒绝非吹牛。第二天他还真找到了工作，并且当晚就拿回来了两个银毫，让邱韵刮目相看。

"你猜我找到了什么活计？"君无行坏笑着问。

邱韵上下打量他一番："反正你这体格也没法去干重体力的活儿，大概也就是厨师之类的吧。你不是说过你卖过油饼、卖过包子，生意还挺好吗？"

君无行大摇其头："这你可猜错了。事实上，我现在是洛木镇一个小有名气的伐木工，全镇的其他工人都没有我这样高的效率。"

洛木镇倚森林而建，伐木业也算得兴盛，何况当地居民有的是力气。只是君无行这样一个没二两肉的人类竟然也能做这个行当，实在有些不可思议。

邱韵怀疑地看看他细长的胳膊："你这样的两条胳膊……也能拉得动锯子、抡得起斧头？"

"即便是砍树这样的活儿，也一样可以有很高的技术含量，"君无行十分神气，"聪明人就是要善于动脑。"

原来洛木镇中所产树种，有一种称为火松的，木质坚硬而不耐腐，无法用于制造业，却是一种很不错的燃料。只是火松实在太硬，需要花费很大力气才能锯开。君无行跑到采伐现场，声称自己能帮助采伐火松，原本没有人相信他能够办到。

然而出乎意料的是，他真的办到了。他只是把手在一棵火松上放了一会儿，然后随便抄起一把斧子，虽然光是拿起斧子已经足够吃力了，但砍到火松上，居然每一下就是一个大口，三下五除二就放倒了一棵。

这下子林场主相信了，工人们在他的协助下，工作效率提高了好几倍。而一天就能挣到两个银毫之巨，这在洛木镇的伐木工奋斗史上还从未出现过。

邱韵听他说得意兴风飞，也禁不住又是好笑又是好奇："你究竟是怎么做到的？"

"那是谷玄秘术的一种，"君无行说，"施放在生物身上，可以加速其老化、死亡、腐坏的速度。"

"真是举着大刀砍蚊子，"邱韵感慨，但很快想到了别的问题，"可是……你这样一施术，火松的材质会发生变化吗？会不会就没那么容易点燃了？"

君无行诚实地回答："这个我从来没想过。"他压低声音说，"所以以防不测，咱们明天一大早就偷偷开溜，有这两个银毫，足够我们走到下一个市镇了，到那儿再想办法接着弄钱。"

邱韵忍俊不禁："你和你的名字实在是很合拍。"

第七章
死囚·蛇姬

1

掐指算来，自己在南淮已经待了一个月了，雷冰简直要怀疑纬苍然这家伙压根就是拿着公款跑到这儿来享受的。据他说，他是追踪着叛逃的羽族官员楚净风而来，并且要从这家伙身上调查黎氏同羽族高层的种种黑暗关系。然而一个月过去了，楚净风已经成了南淮的新名流，纬苍然居然还是半点动作也没有。为了省钱，他已经搬到羽族在南淮设立的驿馆住下，雷冰虽不缺钱，但本来对人类客栈的脏乱也很烦心，于是厚颜无耻地跟着他去蹭住。

茶馆里的茶博士已经和纬苍然混得很熟，每次见到他来，添水都特别勤快，而且带着城里人看新鲜的神态，总喜欢去撩他说话，当然结果大多是令人失望的。

雷冰后来在一个奇特的场合见到了这位传说中的楚净风。他的装束打扮已经完全像一个南淮本土的人类士族了，就连一头金发都十分别扭地用药物染成了黑色。这难免让雷冰不恭地想起羽族节日里被染得花花绿绿的观赏鸟类。

当时正是南淮城每年八月在流经城内的建河上赏花船的日子，全城大大小小有名没名、漂亮不漂亮、当红不当红的青楼姑娘倾巢而出，各自乘着装点得花花绿绿的花船，每晚在建河上搔首弄姿、招蜂引蝶。每到此时，有钱有闲的士族富商们固然会千金一掷以博美人一笑，甚至借此来斗富，穷人却也能挤在岸边看看热闹，一睹那些平日里难得一见的芳容。

"喂，姑娘多得要命，你不去瞧瞧饱一下眼福？"雷冰揶揄纬苍然，然后马上学着他那万年不变半死不活的语调说，"没兴趣。"

　　纬苍然点点头，既然雷冰帮他说了，他索性连这三个字都省了。雷冰哀叹一声："你这个人真没情趣，以后要是和女孩子交往，多半也是木头人。"

　　纬苍然居然毫不犹豫地表示赞同："本来就是。"他补充说，"父亲给我定了未婚妻，我一次都没去见，后来吹了。"

　　雷冰强忍住笑，出门而去。太阳尚未完全落下，建河旁已经热闹非凡，无数普通百姓都在想办法抢一个能看得清楚的位置，而有身份的人则不必着急。他们或者拥有自己的游船，或者有资格进入闲人免进的观礼台。

　　闲人雷冰显然没有这样高规格的待遇，但她有办法站到高处——树顶上。那里居高临下，没有任何遮挡视线的物体，雷冰以为比观礼台还棒。

　　天色慢慢暗了下来，南淮城中亮起了点点灯光。建河沿岸挂在树上的灯笼都被点亮，灯火倒映在粼粼波光中，给人一种星河璀璨的错觉。雷冰不得不承认，在羽人的地盘是看不到这样热闹的场景的，虽然她认为七夕节的氛围也是人类无法想象的。那一瞬间她有点想家，并不是某一座具体的房屋，甚至也不是慈爱坚强的母亲，而是宁州的森林。她发现在这样一个人类狂欢的节日里，她体内羽人的血液开始灼热起来。

　　伤感了一阵后，人群的欢呼声将她的思绪拉了回来。那是名妓们的花船终于露面了。那些船每一艘都装点得富丽堂皇，比富人的船还好看，透出一种掩饰不住的虚张声势与金玉其外，毕竟里面坐的不过都是些连自己的命运都无法把握的妓女，不管你用怎么样好听的词汇诸如"名媛""红牌"去修饰她们，那名词下的本质是不会变的。

　　基本上，她们的阵营以妓院的招牌进行划分，各自在船上展示着吹拉弹唱种种才艺，进行着吸引眼球的竞争。哪位有钱人愿意支持某一位妓女，就会送上一盏特制的花灯，花灯分月季、玫瑰、牡丹等好几个档次，最便宜的也价值五十金铢，远非普通老百姓能企及。这盏花灯将会被挂在船头，计作这位名妓的一票。赏花船一般持续三个晚上，三个日后，谁的花灯数目最多，谁便胜出，获得一点虚荣的声望作为自己日后吸引客源的资本。

雷冰对于谁能取胜半点也不感兴趣，而是怀着最大的恶意希望能看到某位红姑的船头光秃秃的一盏灯笼也没有，遗憾的是，这些红姑大多有自己的人脉，所以每位至少都能有两三盏入手。雷冰看得好没意思，耳中那些软绵绵的琴声、歌声、箫声又极不中听，正打算离开，却听到身旁有人指点："看，剃毛鸡来了！"

所谓剃毛鸡，指的就是楚净风了。此人从羽族的地方叛逃而来，而羽人一向都被人类蔑称为"鸟人""扁毛"之类。"剃毛鸡"的含义就是暗讽一只扁毛投靠了人类，想要把羽毛剃干净做人。可惜从这个外号就能看出来，剃了毛的鸡依然是鸡，不会得到人们的认同的。

当然那只是无知平民的想法。有知的士族眼中只有利益，尽管楚净风自己并没有什么了不起的身家，现在他的资产大多为黎耀等人所赠，但他多年在宁州官场经营隐伏的暗线，就是利益的保证。宁州是一个资源丰富的地方，随着羽族同外族人的生意往来不断增多，潜在的财富足以令任何人垂涎。因此楚净风在南淮的上流社会十分吃得开，现在他就正站在宛州织业协会的大船船头，由于身材比旁人略高，所以格外显眼。

雷冰只想见到黎耀，对于楚净风毫无兴趣，反正羽族皇朝再乱成一锅粥也和她关系不大。尽管她深知以自己的力量要除掉黎耀几乎是不可能的，但是当黎氏的船出现时，她还是很失望。南淮黎氏的排场出乎意料得小，黎耀并没有露面，船头站着她曾见过一面的狄放天。

接着有一张让她觉得比较亲切的脸从船舱里钻出来，那是黎耀的弟弟黎鸿。黎鸿仍然维系着在人前那副粗鲁无知的形象，在狄放天身边大呼小叫，也不知在说些什么。不过从他手舞足蹈的动作大致可以推断出，他是在对狄放天说，这些红姑娘们虽然老子看不见，但老子一个个的都摸了个遍，谁好谁坏心里一清二楚。狄放天听着他说话，只是微笑不语。

黎鸿肯定知道自己来到了南淮，他一直没和自己联络，说明风头很紧，这里毕竟是黎耀只手遮天的地方。雷冰忽然有些沮丧：如果黎鸿都对他的哥哥无能为力，自己又能有什么用处呢？来到南淮一个月了，她也没有找到一丁点办法能够接近黎耀。

雷冰胡思乱想时，建河中的花船赏却已经掀起了第一个高潮。一位做玉石生意的富商送出了一盏价值两百金铢的琼花灯，挂在了凝翠楼当家红姑林寐儿的船头；另一位盐商不甘示弱，送出一盏价值四百金铢的"花开富贵"，给了馨香园的秦湘湘。一时间河岸边人声鼎沸、喝彩声四起，河中的有钱人也跃跃欲试，谁也不甘落后。这样的场合于名妓们而言乃是争芳，对有钱人而言却是斗富。

这让她产生了一种古怪的联想：不知道这些姑娘们的身价，和她当年被通缉的身价，孰高孰低呢？幸运或者说遗憾的是，现在黎耀的注意力放在了君无行身上，已经不再对她的命感兴趣了。否则她也不能这般大摇大摆地在这里晃荡，因为身边肯定会跟着一串杀手。

我要是个杀手，就不会放过这种时刻，她想着，下意识地抬头看了看天空，这一看让她愣住了。这一夜天空多云，月光不是太好，但她仍然敏锐地在云层中发现了一个高速移动的小黑点。凭借着一个羽人的本能，她感到这并非是一只飞鸟，而是一个自己的同类——羽人。

她的注意力立刻被全部吸引过去。那个羽人不断地在云层边缘盘旋，从常理分析，他应当不是抱着雅兴来参观花船的。

事后南淮城的民众回忆起那一夜所发生的事情，都会感慨说：战争结束已经太久了，久到人们已经忘记了羽人的可怕。这个种族身体瘦弱，人口数量少，内部还总是矛盾重重，以至于在历史上的绝大多数战争中都处于被侵略、欺凌的地位。但在每一场战争中，羽族的军队都始终是人类的噩梦。道理很简单，翻开任何一本兵法书，作者都会告诉你，居高临下的重要性。而羽人由于体质上的孱弱难以近身肉搏，因此也有着一项特殊的杀技，那就是弓术。

由于距离太远，甚至没有任何人听到那一声遥远的弓弦响，弓箭就这样毫无征兆地从高空中突袭下来。一箭，仅仅只有一箭，从人类做梦也想不到的距离，从月光的背后射了出来。在人们做出反应之前，那支箭稳稳从背后射入，然后从前胸透出，射穿了被称为"剃毛鸡"的楚净风的身体。

这一箭好生凌厉，楚净风的身体竟然被牢牢钉在了船板上。当他在地上躺了足有两秒钟后，他身边的人们才反应过来。织业协会的其他商人们见到他的惨状，既搞不清袭击者的目的，也找到不来源，第一反应只是仓皇逃入船舱，没有任何人去救助他。

真正反应快的是距离该船并不算近的黎氏的船。那艘船没有特别的装饰，在一大片花花绿绿的彩船中并不醒目，但楚净风刚刚中箭，船上的人已经发觉了。狄放天第一时间发出了指令，不到五秒钟，已经有三四个人影从船上纵跃而出，以其他的船为跳板，迅速登上了织业协会的船，护在了楚净风身边。

与此同时，另外两个人影从船上飞了起来，向着高空疾冲而去。毕竟是南淮黎氏，手里网罗的人才五花八门，居然在狄放天的身边就有羽人跟随。两名羽人飞向云层，之前埋伏在高空中的偷袭者发觉有人靠近，开始向西逃去。三个羽人在高空中只剩下三个小小的黑点，两追一逃，渐渐消失在夜色中。

直到此时，其他人才意识到发生了什么事，战争年代流传下来的种种恐怖传说忽然间从记忆里浮现出来。没有人愿意莫名其妙被高空中飞来的利箭夺走性命，人们当即四散而去，建河中的船只失去了观众，也只能中止当夜的活动。

但雷冰注意到的是其他的事情。这起袭击堪称快若闪电，她提前发现了那个羽人的行踪，都没能来得及做出反应，狄放天却能在最短的时间内判断出发生了什么、派人查看楚净风、派人追捕偷袭者。而且她注意到，当观花船的民众慌忙散去时，仅在她目力范围内就有七八个作普通老百姓扮相的人骑上马，身手矫健地向着西方奔去，那些无疑也是黎氏的人。

这样的反应速度，这样的人员实力，雷冰刹那感到了一种心灰意懒，甚至是绝望。这一桩并非直接针对黎氏的刺杀案，让她见识到了自己的对手究竟是什么样的人。她毫不怀疑，如果被刺者是黎耀，那一箭就算速度再快，也没有办法得手。她也终于明白了，为什么以黎鸿的才干，再加上那样装疯卖傻，都没有机会下手。

不过楚净风被干掉了，对于纬苍然而言总算是个重要消息——虽然是好是坏还不得而知，因为他的目的似乎不是要取其性命，而是顺藤摸瓜。雷冰想着，混在人流里慢悠悠踱回驿馆，驿馆中的羽人们已经听说了那起凶案，并可以预料到未来一段日子必将接踵而至的种族矛盾，都显得忧心忡忡。

雷冰倒无所谓，只是忙着寻找纬苍然，此人不在房中，不知道跑哪儿瞎溜达去了。雷冰四处打听，也无人知晓纬捕头的去处。正在疑惑，纬苍然自己回来了。他身上泛出一阵茶叶的清香，看来又去茶馆里泡着了。

"今天那一只眼睛的说书老头儿讲了什么好玩的段子？"雷冰问。

"《游侠云湛列传》，"纬苍然回答，"羽族游侠的故事。"

雷冰点点头："我知道那个故事。云湛是上一次乱世初期的一个羽族游侠，长居南淮，和当时占据南淮的衍国公主石秋瞳好像还挺有交情。你知道我最佩服云湛哪一点吗？"

纬苍然摇头，雷冰说："我最佩服的是他的骗人本领，听说他撒起谎来面不改色心不跳，眼睛都不眨一下。你虽然不爱说话，这点倒是很有几分云大侠的风采。"

她面色一沉："很遗憾，今天我在河边看花船时，无意中见到那个一只眼睛的老头儿也在凑热闹。他今天晚上根本就没去茶馆。"

纬苍然面无表情地看着她，既然谎言被戳穿，索性就不否认了。雷冰问："刚才刺杀楚净风的，就是你，对吗？"

纬苍然点点头："是我。"

2

一人一骡的行进速度，显然比两人骑马慢多了。但君无行乐在其中，纵然双脚都磨出了泡，也并不觉得有何痛苦。一路走，一路挖空心思赚钱，偶尔弄点欺骗的小手段，邱韵也决不会摆出道学君子的架势批评他，这让他想起了两年前的一次经历。

那时他在天启城中见到一个男子出卖自己的亲生女儿。天启虽然繁华，不过徒具表象，世间活不下去的穷人多如牛毛，此事并未特别引起他的关注。但走过这父女俩没多久，就听到背后一阵责骂声，原来是几个路过此处的年轻人见到这幕场景，停下来指责这男子贩卖亲骨肉，简直禽兽不如。

那男子跪在地上，低垂着头，不敢回一句嘴，身子似乎越缩越小。几名青年愤怒之下，上前想要揍他一顿，却没想到那个将要被贩卖的小女孩用自己瘦小的身躯护住了父亲。

"你们别怪我爸爸，"她咬着嘴唇，轻声说，"家里活不下去，不是我爸爸的错。"

她强忍住没有哭，甚至还勉强挤出一个笑容，想要消解周围的人的怒意。君无行永远也忘不了那张痛苦而纯洁的面孔，他觉得那一刻自己见到了天使。如果不是当时确实全身上下一个铜镏都摸不出来了，他一定会把所有的钱都掏出来。

而现在，邱韵总在恍然间让他想起那个女孩。那是一种让人抑制不住的心疼的感觉。

速度虽慢，但沿途并无其他耽搁，仿佛黎耀的势力也无法深入到越州内部，再也没有杀手来骚扰了。来到大雷泽附近最后一个村庄时，正是黄昏时分。远远望去，沼泽的上空飘浮着一层暗紫色的瘴气，那一片广大的死亡区域令人不由自主地心生畏惧。

来到这里，君无行忽然又开始后悔自己把邱韵带来了，可惜后悔已经晚了，女人一旦下定决心，总是比男人更加坚定。此时她正在计划着购买各种食品药品，并且雇一个向导，君无行摇摇头："不必要任何向导。在沼泽里该怎么走，路径都在我心里。我犯愁的其实只有一件事。"

"什么事？"邱韵问。

"最后一段路，通往塔颜部落最关键的一段路，我没能看见，"君无行说，"当时那个部落的河络出来迎接我们，把我们的眼睛都蒙住了，并且用他们自制的一种能在沼泽里前行的木车运送我们。我既不能分辨方向，也无法估计距离。"

“所以即使我们走到了终点，也无法叩开这个部落的大门？”邱韵问。

“恐怕是这样，”君无行很沮丧，“但我不能不来，毕竟在离他们很近的地方，或许会找到一线希望。”

“一定会的，”邱韵柔声说，“天道酬勤。我们已经走到了这里，就必然不会空手而回。”

君无行苦笑一声：“碰碰运气吧。”

两人休息了整整一天，备好干粮饮水，第三天开始进入大雷泽。这是整个九州已知最大的沼泽，唯一有可能比它更大的，是位于西陆的疟峣泽，该沼泽处在雷州与云州交界处，但由于云州这块神秘之土至今难以勘探，所以谁也无法掌握它的具体大小，也因此产生了许多光怪陆离的谣言与传说。

而大雷泽不同，这是一座遍布人类与河络的足迹的沼泽，但同时，有足迹的地方就有累累白骨。这里有着肥沃的土地、丰富的水资源和数不胜数的物种，也隐藏着杀人的无底泥潭、瘴气、毒虫、怪兽。曾经有探险家描述大雷泽说：往前一步就可能踏入天堂，退后一步就可能坠落地狱。此非虚言也。

所幸君无行早年来过这里，并且凭借着自己超人的记忆力，对于深入大雷泽的方向、路径以及种种困难了如指掌。此刻两人正走在一段还算坚硬的路面上，身边围绕着数不清的蚊蚋，但没有一只叮到了两人身上。

“这种驱虫药还真好用。”邱韵夸赞说。

君无行挥手驱赶着蚊虫：“非得好用不可，不然我们有可能被活生生叮死。我小时候来这儿时，不小心被叮了一口，胳膊上长出蚕豆大小的疙瘩，三四年后才完全消掉。”

邱韵吐吐舌头，小心地将衣服再拉紧一点。此时两人已经在大雷泽中行走了数日，环境险恶不必多说，沿途更是少见人烟。但邱韵始终坚持着没有喊一声苦，这让君无行也不好意思成天抱怨了。

到了夜间，两人发现远处有火光，兴奋地奔将过去，原来是一队渔民。

大沼泽里出现渔民，乍一听有点像笑话，但这些渔民所捕捉的并非人们常见的食用鱼类，而是一种大雷泽特产的珍贵药用鱼，名为刀鲽。这种鱼身体小巧、扁平如刀，故而得名。

刀鲽并不生活在清澈的溪水或者河流、湖泊里，而是藏身于沼泽湿地内混浊的泥水中，加之体型微小、习性警惕，很难捕捉。但渔民们肯大费周折地捕捉刀鲽，自然是因为这种鱼很值钱了。

"刀鲽的鳞片入药，可以让女人的皮肤变得光滑，"渔民们生性纯朴，也不会隐瞒什么，"我们捉了刀鲽卖给收购的商人，商人做成药，再卖到宛州、中州、宁州那些地方去。"

君无行明白了。他知道在中州富贵人家的女眷中，一直很流行一种驻颜养肤的药物，据说效果很好，有钱者趋之若鹜。既然有市场，自然就有卖家，所以不少沼泽居民专门以捕捉刀鲽为业。只是那种药每一小瓶就得十个金铢，但问问渔民们，刀鲽的收购价却相当低，君无行不禁心里暗骂商人黑心。

"何苦呢，"邱韵幽幽叹息，"红颜弹指老，百年过后，谁都只是一堆枯骨。"

君无行一笑："你是老天眷顾、天生丽质，怎么能体会黄脸婆们心中的郁闷呢？"

邱韵嫣然一笑，正想回答，一个渔民忽然冲着两人"嘘"了一声，做出噤声的手势。他们终于发现了一小群群居在一起的刀鲽，若是都捉起来，应当能卖不少钱。

说到捕捉刀鲽，那对于外行而言可是一桩极大的难事。刀鲽行动迅速，容易受惊，在泥里一钻就消失不见，这种泥泞的地方又难以撒网。但渔民们经验丰富，先用竹管向泥潭里导入一种罐藏的气体，泥潭中的水质很快就变得混浊不堪，刀鲽们呼吸不畅，不得不浮到水面。此时再来下手捕捉，就轻松多了。

君无行看得费解："你们往里面输进去的是什么气体？"

一位渔民笑着解释说："那是我们平时收集的瘴气。一种粉红色的，一种淡灰色的，两种混在一起，正好可以溶在水里。"

两人不觉叹服。渔民们将刀鲽收入带来的水桶中，热情地邀请两人共进晚餐。吃饭时，君无行问起了塔颜部落的事情，渔民们面面相觑，都不知道这是什么部落。这也并不意外，因为塔颜部落原本就是行踪诡异，不为外人所知。

君无行不死心，又多解释了几句，说那是一个专门研究天上星星的学问的一个河络部落，渔民们依旧茫然，但有一个年老的渔民听了之后若有所思。

"星星的学问？"他重复了一遍，"这个我好像没听说过。但是塔颜部落……这个名字有点印象。"

君无行对这样的回答原本没抱太大希望，一路问将过来，也有一些人自称对这个研究星星的部落"听说过"或者"有点印象"，但基本都是道听途说，也无法提供有用的信息。但老渔民接下来的话却让他浑身一震："我想起来了，塔颜部落我真的听到过。十多年前，我曾遇到过一个受伤的羽人，他好像说他在被塔颜部落的人追杀。塔颜……没错，就是这个怪名字！"

君无行眼前一亮："麻烦您给我详细讲讲。"

老渔民回忆着："那已经是十五六年前的事情了，那会儿我还没有开始捕鱼，在沼泽南面的一处湿地旁开了块田，种地为生。我的三个儿子都嫌那里的生活太过清苦，不愿与我住在一起，所以只有我一个人守着田地。夜间偶尔会有野兽来破坏田地，所以我晚上睡觉总是睁着半只眼睛。"

"那一天晚上也是这样。我刚刚躺下没多久，就听到田间有一阵奇怪的声响。我抄起一把砍刀走出去，没瞧见野兽，却看见田地旁有一个人影，走起路来一瘸一拐的，似乎是受了伤。我当时想，那大概是个受伤的路人。于是我迎了上去，问他需不需要帮忙。"

"那个人只是喘息，连话都说不出来，看来累得够呛。我把他领进我住的木屋里，点上灯，看清楚了这是一个身材高瘦的中年人，背后插着几支小箭，并没有中要害，但是流了不少血。我一见到那种小弩箭，就知道是河络的武器。果然那个人对我说，他是个炼药师，在大雷泽中寻找草药，结果误入了一个河络部落的地盘，被他们毫无道理的追杀。"

"不瞒你们说，我们住在沼泽附近的人，一向都和河络不怎么对付，当然平时是你不招惹我，我也不去招惹你。但是河络对自己的地盘总是特别看重，如若有人靠近了，就会遭到警告甚至驱逐。那天晚上那个人伤得不轻，显然是河络下了狠手，实在太过分了，我一看就生气了，决定要帮他。我问他那是什么部落，他告诉我叫塔颜部落，这名字听得我一愣，因为我过去从没听说过。"

"当时为了对付野兽，我曾经挖过几个藏得还算不错的陷坑，不过现在里面并没有兽夹、尖刺一类的东西，所以我把他藏了进去。刚藏好没一会儿，真有二三十个河络追来了。老实说，河络人口稀少，我还是第一次见到那么多河络一起出现，当场就吓得两腿打战，开始后悔帮了那个人。幸好那些河络看起来没有什么和人打交道的经验，被我随口胡扯几句，就轻易放过了我。"

"他们搜索了附近，并没有发现要找的人，于是渐渐离远了。我松了口气，拨开掩护，想要告诉他敌人已经走了，却意外地看见他正在费力地反手处理自己背脊上的伤口。在左右肩胛骨上，我看见了两个小点，正在黑暗中闪出蓝光来。我一下明白了，这并不是人类，而是一个羽人。我平时几乎没有和羽人打过交道，这时候见到一个羽人，有点不知所措。他见到自己身份败露，倒是并不慌张，反而向我讨药。"

君无行听到这里，连忙打断他："这个羽人，是不是鹰钩鼻子，下巴上有一丛长长的胡须？"

老渔民一愣："没错，就是那个样子，怎么你认识他？"

君无行叹了口气："算是认识吧。那后来呢？他就那样逃脱了？"

老渔民说："他对我倒是很有礼貌，我给他送了些药品和食物，他也送了我一些钱，比我种地能赚到的多多了。有了钱，就算这是个河络我也让他住，嘿嘿。他养了几天的伤后，好像不愿意久留，很快告辞了。但就在他走的那一天，我却发现，还有一个河络在跟踪他。"

"河络？"君无行一惊，"他们有埋伏？"

老渔民点点头头："是啊，当时我正在附近的高处挖野菜，无意间见到了他的背影。不过很奇怪，只有一个河络，而且当那个人离开之后大约半天，他才出现。我看他一点也不着急，走路慢吞吞地，但是肩上坐着一只长得很奇怪的动物，有点像鼹鼠。那只奇怪的动物不断用鼻子闻着什么，指引着那个河络前行，就是朝着那人逃跑的方向。"

一个单独的追踪者？君无行这就不大明白了。论武力，河络战斗靠的都是群体力量，就算单独追上了君微言——君无行现在百分之百肯定那个羽人一定是君微言——也未见得能胜。但一直默不做声的邱韵听到这里，却开口说话了。

"不是一伙的。"她说。虽然只有简单的五个字，君无行却已经明白，她的意思是说，之前追赶君微言的那一群河络，和之后追踪他的那一个，并不是同一伙人。

"你说得对，"君无行表示同意，"否则他没有必要单身犯险。不过这个河络会是谁呢？"

"你好像讲过，当时那个部落里还有一名河络也失踪了。"邱韵说。

君无行点点头："是的。失踪的是他们那位长老的助手。"

老渔民也无法提供更多的细节了。但从他刚才的描述来看，那片田地所在的位置，应该离塔颜部落已经很近了，而事发的时间，大概就是君微言冒充雷虞博杀人并逃跑的时候。君无行向他打听了那一片田地的详细路径，众人各自安歇。

此后的一路上君无行都在想着君微言和那名助手的事情。老渔民所讲述的事实无疑再次确认了杀人者就是君微言这一猜测，然而那名未知身份的追踪者却带来了新的疑团。如果他就是那名失踪的助手的话，则从他悄悄追踪君微言的行为可以判断出，他并不像人们所推断的那样，和杀人凶手曾有共谋。那他为什么会逃走？为什么会独自一人追踪君微言？难道他事先就知道了事件的内幕，并且早已做好准备？

君无行觉得自己的头快要裂成两半了。当他终于到达大雷泽南部那块湿地时，这种感觉才稍微好一点。

"的确比我上次被蒙住眼睛的那个地方又远了很大一段路程，"他有点兴奋，"从这里开始寻找，机会会大很多。"

但话虽如此说，从何找起却是一团乱麻。河络工艺精湛，一向善于隐藏伪装，再加上秘术的干扰，在这一片广大的区域里想要找到一个河络部落，实在是困难重重。而君无行这个人的一大特色就是不喜欢白费力气做些没把握的事，结果两人在老渔民留下的那几间废弃的木房里待了五六天，他都没有认真去寻找过，每天就是四下里闲逛，与其说是找塔颜部落，不如说是欣赏风景。老渔民的田地固然早已荒芜，但由于无人居住，附近的鸟兽又多了起来，邱韵虽然不会武功，指挥着君无行布置陷阱和套子却甚为熟稔，这让君无行颇感惊奇。

"难道你以前还做过猎人？"君无行问。

"秋余的武艺很差，杀人无非就是靠秘术、毒药和陷阱，"经过了这些日子，邱韵已经能很平静地提起秋余了，"我看得多了，所以也偷偷学了一些，本来是想以后用来对付他的。虽然我知道他很狡诈，以我这点小伎俩，成功的可能性微乎其微，但是就像一个溺水的人，看到有一根稻草，总会忍不住要去抓住的。"

君无行又是听得心里一痛，但他此时已经对邱韵的坚强有所了解，因此没有表露出同情之意。只是这些天来邱韵由着他浪费时间，居然没有催促一句，这让他更觉得奇怪，这一天吃过晚饭，他终于忍不住问："你半点意见都没有？"

"什么意见？"邱韵莫名其妙。

"就是我……这些天……"君无行搔搔头皮，"你知道，我好像没怎么认真干活儿。"

邱韵微微一笑："就算你要在这里开荒犁地，好歹也得知道哪块地能长庄稼、哪块地净是盐碱，不是吗？虽然你看起来游手好闲，但我知道你心里其实着急得要命，我又何必催你让你更急呢？"

她忽然伸出手，在君无行的手背上轻轻按了一下："你那么聪明，一定会有办法的。无论怎样我都相信你。"

那一下轻微触碰的温暖，长久停留在君无行的手上。这个人从来不是正人君子，此前也曾和不少女孩有着亲密的关系，但邱韵给他的感觉是独一无二的，那一刻他甚至略微有些脸红。他有些呆呆地看着邱韵翩然离去，过了好久才反应过来。

"他妈的，老子真的陷进去了？"他很不甘心地问自己。

又过了两天。

君无行将自己关在木屋中，咬牙切齿地想着办法。怎样把一个藏得无比隐秘的河络部落从他们的障眼法里逼出来？他们深藏于与外界隔绝的地下城中，不愿与外人接触；他们谨小慎微，从不麻痹大意，在部落附近一定会有很多暗哨保护；他们精通秘术，会利用幻觉将入侵者引入歧途；最后……大不了他们还能动手杀人。

这么想着难免让人郁闷。再想想假如自己此行失败，回头和雷冰碰面时将会遭到怎样的嘲笑……就更加郁闷了。就在君无行徘徊于郁闷与疯狂的边缘时，下雨了。

沼泽湿地下雨原本是常见的事情，何况他也并没有出门的打算，但是赶上君大爷心情不畅时，任何招惹他的东西都是犯了大罪。他看着窗外密密的雨帘，嘴里气哼哼地咒骂着，于是大雨非常应景地在房顶替他开了个小洞，以便对得起他的咒骂。

君无行翻出一个木盆，接住漏进来的雨水。雨水慢慢装了大半盆，水面上波纹荡漾，他的影子就在其中跳跃着、破碎着。这幅景象好像总在提醒着他什么，但这位记忆力超群的天才儿童脑子里充塞了太多太多的东西，他真的不知道哪一样才是可以拿出来对应的。但这件事情应当离现在不是太遥远。

他就这么苦思着，直到午饭时间。当邱韵把一个缺了口的大瓷碗端到桌上时，他猛地跳了起来。那瓷碗里盛着的，是热气腾腾的鱼汤。

"一碗鱼汤把你吓成这样？"邱韵不解。

君无行不答，仔细端详着这碗鱼汤，若有所思，好半天才说："你还记得我们前几天见到的捕捉刀鲽的情形吗？"

邱韵点点头，却仍然不明白他想到了什么。君无行又说："刀鲽这种鱼，在泥水里藏得很深，难于捕捉，但是如果能想办法……"

"想办法把它们逼出来！"邱韵接口说，"你的意思是说，要让那些河络主动出来？"

君无行矜持地点点头："如果部落附近的灌木、芦苇、苔草什么的突然间出现神秘死亡事件，并且死亡场面十分离奇，你觉得我们的河络朋友们会害怕吗？"

"我想他们会的，"邱韵抿嘴笑着说，"又用你那种特别能吓唬人的谷玄秘术？"

"还需要秋余那种特别能杀人的毒药。"君无行严肃地说。

3

"你为什么要杀楚净风？"雷冰问，"你不是打算调查他和黎耀之间的秘密联系吗？你不是想把他背后隐藏的那些羽族暗线都揪出来吗？人都死了，还怎么查！"

纬苍然并没有回答，脸上肌肉有些抽搐，似乎是在强行抑制着痛苦。他故意弄在身上的茶水味渐渐散去，一股血腥味却透了出来。雷冰一怔，不由分说地将他按在椅子上，只见他的后腰已经有血水渗出。

"我看到了，有两个羽人追你，是他们干的？"雷冰一边问，一边撕开他的衣服，替他包扎。他的腰间有一个深深的箭孔，不过箭已经被拔掉了。

纬苍然点点头："他们都死了。"

雷冰叹口气："我还是不明白你究竟想要做什么。这一个月你每天都泡在茶馆里，看起来胸有成竹，我还以为你已经想到了什么好的策略，没想到……居然是这种笨办法。"

"笨人用笨办法。"纬苍然淡淡地回了一句。雷冰撇撇嘴，正想说什么，纬苍然忽然摆摆手，示意她不要说话。他伏在地上，将耳朵紧贴地面，几秒钟后抬起头来："他们还是追来了。"

雷冰二话不说，将自己带来的所有箭筒都挂在腰间，然后抓起了弓。

然而还没来得及开门，纬苍然的手已经放在了她的肩膀上，示意她不要妄动。

在此之前，还从来没有人敢对她做出这样亲昵的举动，即便是君无行那个流氓也没敢，她第一反应就想抖开这只手，然后回身重重一脚。但不知为何，她忽然间心里一热，终于没有动作。

"别动手，白送死，"纬苍然说，"人数太多，有强弓。"最后半句的意思是说，两个羽人也别指望飞走逃窜了，一飞起来肯定被射下来。

"可是你该怎么办？"雷冰轻声说。

"当死则死。"纬苍然说得很简略。雷冰有些忍不住了："这叫什么话！那个狗屁羽皇给过你什么好处，你非要把命都搭给他！"

此时外面的脚步声已经能听得很清楚了，在人类的城市中，羽人没有任何反抗的余地。纬苍然神色不变，对雷冰说："没好处。但有些事情值得送命。"

雷冰觉得自己的眼眶有点湿润："你这个傻瓜……那也不能坐以待毙。我陪你一起闯出去。"

纬苍然语气很坚定："千万别动手。你要活下去，不能死。"他顿了顿，又补充说，"我只有一个心愿，你祖父的案子和隐身人案。你要帮我弄明白。"

雷冰懂纬苍然的意思。他是想用这个未结的悬案来鼓励自己，不要冲动，还有很多更重要的事情值得做。她也知道，自己已经被说服了。但是看着这个沉默而坚定的年轻人，她仍然无法抑制心中的悲伤。她觉得纬苍然就像是一只投火的飞蛾，面对着眼前这团旁人不敢触碰的剧毒之焰，却仍然徒劳地拼尽自己的力量。

纬苍然凝视着她，犹豫了片刻，有些紧张地说："你是个好姑娘……很好很好。"他说完这一句，立即转身走出门去，没有再回头。雷冰看着他的背影，眼泪终于不争气地掉了下来。

此后门外传来一阵阵激烈的搏斗声。从那声音可以听出来，纬苍然的武艺的确相当过硬。他的身法轻灵，箭术沉稳，虽然腰上带着伤，仍然在以一敌多的战斗中坚持了很久。从惨叫声可以判断出，到最后被擒住的时候,至少已经有十多个敌人或死或伤了。雷冰几次都忍不住想要冲出去相助,最后却强行忍住了。虽然这完全不符合她的性子,但她心里始终坚守着一个念头:不能辜负纬苍然的托付。

第二天这则消息就轰动了整个南淮。来自宁州的羽族在职捕快纬苍然,在南淮一年一度赏花船的日子里偷袭了叛逃至此的同族楚净风。他借着乌云的掩护,悄悄飞到建河上空,用普通人类完全无法想象的目力在那样的高度锁定了楚净风的位置,并且一箭将他的身体射穿。此后他又射杀了两名追击他的羽人和十四名人类,这才力竭被擒。

然而这条消息最后的结局却让人百感交集。那两个羽人和十四个人全都死了,而且都是被一箭射穿心脏或者咽喉而亡,可见此人箭术之精。但不可思议的是,真正的目标楚净风竟然没有死。纬苍然那一箭从他背后射入、胸前透出,却偏偏差了一点点——不到四分之一寸——没能命中心脏。楚净风外伤虽重,并没有当场死亡,经过大夫连夜地紧急治疗,加上黎氏提供的上等伤药,虽然仍旧昏迷不醒,却还是保住了性命。

此外当然就是一些关于人族、羽族关系紧张的传言了。羽人叛逃本来就挺让双方不愉快的,派人到人类的地盘追杀叛徒,就更令人恼火了。甚至有人危言耸听,说此事将成为新一轮人羽战争的开端,一时间南淮城内谣言四起,民心惴惴。

雷冰听到楚净风没死的消息差点动手把自己的房间砸了。纬苍然不惜自己的性命,却仍然差之毫厘,这样的打击对他将会有多么沉重?想到纬苍然临别前对自己欲言又止的样子,她心里更是难受得好像有什么东西在撕扯,实在忍不住了,决定到牢里去探望一下这个可怜的年轻人。

但要见到他不容易。雷冰打听了好几天,才知道纬苍然虽然尚未定罪,却已经被移进了死囚牢里,大概是说他难逃一死的意思吧。她来到死囚牢,看守人又禁止探望:"美女,要是其他人我肯定就放您进去了,这个人不行,上头有死命令。不不不,您塞给我钱也没用,这么说吧,您给我的钱再多十倍,也没有脑袋重要啊!"

雷冰很无奈,最后想出一个曲线救国的招:"能把我放到他的隔壁吗?

我自己想办法和他说话。这样就算回头被发现了，也不是你的错。"

看守人考虑了许久，看着雷冰手里叮当作响的金铢，终于还是答应了这个典型的掩耳盗铃的做法。于是雷冰获准去到了纬苍然隔壁的囚室外，在那里已经摆好了一把椅子。这间囚室里的犯人见到有个漂亮姑娘来探望他，十分激动，等弄明白其实看的不是他时又很惆怅。好在雷冰也毫不吝惜地给了他点钱，至少可以在受刑前喝上两顿酒，于是他也不嘟囔了。

纬苍然长叹一声："你不该来。"他穿着肮脏的囚服，身上还沾着血迹，说起话来也明显中气不足。

雷冰脸冲着他的邻居，并不看他一眼："我想做什么就做什么，你管不着！"说完这话，想到纬苍然已经是离死不远的人了，口气又转为柔和，"我只是想来看看你，我知道你现在一定很不好受。"

"为什么？"纬苍然反问。

雷冰一怔，这才反应过来他一直被关在牢里，大概对外间发生的事情还一无所知。她用一种很遗憾、很婉转、很温柔、很富于同情心的语调向纬苍然汇报了楚净风并没有死的客观事实，并准备好了一箩筐她绝不擅长的词句打算安慰他。没想到纬苍然听完这个消息之后，并没有表露出一丝一毫的哀伤，只是很平静地追问了一句："真的没死？"

"没有，就我今天打听到的消息，他现在虽然还不能下床走路，但进食、说话什么的都没问题了。"雷冰回答。

纬苍然点点头，表示自己知道了，大概还带了点"很好，你干得不错"的意味。雷冰有点急了："你是不是被他们打傻了？你要杀的楚净风没死！"

纬苍然依旧没有任何情绪上的波动："知道了。他没死。"

雷冰一时间不知道是该发火还是该大哭一场。就在此时，看守慌慌张张地跑过来："有人来提他了，你快点走！"

雷冰心念一转："你让我躲在隔壁的死囚牢里，不然我就把你供出去！"

这一手好毒，但事发仓促，看守也没有时间和她磨蹭了，眼见这个女煞星摆明了油盐不进，只能唉声叹气、诅咒连连地打开隔壁囚室，将她塞了进去，还被她暂时抢走了那把钥匙。死囚牢很暗，雷冰缩身于一个完全没有光线的角落，屏住呼吸，想来不至于被发现。

她猜得没错，来人果然是狄放天。狄放天依旧带着那一脸和蔼的笑容，在随从摆好的椅子上坐下。此时从她藏身的角度已经看不到狄放天了，只能听到两人对话的声音。

"纬兄，你看起来气色不错。"这是狄放天的声音。纬苍然并没回答，所以狄放天继续说，"我来是想告诉你，你要杀的楚净风并没有死。你的那一箭，差了四分之一寸，并没有能够伤及心脏。"

纬苍然依然没有说话，狄放天仍然是在自说自话："一个小小的羽族捕快，为了替自己的国家和种族解决麻烦，不惜牺牲自己，在南淮城这样的危险之地动手击杀叛徒。他心里一定很清楚，自己这一出手，就绝对活不下去了，这样的精神，真是称得上伟大呀！"

他话里带着浓浓的嘲讽语调，分明是在挖苦纬苍然赔上了自己一条命，仍然没能完成任务。雷冰听得怒火中烧，纬苍然终于搭腔了："工作而已。没什么伟大。"

"敬业也是伟大的一种嘛，"狄放天说，"唯一遗憾的是，这种伟大最后没有换来好的结果。要杀的人没有死，活了下来，敌人反而因为这次不成功的谋杀意识到了那个人的重要性，以后会更加信任他，更好地利用他的情报和关系网。"

雷冰真的想要冲过去把狄放天揍一顿了。这个人的每一句话，似乎都在纬苍然的心上剜出一道伤口。而纬苍然似乎只是很麻木地听着，没有回应。但狄放天的下一句话却让雷冰大吃一惊。

"你们的如意算盘就是这样打的，对吗？"狄放天说。

如意算盘？雷冰大惑不解。纬苍然慢吞吞地说："我不明白你在说什么。"

"那么我就说得更明白一点吧，"狄放天的声音骤然变得阴冷严峻，"你很从容，看来是一点也不在乎楚净风有没有死。是吗？或者我们说得直白一点，你其实根本就不想要他死！那一箭，是你故意射偏的！"

"我为什么要故意射偏？"纬苍然反问。

狄放天冷笑一声："除去楚净风并没有死，你一共杀了十六个人，中箭部位只有两处，心脏和咽喉。在激烈的对战中，你能杀死我十六个好手，甚至包括两名羽人，但对于毫无防范的楚净风，你反而会射偏？你觉得你能说服我相信这种巧合？"

纬苍然沉默了一阵子，雷冰却听得惊心动魄。纬苍然是故意放过楚净风的？理由是什么？

"理由？"纬苍然说，"有何动机？"

狄放天哈哈大笑起来："这个问题应当是你问我还是我问你呢？楚净风原本就是你们精心安排的奸细，这一点非要我点破不可吗？"

雷冰的脑子里"嗡"的一声，狄放天这句话让她恍然大悟。原来从头到尾，纬苍然都根本没有想过要真正去调查楚净风，因为楚净风本来就是他的"自己人"。这些日子里，纬苍然每天都泡在茶馆里，并非由于他无计可施，而是他一直在等待着这个公开刺杀的机会。

狄放天接着说："楚净风为人狡诈多变，这一点很像一个叛逆者的性格，但正因为如此，我们对他的信任也打上了折扣。最近一个来月，我们并未完全听从他的建议行事，甚至放弃了几条他所提供的暗线，想来他的心里也十分不安吧？所以他急需获得我们完全的信任，树立起他'羽族敌人'的身份。"

"你们比他更多疑。"纬苍然轻声说，语声里倒是并不慌乱，然而那种掩饰不住的失望与遗憾，任何人都能听得出来。

狄放天有些得意："的确如此。用假刺杀这种方式来表明自己的清白，古来有之，不过玩得像你那么悬的，还真是罕见。你这一箭分寸上如果稍微差了一点，楚净风就一命呜呼了。你的箭法果然令人佩服。"

纬苍然回答："我并无十足把握。但总得试试。"

这句话说出来，就是承认了狄放天的推断完全属实。余下的话也不必再多说了。狄放天长笑着离开，雷冰缩在隔壁囚室的角落里，只觉得浑身发冷。她并没有责怪纬苍然一直向她隐瞒事实真相，只是对将纬苍然派到这里来的人充满了怨恨。这分明就是一项送死的任务，用纬苍然还有之前那个冒充杀人犯的倒霉蛋来做垫背的，以便让楚净风能真正打入黎氏内部。只可惜弄巧成拙，不但楚净风暴露了，纬苍然的性命也白搭了。

狄放天走后，看守立即扑过来，差点跪在地上哀求雷冰快走。纬苍然说："你走吧。我逃不掉。"他已经预先把雷冰打算劫他出去的念头堵住了。

"你这样做究竟是何苦？"雷冰咬着嘴唇，面色惨白，"你的命就那么不值钱吗？"

纬苍然摇头不答，她只能郁郁而去。又过了几天，新的消息果然传出来，楚净风伤势恶化，不治身亡。南淮城再次找到了话题，人们或惋惜或幸灾乐祸，都说这楚净风实在命不好，好容易得到一场富贵，却反送了卿卿性命。可见无论战争年代还是和平年代，做叛徒都是要不得的，尤其不能做剃毛鸡。

4

谷玄是九州的天空中最不为人所知的一颗主星。这颗星辰总是以诡异的轨道运行于太阳的对立面，也就是说，它永远都藏身于黑暗中。没有人知道它的形状、大小、颜色，星相师们只能通过星辰力的扰动以及它对其他星辰光芒的遮蔽来推算其轨道。

所以谷玄的星辰力就意味着黑暗、消亡与终结。自古以来，修炼谷玄秘术的秘术师少之又少，一方面是因为难度大，另一方面也是因为在修炼的过程中，那种无所不在的黑暗气息令常人难以承受。但对于君无行这样没心没肺的浑蛋而言，似乎没有任何东西能吓倒他，所以当年开始修习秘术时，他毫不犹豫地选择了谷玄。

谷玄秘术大体上有两种最主要的效果，一种是消解其他法术或精神力的效果，另一种就是夺取生命。被用这种秘术杀死的生物，躯体往往会产生一些异化，现在两人的希望就是这样的异化能让塔颜部落的河络们察觉了。

当然了，尽管理论如此，选择什么东西下手仍然很费琢磨。大雷泽如此广大，即便是塔颜部落附近，生存着的动物植物也是难以计数。如果随随便便对着些灌木、飞鸟下手，辛苦干上一年恐怕也没有用，反而会暴露自己的行踪。河络们看这两个呆呆傻傻的人类成天对着苔草撒气，会有怎样一种乐不可支的心态呢？

"所以我们要一击致命，"君无行活像一个战争年代的军师，"要挑选那种醒目的、让河络一看到就跟猫挠心似的东西。"

"猫挠心是什么感觉？"邱韵问。

"就是……就是猫挠心呗。"

于是君无行开始寻找可以挠心的猫爪。他小心翼翼地穿行于沼泽中，观察着周围的一切细节。他发现这一片沼泽地所生长的大多是低矮的植物，绝少有高大树木，因此附近的几棵榕树显得格外醒目。这几株榕树也并不高，但树干粗壮，枝叶伸展出去很远，简直就像是撑起了一个巨大的帐篷。这些榕树并没有长在一起，而是彼此分散，相距大约一两里地。

看来只能对这些大榕树下手了。君无行想着，心里很不忍心，这样的榕树要长成，至少得上百年工夫，如今却会被自己一夕毁去，着实是罪过罪过。但除此之外，他也想不出更好的办法。君无行在几株榕树当中蹿来蹿去，最后选定了一棵看上去最小的，并自我欺骗地认为这样可以减轻他的负罪感。但走到榕树下时，那种愧疚之情还是越来越强烈。

这一株长在水边的榕树，几乎就在沼泽里构建了一个结构复杂的小小世界。它的树枝上有鸟儿栖息，身上有树藤缠绕，无数小花小草和菌类依托它的遮蔽而生长，昆虫在其间忙碌地爬行。那些昆虫所产的卵成了水中鱼类的美食，鱼类又能被水鸟所捕捉。如果君无行真的是用谷玄秘术对它下手，这榕树虽然巨大，但在五六天之内仍然会慢慢死亡、枯萎，而围绕在它身边的勃勃生机也就不存在了。

君无行靠在树下，举棋不定。在他自己的行为准则中，骗人钱财这种事从来算不得什么不好，倒是一些常人毫不在意的小事很让他为难。这个人一向蔑视人间律法与道德，但对于自然却总是怀着敬畏之心，这大概是因为他本身修习的是与自然规律相反的谷玄秘术，因此反而有所感触。

他看着地上的一群蚂蚁正在拖动一只死去的蝴蝶，正瞧得出神，忽然听到远处有一阵凌乱的脚步声传来，而那并非邱韵的脚步。这种地方怎么会有人来？他蓦地一阵激动：难道是老天开眼，如此得来全不费功夫，将塔颜部落的河络送到了他跟前？

他左看右看，四周都没有什么遮蔽，唯一可以躲藏的地方就是树上了，于是"哧溜哧溜"爬将上去，将身体隐藏在茂密的树叶中。不一会儿，来人已经到了大榕树下，而且真的是一大群河络，足足有四五十个。但在最初的兴奋之后，他却看清了，这些河络并非来自塔颜部落，在他们的衣服上，有着一个君无行从来没有见过的标记，不是塔颜部落的。

君无行很失望，但随即想到，人类不知道河络们所处的方位，他们自己的同类说不定知道。这一群河络虽非他的目标，但也许可以找他们打听一下。但还没来得及从树上探出头来，他却听到了河络们的对话。这番对话用河络语进行，但君无行记忆力惊人，当年在塔颜部落待了短短数日，虽然语法不熟，却已经硬记下了大量的词汇和短语。他分明地听到这些河络说出了这样的词句："塔颜部落……必须交出来……反抗……杀死……"

交出、反抗、杀死？君无行猛然间明白了，这一群人是塔颜部落的敌人，是要来抢夺他们的东西的。这真是意想不到的转机——至少他不必杀死这株无辜的大榕树了。只需要跟踪他们，就能到达目的地。

河络们聚在榕树下，商议着什么。这回人多口杂，君无行恨不能长出四只耳朵，最后勉强总结出一点意思：他们已经找过塔颜部落好几次麻烦；对方每次都拒绝他们的要求；塔颜部落曾经很强，现在实力不如他们；这次他们要玩真的，硬逼对手就范，交出他们想要的东西来。

至于具体是什么东西，那是一个君无行从未听过的词汇，他没法弄明白。当然了，追踪下去会有答案的。他一面无声无息地跟在河络们身后，一面不断在沿路做下记号，但不久后又停止了这一举动。他担心邱韵久等他不归，沿着那记号追过来，遇到危险可就糟了。

悄悄地跟下去，他才明白了为什么塔颜部落那么难找。自己第一次来时被蒙住了眼睛，也并不知道这段路是怎么回事。那是根据天空中十二主星相互演化的关系而变化出来的一种极为高深的迷阵，其中甚至运用到了星辰力的扰动，而塔颜部落将之加以发挥，用看似毫不起眼的灌木、泥潭、草丛、石块布置出一个更为宏大的迷宫。常人走入这个迷宫中，会不自觉地受到牵引与迷惑，始终走在布阵者希望他们行进的路线上，而对近在咫尺的部落入口视而不见。

君无行不由得生平第一次有些懊悔自己没有认真地学习星相知识，当时在书上见到了这种迷阵，也没有去钻研其破解方法——那本书好像都被当作废纸给卖掉了。如今他只能依靠前方的河络入侵者们带路，却又不敢靠得太近，以防被发现。这样的话，万一随便一个什么拐弯处被落下了，那可就完全迷失方向了。

他鼻尖上的汗都出来了，艰难地保持着最佳距离，唯恐跟丢了。幸好前方的河络们看来对破解此阵也并非得心应手，边走边不时停下来，用星盘计算方位，有几次还走错了路，不得不回头，害得君无行一个狗啃屎趴在湿漉漉的泥地上，这才没被发现。

这一段路并不算长，却把他累得快要瘫掉。最后，当通往塔颜部落的那条小径，也就是他十多年前曾踏足过的那条石子路出现时，他反而连喜悦的劲头都提不起来了。

塔颜部落的出口处是一片森林，塔颜部落的人从林中深处迎了出来。君无行这才想到，入侵者走到家门口了，他们才有所知觉，难道这个部落已经衰落到这种地步了？看看出来的河络们，大多是老弱病残，青壮男丁很少，几乎没有小孩。

他躲在一棵树后，听着双方在激烈地说着些什么。似乎是入侵者在逼塔颜部落交出那样东西，塔颜部落负责交涉的人——男性，应该不是阿络卡——则坚决不同意。双方的话题扯得远了，入侵者提到了"破坏""灾难""无法保存""亵渎真神"等词，看样子是指责塔颜部落对那样东西保管不力，对不起真神他老人家，此物理当移交给我们；对方则使用了"能力""传承""研究"等词，大意是说这东西给你们，你们也只能抓瞎，还是得留在我们手里。双方互不相让，而且嘴里的话说得极顺溜，显然已经有过数度交锋。然而君无行知道，这一次不会只停留在口头争辩的层次上，其中的一方已经打定了主意，要动真格的。

　　果然，入侵者嘴里又蹦出了"解决""较量""输赢"等词，君无行注意到还有"秘术"，看来是他们希望能较量秘术来解决争端。塔颜部落明确表示拒绝，但对方步步紧逼，毫不松口，咬定了不打不行。

　　听双方吵得如此热闹，君无行大着胆子探出一点头，观察一下形势。这一群来自其他部落的河络虽然也不过四十来人，但一个个胸有成竹的样子，多半是该部落精心挑选出来的精英，不是强悍的战士，就是高明的秘术师；反观塔颜部落，虽然"呼啦啦"涌出来一堆人，但一个个看起来灰头土脸不成气候，和他十余年前所见到过的兴旺场面大相径庭。多的不说，当时被派来迎接他和养父的巡逻兵就有十六人，虽然河络族个子矮小，也可以看出他们个个身躯强壮，精力充沛，都是很出色的战士。其后进入地下城，数千名河络各司其职、忙忙碌碌的场面也让他感受到了这个部落强大的生命力。

　　他凭借着记忆还看到了几张熟面孔，不过当年也不知道他们的身份，只是那个负责谈判的老河络他还有印象，这是部落中专门精研秘术的一位长老。但那时候他还满面红光，现在却一脸病容，看来在时光的消磨之下，不复当年之勇矣，指望他挑起大梁，只怕是有些勉为其难。

　　然而塔颜部落也的确无人可用了，如今箭在弦上不得不发，这位长老只能被迫答应了较量秘术。对方终于得逞，喜不自胜，于是派出了自己的秘术师，一共有六名。

　　君无行接下来听到的几个词是"一对一""各出六人"，他不禁哑然失笑，没想到一向被认为不会耍花招的河络也玩起了文字游戏。这个提议貌似公平，但显然塔颜部落只有那位长老一人有实力与之抗衡，所以这场较量实际上是一对六。

　　如他所料，塔颜部落先派出的五名年轻子弟实力很弱，不过很有拼命的精神，前四个人虽然全部战败，也把敌人累得够呛，到了第五个人出场时，将郁非系的火焰法术发挥到极致，竟然将自身点燃后撞向对方，最后与其说是用火烧伤了对手，还不如说是生生撞的。不过这好歹也算是兑子兑掉了，该敌人的肋骨被撞断，无法再出场，这样长老将面对的敌人只剩下了五个。

第一个站出来挑战的是一名裂章术士。裂章系法术的主要效用在于控制雷电与金属，他一上来便发动猛攻，半空中出现数道雷电，从高处下击，直劈长老的头顶。长老伸手一挥，他身边的几棵树木忽然发生了匪夷所思的弯折，整个树干弯曲到了近乎断裂，那几道雷电全都击打在了树的枝叶所形成的屏障上。

君无行此前一直不知道这位长老究竟精通哪些系的秘术，到这时才知道，长老至少长于岁正系法术。方才他利用岁正秘术操控植物的手段，用树木做挡箭牌，挡住了那凶猛的雷击。被击碎的树木碎片飞溅开来，那名裂章术士忽然间惨号一声，跪在地上，伸手捂住了眼睛，鲜血从他的指缝间喷涌而出。这看起来像是一起意外，是一枚飞溅的碎片无意中造成的伤害，但君无行却敏锐地利用自己的谷玄秘术感知到，在雷电击中树枝的一瞬间，长老的精神力有一些细微的变化，他显然是利用这一时机策划了一次偷袭，操纵一根小小的尖枝刺瞎了敌人的眼睛。

善于捕捉时机，进攻果断不手软，果然是位经验非常丰富的秘术师，可惜毕竟壮士暮年，在使用了这一秘术后，已经开始大喘粗气，不知道面对后面四个对手他还能支持多久，这么想着真有点悲壮的氛围。那名裂章术士退下后，第二个对手站了出来，此人走过之处，身边都会卷起一团气流，可见他所使用的是亘白秘术，可以驱使旋风。

这位亘白术士站得远远地，并不靠近，忽然之间，从他身上散放出一阵淡淡的雾气，那雾气不断扩散，并且越来越浓，很快将他和长老两人完全包裹起来。站在圈外的人们眼中只见到白茫茫的一片，已经无法看见两人的行动。显然这位术士对于方才长老的反击颇为忌惮，决心隐匿行踪与之抗衡。

两人都罩在了浓雾中，除了呼吸声和旋风卷动树叶的沙沙声，并无其他声音。亘白术士抢先发难，从他所处的方位响起了一声尖厉的啸叫，有若利刃从空气中劈过，那是他以气流凝成无形之刀，虽然无形无声，却锋利异常，足以削金断玉。那一声啸叫过后，紧接着就是某样东西被切断的声音，塔颜部落的河络们听到都紧张万分，入侵者却个个面有得色。

这一声响之后，雾气开始转淡，并最终散去。人们惊讶地发现，亘白术士已经倒在了地上，整个身体拦腰断成了两截。长老却站在原地不动，虽然已经气喘吁吁，疲累得几乎站不住，身上却并无伤痕。

只有君无行明白怎么回事。在那一记气流形成的利刃发出之前，他已经感觉到长老的气息又有所变化，使用了一个更耗精神力的岁正秘术，就眼前的效果来猜测，那应该是岁正系秘术的另一个效果：操纵寒流。他以寒气直接凝成了镜面，将那气流反弹回去，反而将亘白术士切成两半。

入侵者们一时不知发生了什么，但也看得出长老连使两个秘术后，体力不济，第三个挑战者当即走了出来。他穿着一身红色的袍子，骄傲地站到长老面前，伸出右手，手心中跳动着一团小小的火焰。

这是个善用火焰的郁非术士。他身边的草木已经渐渐开始发蔫、枯萎，说明经受不起他身上所散发出来的高温。岁正秘术虽然能制造低温寒流，但能否抵挡住此人火焰的烈度，还真难说。

但长老别无退路，只能勉励迎战。郁非术士看来比方才的亘白术士自信得多，一步步地走到长老跟前只有两丈左右的距离才停下，这几乎已经是两名武士进行肉搏的距离了。他冷笑一声，口中吟唱出咒语，"轰"的一声，一个半径大约三丈的火圈从地上升腾而起，将两人都围在了中间，一时间火光冲天。长老并无动作，但身上寒气渐冒，形成一道屏障，和火焰的高温相抗衡。

此人大概是吸取了方才那两人的教训，不敢冒进，而是用这种方法和长老短兵相接，比拼耐力。君无行能感知出，长老的精神力虽强，但在击败两个敌人后，已经接近强弩之末，这样寒热硬碰，难免吃亏。

他正在琢磨着要不要出手上前相助，以自己的本领再加上长老，灭掉这三位秘术师应当不难，但剩下那些战士如何打发，却很让人头疼。正在踌躇，火圈中又起了变化，他感到长老身上有一股明月系的精神力出现。紧接着，岁正的寒气陡然暴涨，一瞬间包围在两人身边的火焰竟然全部在低温下熄灭了。

君无行猛地反应过来，原来长老还兼修了明月秘术。明月秘术较少直接用于攻击的技能，大多是施放于友军身上，提高其力量。方才长老应当是施放了一招短时间内大幅提高精神力的秘术，以求尽快击倒身前的郁非术士。但这一招使用之后，恐怕剩下的两名敌人他就连招架之功都没有了。

然而还没等他将郁非术士击败，令人意想不到的事情发生了：剩下两人完全不顾事先约定的单对单的规则，竟然同时开始了攻击，而且释放的都是阴狠的暗月秘术！这才是入侵者们真正的计划：迫使长老使用明月秘术祝福自身，然后以暗月秘术进行偷袭。

作为明月的对立面，暗月秘术一向以其强大的诅咒能力而闻名，而对一个刚刚经受过明月祝福的对象进行诅咒，则有可能取得加倍的效果。君无行知道，这一下如果得手，长老会控制不住自身精神力的散逸，方才通过明月祝福增加的力量将会反噬其身，令他脱力暴亡。自己再不干预，只怕就来不及了。

他别无选择，凝聚全部精神，蓄势已久的谷玄力量喷薄而出，将在场中斗法的四名秘术师全部笼罩其间。那一瞬间，仿佛是有什么无形的物体在空中爆炸，又像是几块滚动的万斤巨石狠狠碰撞在了一起，一声震耳欲聋的巨响后，四位秘术师都愣在当场。

他们所放出的所有秘术效果全部在那一瞬间消失了。无论是两名偷袭者的暗月诅咒，郁非法师的火墙，还是长老的明月祝福与岁正寒气，都全部消失了。在最初的震惊之后，几位秘术师不约而同地想到了一点：这是谷玄系顶级的秘术"烟消云散"，使用过后，能清除一片区域内所有的秘术。

他们立即转身寻找，并很快发现了君无行——此人在施放了"烟消云散"后已经筋疲力尽，没办法压低自己的呼吸声了。当然了，四位秘术师心知肚明，在当时的场合下，君无行的这一招究竟救了谁，所以入侵者们的目光中充满了敌意，长老则有些困惑。

君无行略一提气，知道自己在半天之内都没有办法使用任何秘术了，而且双腿发软，估计轻功也会大打折扣，当此劣势，只能以头脑取胜，别无他法。想到这里，他强行压抑住喘息，慢慢稳住呼吸，脸上换出那副温柔可亲任何人见了都不会设防的笑容,大模大样迎上前去,身上没有摆出半点防御的姿态——反正以他现在剩下的体力防御也是白费力气。对方并不知道他现在精力耗尽,看他从容沉稳的模样,倒是不敢小觑。

入侵者的头领,一名身躯强壮的蓝衣河络走到君无行跟前,狐疑地打量了他一阵子,嘴里冒出几句河络语,君无行明白那大致是在盘问他的身份,于是用河络语回答:"听不懂。有通译吗?"

入侵者乃是为了打架而来,怎么可能还带上懂人类语言的通译?塔颜部落中站出来一名河络,君无行认得此人,他名叫大嘴哈斯,粗通各族语言,在十多年前还曾教过自己不少河络词汇,不过他无疑已经认不出成年的自己了,而考虑到君微言的特殊身份,此刻也不便挑明。于是他用温和的语调说:"我是来帮你们的,别吭声,按我说的先翻译。"

哈斯会意,按照君无行所授意的开始翻译,大意是说:"俺是一个从中州来的秘术师,听说越州的河络部落有许多厉害的秘术,因此怀着诚意前来学习。方才见到各位动手切磋,本来看得热血沸腾,然而各位大人打得兴发,只怕要收不住劲,俺一时紧张,不小心放了个秘术,真是罪过罪过。"

这套说辞毫无疑问是胡扯八道,别的不说,"烟消云散"这一招,不经过长时间的蓄势是不可能发出来的,什么"不小心放了个秘术"云云,莫如说成不小心放了个屁。但君无行的本意也就是借此拖延一下时间,恢复一点精力而已,所以这番话说得曲里拐弯,好似大姑娘绣花,反正动动嘴皮子又不累。入侵者等了许久,总算听明白他的意思,脸色都变得很难看。

头领说:"朋友,我们河络虽然没有你们人类精明,可也从来不是傻子。"

"我冤枉呀!"君无行高声叫屈,"尽量说得啰唆点,给我节约时间……我可真的是带着一腔真挚而来!……你们部落没有其他战斗力可用了吗?……我们人类有句诗文是这么说的:入沧海兮御风,行万里兮呼朋……"

他一脸无比悲愤的表情,慷慨激昂说了一大堆,中间夹杂着说给大嘴哈斯的指示。哈斯忠实地按照他所说,把那首又臭又长的诗——其实是君无行临时现编的——逐句翻译出来，但诚如入侵者所言：他们毕竟不是傻子。听了几句后，已经反应过来眼前这个浑蛋是在故意拖延时间，头领使个眼色，方才斗法正斗到兴起的郁非术士二话不说，向前迈上一步，嘴里缓缓吐出一阵紫气。

"千万不要！"君无行大惊小怪地叫起来，"这一招会毁了你自己的。"哈斯连忙跟着将这句话译过去，郁非术士一怔，停住了脚步，但那股紫气仍然飘在身前，没有消散。

郁非术士叽里咕噜说了几句，哈斯说："他说你在虚张声势，谨防被他一把火烧成焦炭——你没问题吧？"这最后一句话却是哈斯自己的询问。君无行微笑着回答："有没有问题都得硬撑。你告诉他，他心里已经胆怯，并承认我说的是真的，否则他根本不会与我多话，而会直接把我烧成烤猪了。"

郁非术士犹豫了一下，君无行看出他的眼神中闪现出一丝轻微的惧意，心里更加有底了。果然术士又说："那你说明白，我怎么会毁了自己？"

这话已经有点色厉内荏了，君无行叹气："你自己最清楚。你想要用附骨之焰引发我的精神力共鸣，使我被自己的精神力燃烧活活烧死。"郁非术士脸色一变，君无行又说，"但是你忽略了一点，我是修炼谷玄秘术的。谷玄的绝对黑暗会让附骨之焰完全无处着力，而假如我的精神力高于你的话，附骨之焰就会反弹回去，被烧死的就是你了。"

"我不相信，你现在已经没有多少力气了，"术士恶狠狠地说，"你刚才那一招，一定会消耗很多精力。"

他这话说出来，反而露怯。君无行笑意更浓："那你尽可以试试，我只是好心想拯救你的生命而已。你不愿意听，我也没办法。"

郁非术士见他一副自信满满的样子，反倒不敢轻举妄动了。他分明记得"烟消云散"是谷玄秘术中极奥妙的一招，按常理，这样的招数几乎可以把一位秘术师的精神力全部耗光。然而这家伙刚刚出现的时候，确实是神采奕奕，呼吸平稳，丝毫看不出有什么疲劳的样子——那可能是伪装出来的，也可能是他真的有什么办法能在短时间内恢复精神力。毕竟自己对谷玄秘术只有耳闻，却从未修习过。

君无行不慌不忙，走到了距离那股紫气不足半尺的地方："现在你只要轻轻一推，我就会中招了。来吧，不妨一试。"

郁非术士面色阴沉，想要动手，却又没胆量拿命去冒险。正在踌躇不知所措，眼前的君无行还要放肆挑衅，在手心里凝出一块黑斑，那黑斑很快又转换颜色，红色、蓝色、金色跳转不休。术士明白，这每一种颜色都代表着某一样厉害的谷玄秘术，这王八蛋分明是在公然炫技，展示他的无所谓。

他凝神感应，更加意外的是，这个人类身上的精神力微乎其微，完全是普通人的水准，半点也不像个秘术师。难道他已经能内敛到如此地步？

就在他踌躇时，身后的头领轻轻咳嗽了一声，这一声咳就是命令，他不敢再拖延，催动秘术，紫色的烟雾飘出，把君无行包裹起来。君无行悠然自得，站在原地动也不动，那紫烟围在他身边，大概是味道不怎么好闻，呛得他咳嗽了两声——这就是紫烟的全部效用。别说燃烧起来，连一根头发都没有焦。

郁非术士大惊，浑身都冒汗了。附骨之焰是一个并不太实用的秘术，因为它的发起和攻击都十分缓慢，一般极难击中对手，但万一哪个倒霉蛋不幸中招，威力却非同小可。因为所有秘术师对法术的修炼，其基础都在于精神力的强大，精神力越强，越有可能被附骨之焰诱发而燃烧起来。但现在，连附骨之焰都无法引燃对方的精神力，可想而知对方的厉害。他所发出的一连串精神试探就如同石沉大海，仿佛是伸进了一个无底的陷阱，居然没有半点回音。

他下意识地退了回去，任凭首领如何吆喝责骂，也不敢再上前一步。他并不知道，方才君无行看似在炫耀他的秘术，实则是在把最后残存的一点精神力耗光。等到附骨之焰包围他时，他身上的精神力已经和常人无异，自然也就不会产生感应了。

两位暗月术士也面露畏惧之色，不知道眼前是何方神圣。首领无奈，说了几句话，同行的几名河络武士当即上前攻击。君无行暗暗叫苦，此时他毫无还击之力，只能赶紧躲闪，避开对方呼呼生风的刀剑。他本来步法精妙，此时体力不支，跑起来着实狼狈不堪，大失他老人家的风采，幸好多年练就的逃命本能尚在，虽然难看，还是连续躲过了数次攻击。

然而光躲不还手，他的精神力已经枯竭的猫腻可就藏不住了，几位秘术师被他唬了一阵，此时看穿他的实力，自觉惭愧，再上前动手时毫不留情，下手全是狠招。君无行连滚带爬，摆脱暗月术士的诅咒，却被一刀削过小腿，一时间血流如注，行动更加迟缓。

大嘴哈斯见势不妙，大叫一声："他是来帮我们的！"部落中人一拥而上。但这个部落确实已经衰微至极，青壮年的战士只有寥寥二十来人，根本不是对手。长老此时也筋疲力尽，连站稳都难，更没办法上前相助。

眼见着情况一塌糊涂，君无行开始打算先逃命再说，但刚刚迈出几步，忽然鼻子里隐隐闻到一阵奇特的香气，那气味虽然淡到若有若无，但以他的敏锐知觉，还是嗅到了，心里不觉一怔：这是两边的哪一方在施暗算？

5

这支来袭的部落对于此次行动蓄谋已久。之前他们每次都还碍着"大家都是同族"的情面，不敢当真下手，今天既然已经以"切磋"秘术为由头动起手来，并且双方都有死伤，此时杀红了眼，也就顾不得那么多了。

首领事先对塔颜部落的实力摸得一清二楚，本以为必胜，万没料到斜刺里杀出个搅局的人类。眼见击败长老就能得到他所垂涎的东西，局面却被君无行搞得乱七八糟，终于演变成群殴。他不由得怒气冲天，决定什么都不管了，哪怕是将塔颜部落屠尽，也要达成目标。

他缓缓抬起左手，准备将拇指和小指竖起来，那是"杀无赦"的号令。然而号令还没来得及发出，他就闻到一股淡淡的香味。那种香味比较接近人类的香料，既不可能是大雷泽内某种植物的自然气息，也不会是河络所使用的。

他心中一凛，紧接着感到有一丁点头晕眼花，那是中毒的征兆！没错，那股不知名的香气，无疑是一种凶险的毒药。他慌忙发出命令，所有手下都停止攻击，在他身边围成一圈。

真够怕死的，君无行在心里评价着。他也感到了口干舌燥，略有不适，明白可能中了毒，但似乎这种毒又不是很厉害。看看身边的塔颜部落河络们，虽然不知道他们的身体状况，至少还能坚持战斗。

双方暂且分开，各自都不大明白那香气的来源，但看起来双方都并没有放毒，正处于疑惑中。君无行却似乎猜到点什么，在人群中左顾右盼——反正河络们身材矮小，无法遮挡他的视线。

所以他很快就看到了邱韵，但这又并不是他所熟悉的那个邱韵。邱韵脸上带着一种他从未见到过的慵懒的媚态，仪态万方地从远处走来，仿佛这一群斗殴的河络与人类都不存在；但她的目光中却闪动着冷酷的杀意，这样奇特的结合不止令所有河络看了都觉得背脊发凉，连君无行都有一种如临大敌之感。

"我是来找塔颜部落麻烦的，无关人等请赶紧离开，避免误伤。"她冷冰冰地说。那副神态是如此逼真，连君无行都差点相信她真的是来与塔颜部落过不去的。幸好他立即反应过来：邱韵是戏班出身，学什么像什么。此时扮演一个令人不寒而栗的女魔头，倒真是像模像样，不由得人不信。

邱韵走到两群河络中间，虽然势单力孤，但那股气势着实吓人，河络们竟然无人敢上前动手。哈斯把她的话翻译出来，塔颜部落固然惊怒交集，入侵者们也是心中不安，不知道这个艳若桃李、冷似冰霜的美人究竟为何而来。

最可恶的在于，由于己方没有带通译，他们只有通过哈斯才有可能与之进行交流，而这无疑会大大减弱己方的势头。所以首领宁可什么都不问，只是听着哈斯翻译出来的话。

邱韵说："你们都已经吸入了我的流云香，这种香本身毒性不强，但如果再配上情迷雾，那就恐怕要有些难受了，所以你们还是乖乖听话比较好，该走的走开，该留的留下来。"

君无行虽然知道她绝无杀人之意，但方才吸入那香气后，的确有些不舒服，也许她真的使用了秋余留下来的毒物。河络们更是心头一沉，方才憋了一肚子气又在君无行身上栽了跟头的郁非术士手中赤焰暴长，就想上前动手。

君无行暗叫糟糕。邱韵的派头摆得虽足，其实是既不通秘术又不会武功，那道火焰弹出去，顷刻间就能把她烧成灰烬。他想要挺身上前，但苦于精神力耗尽，上去了也只是白白送死。正在为难，邱韵轻叹一声："你想要做第一个吗？"她连正眼都没有瞧那郁非术士一眼，衣袖里却有什么东西缓缓滑出来，确切地说，爬出来。

那是一条黑得发亮的蛇，身躯不长，头部扁平，双目却与其他蛇类不同，极大极圆，显得甚为突兀。河络们都认出来，这是大雷泽中独有的短尾黑蛇，其性剧毒，被咬一口便无药可救，即便是这些土生土长的河络，见到了也得敬而远之。但邱韵居然敢把它藏在自己的袖子里，这份胆量，非常人所能及。眼见黑蛇嘴里吐出长长的芯子，河络们心中都有点发毛。

郁非术士咬咬牙，方才被君无行吓退已经丢够了脸，现在他豁出去性命不要，也不想被本部落视为懦夫。但他好不容易做出一次正确的选择，却被首领制止了。

"不要轻举妄动，"首领说，"这个女人非同一般，也许是传说中隐居在大雷泽的蛇姬的手下。我们不能和她硬碰硬。"

哈斯将这句话译出，邱韵淡淡一笑："还算有点眼力。就冲这一点，今天就放你们回去吧。"

首领狠狠瞪了她一眼，似乎想说点什么。但一来河络并不像人类那么死要面子，总喜欢摆两句场面话；二来关于蛇姬的种种恐怖传说也让他心里发毛。权衡利弊，为了那样东西而与蛇姬正面交锋，似乎有些不值，他终于什么话都没说，恨恨地领着手下离开。

君无行以前并不知道"蛇姬"这个词是什么意思，但看见入侵者们这样被吓走，难免小有惊诧。等到他们的脚步声消失，他立即向哈斯简略说明邱韵乃是自己人，然后蹲到她面前："真没看出来，你还敢弄蛇……"话音未落，邱韵已经狠狠将手中的毒蛇远远扔出去，身子摇摇晃晃，眼看要晕倒。君无行忙扶住她，邱韵用微弱的声音说："对不起，我实在很怕毒蛇，撑不住了。"

君无行扶着她坐下，然后走近那条正在地上翻滚的蛇，小心翼翼地钳住七寸，拿起来一看不觉哑然。那的确是一条剧毒无比的短尾黑蛇，然而上下鳄已经被一种奇特的胶粘了起来，只在中间留了一条小缝，恰到好处地可以让芯子吐出来，牙齿却无法伸出。毒蛇失去了毒牙，那便没什么威胁了。

"我以前所在的那个戏班，谋生艰难，不只唱戏文，什么能赚钱的东西都表演，"邱韵说，"驯蛇就是其中之一。我虽然害怕蛇，但还是保留了一些蛇药和蛇胶，以备不测。今天总算是用上了。"

"你是怎么跟到这里的？"君无行问，"我后来不是没有做任何记号吗？"

邱韵接过一个河络递给她的酒壶，喝了两大口，脸上慢慢恢复一点血色："秋余很擅长追踪，我也跟他学了两手。"

"那么那条蛇……"

"我走到半路，不知道你会遇到什么麻烦，所以点燃了吸引毒虫的药物，想到万不得已的时候，我还能虚张声势一下，"邱韵回答，"但我没想到会引出这条蛇……不过总算效果不错，他们把我当成了那个什么蛇姬的部下。"

君无行想到邱韵的一番苦心和行动的果敢，心里一阵感激。他又问："那我们闻到的那股气味……是什么？"

邱韵的回答气得他半死："那是一种浓缩的香料。"

"可为什么我闻了感觉头晕？"他忙问。

邱韵莞尔："第一，我调得稍微浓了一点，否则难以引起注意；第二，你们在激斗中随时都在提防暗算，这种时候闻到一股香味，每个人都会觉得自己中了毒。而像头晕目眩、四肢发软这一类的症状，未见得要真中毒才有，只要你心里存着这种怀疑，就会产生错觉，而且感觉越来越真实。"

"你真狠。"君无行嘀咕着。他转过头问哈斯："蛇姬是什么？"

哈斯眉头一皱，显然很不喜欢谈及此类话题："在很久很久以前，大雷泽中遍地毒蛇，完全不适合人与河络居住，那些毒蛇，都是受一个神秘的人类部落所操纵，部落头领是代代相传的女性，被称为蛇姬。后来人类与河络联合起来铲除了这个部落，但是也付出了极为惨重的代价，许多英勇的战士都在那场战斗中死于毒蛇之吻。而且最为关键的是，那个部落虽然战败，却并未消亡，据说蛇姬仍然在一代一代地传下去，寻找复仇的时机。"

他顿了顿，补充说："你也许会觉得这样的传说很荒诞，但事实是，的确每隔若干年，就会有村庄或小部落遭到毒蛇袭击，所有人死得干干净净。如果无人驱使，毒蛇是不会那样大规模攻击人与河络的。"

"不，我不会觉得荒诞，"君无行说，"九州如此之大，本来就应当包容那些看似不可能的事物。不过我很奇怪，为什么他们没有直接把我的朋友当成蛇姬本人呢？"

哈斯脸上的肌肉抽动了一下："因为如果是蛇姬本人，在场的所有人不可能活下来。"

两人谈说之间，河络们已经收拾了残局。那位方才与敌人比拼秘术的长老经过短暂休息，走向了君无行。哈斯介绍说："这位是我们德高望重的青木寒波苏行，是我们部落对秘术研究最精的长老。"

青木寒波摇摇头："年纪老了，已经快要听到真神的召唤了，如果不是你这位年轻人慷慨援手，现在我已经被烧成一把灰了。"

君无行一笑："我并不是慷慨援手，我来到这里，不过是有求于你们。替你们赶走这帮人，就算是预付的报酬好了。"

寒波苏行打量了他一番："我喜欢诚实的人类。狡诈奸猾的人类太多，总是让我们不知道应当如何应对。不过我也必须诚实地告诉你，我大致能猜到你为何而来，虽然你预付了很让我们感激的报酬，最后你能不能得偿所愿，我仍然无法保证。"

第八章
预谋·命运

1

雷冰觉得自己一辈子都没有这么发奋过。她从小就喜欢舞刀弄棍，一向不好读书，为此没少被老娘数落。

"爷爷那么大学问有什么用，还不是连是死是活都不知道？"雷冰用一句话就把老娘噎得话都说不出来，从此听之任之，眼看着一个大姑娘出手就能把十多个青壮男子打得满地乱爬，只能徒叹奈何。

但如今她的脑子却飞快地运转起来。她要击败黎耀，解救纬苍然。而且这次行动和以往不同——她绝对不能失败。一旦她失败了，即便自己活下来，纬苍然的性命也没指望了。

她强迫自己收拢心神，把以往的任性、冲动、无所谓的性子都彻底压住。这不是从天启城里揪出一个区区君无行那么简单，她所面对的，几乎就是一支庞大的军队。

在这样一种全神戒备的状态中，她发现，虽然纬苍然已经被捉拿，君无行又不知所踪，谨慎的狄放天仍然没有就此对她置之不理。无论她走到哪里，暗中总会有人盯梢。这些跟梢者的身手比以往的都要好，几乎不留痕迹，让她也无法反追踪。

如果按照以前的脾气，她多半会找碴儿大打出手，但现在，隐忍和冷静成了她每天在心里默念几百遍的词汇。

她首先收罗到了各种与黎耀有关的公开资料，这些资料早就在市井中流传，搜集倒也不难。这个人无疑是个商界奇才，二十一岁时就由于父亲早逝而接掌了黎氏，当时所有人都在等着看这个毛头小子的笑话，更有无数怀着野心的商业劲敌准备趁此机会一举挤垮黎氏。

但是他们全都错了，错得非常厉害。二十一岁的黎耀表现出了常人难以置信的精明、老辣与残忍。他首先利用族长的权力，打破了黎氏已经延续上百年的"分权"的家规，将几处本应归自己几位叔伯兄弟经营的产业全部收归己手。当然，他开出的价格不能说不优厚，只是手段过于咄咄逼人，似乎有违亲人之间的厚道。其时黎耀提出要求后，各家大都持观望态度，既不答应也不马上说拒绝，只有黎耀的三叔表示明确反对，也拒不出让自己手中的宛北制铁业生意。

"希望您再认真考虑一下，"黎耀很温和地说，"毕竟您是我的亲叔叔，所谓血浓于水……"

"放你娘的屁！"三叔暴怒，"你还知道我是你叔叔？别以为你现在坐了你老头子的位置就可以为所欲为。我告诉你，我大哥死得很蹊跷，我还在怀疑……"他似乎还有话要说，但终于忍住了没说出口。黎耀平静地看了他一会儿，最后说："您真让我失望。"

两天之后，人们开始对黎耀这句话有了深刻的认识，并且在此后的十多年里，每次听到这句话就会止不住地战栗。黎耀的三叔那一天没有如往常一样早起喝茶，当仆人推开卧室门时，发现他正安静地躺在床上，身上的血已经被全部放干。这大概就是黎耀所说的血浓于水。

黎耀为三叔主持了隆重的葬礼，就在葬礼上，他带着无比沉痛的神情，接受了其余亲戚主动交还给他的生意。他们可不敢再让这位年轻的族长失望了。从此黎耀一手遮天，将所有生意揽到了自己手里。

而黎氏的生意也由此开始了滚雪球一般的高速膨胀。黎耀明争暗抢、强取豪夺，几乎涉猎所有行业。如果说过去的黎氏只是富甲一方的商人，黎耀接手后的黎氏，就开始有了一些特殊的味道。虽然黎氏的祖训"不当官，不做贼"在面子上仍然维持着，但谁都知道，黎耀实际上比官的权势大，比贼的手段狠。某种程度上，他就是一个商界的皇帝加盗魁。

关于黎耀这个人，有各种各样稀奇古怪的传说，这些传说都发生在他二十一岁接掌家族之后，因为从那时起他就开始深居简出，绝少露面，偶尔出现一次，身边也总是明摆暗伏着无数保镖，寻常人等接近不得。

但是他二十一岁之前的经历却是尽人皆知，甚至被写进了坊间流传的小说。和他在商界表现出的才干大不相同，这厮在二十一岁之前竟然是个——艺术青年。反正家境富裕不愁钱财，他从小就喜欢吹笛弄箫，深通音律，诗词歌赋无一不精，而且终日流连于灯红酒绿之所。据说，他曾经为了追求一位漂亮的戏班班主而进入戏班中做了两年小生，可惜那位班主还没有追到手，父亲就逝世了，他只能放弃这段爱情，回去接手黎氏的庞大产业。

一般人看到这样的记载，大抵会佩服黎耀实在是浪子回头金不换，而且果然有过人之能。但雷冰却很难相信这前后两种突兀的、截然相反的表现会出现在同一人身上。南淮茶馆的独眼老头儿大概可以讲出很多这种不合理的故事，赚取茶客们的惊叹，但雷冰还是情愿从更现实的角度去判断问题。

她注意到了时间。黎耀继任的时间，无巧不巧恰好就是钦天监命案发生后不久。这本来是两件毫无关联的事情，却由于黎耀一直以来对自己的种种关照而搅在了一起。雷冰有了自己的猜测：黎耀很有可能只是一个无足轻重的傀儡，在他的背后应该还有一个人，在操纵着这一切。甚至于黎耀父亲的死，也可能是他所安排的谋杀。

从越州的塔颜部落再到宁州的钦天监，这个幕后黑手无疑有着明确的目标，只是雷冰不知道这个目标究竟是什么。至于他藏身于黎氏，倒也并不难推想：很难再找到这么大的一棵树来乘凉了。

当前的问题就在于，弄明白那家伙所图谋的究竟是什么，以及他到底有没有得手。这就得依靠君无行那个极度不可靠的家伙了。雷冰现在既不知道他到了哪里，也不知道他究竟在做什么。不过在她的想象中，这厮多半正在一路吃吃喝喝勾搭姑娘，慢悠悠向着大雷泽方向行进，现在说不定就在某座越州城市中流连忘返舍不得离开呢。

唉，终究只有自己才是可以信任的，雷大小姐在臆断中得出了这个不容置疑的结论。她也曾想过去找黎鸿，但她清楚，这样做除了将黎鸿这个尚未暴露的暗线彻底暴露之外，并没有别的任何好处，黎鸿比她更清楚形势，如果有机会找她，早就行动了。他们两人和黎鸿在中州的会面是绝密的，黎耀纵然对黎鸿有所怀疑，也想不到这位不安分的弟弟早就和敌人勾结上了，这最后的一张王牌，绝不能轻易打出去。

所以她只能每天在南淮城发呆。黎氏的生意仍然在有条不紊地高速运转，人羽两族的摩擦仍在不断加剧，只是人们已经渐渐淡忘了剃毛鸡楚净风。在盛夏的艳阳渐渐呈现出萎靡之时，人们把刺杀楚净风的刺客也忘了。而且看起来，连官府都把他忘了。

"难道是按照人类的习惯，把你放到秋天再杀？"雷冰疑惑地说。

"不知道。"这是纬苍然最喜欢说的三个字，雷冰每次听到这三个字就想砍人。她又问："他们有没有试图收买你？"

"有。"纬苍然诚实地说。

雷冰鼻子都气歪了："那你刚才说不知道！"

不过纬苍然的精神状态还算不错，这大概是因为黎氏觉得此人有收买的价值，所以并没有再对他动刑。别的不提，光凭那一手箭术，就能把黎耀身边那些废物羽人全都比下去。

"所以你还不如答应了他，岂不就可以借机混到他身边了？"雷冰眼前一亮，但随即又黯淡下去，"不对，他们又不是傻子，你要是轻易答应了，他们肯定会有所怀疑，说不定还要让你去刺杀一两个羽族王公来表忠心。黑道上的都会这一手……"

她时而出点馊主意，时而又自己推翻，一个人唧唧咯咯说个没完，纬苍然通常只是在囚室里听着，不置可否，两人见面的情形大致如此。倒是雷冰和他闲话家常时，他居然慢慢能紧张地应付两句，那可真是太不容易了。

"喂，说说你的未婚妻，"雷冰说，"确切地说，吹了的未婚妻。"

纬苍然很为难，但还是生硬地回答了："家里订的，我从没去见，所以吹了。"

雷冰噘起嘴："就那么简单？你为什么不去见，因为画像太难看，把你吓退了？"羽族贵族之间结亲一向沿袭古例，双方先交换子女画像，不过这样的画像通常经过大大的美化，看了也是白看。

"挺好看。"纬苍然仍然老老实实地回答。

"那你为什么不娶？"

"我……我……不愿意。"纬苍然结结巴巴地说。他看了雷冰一眼，似乎是鼓足了勇气，又加了一句，"我喜欢的，才娶。"

雷冰听他语调有点怪，不知怎么的脸上微红，赶忙岔过这个话题："有没有可能我想办法通知你的上司，让他想办法营救你？"

纬苍然毫不迟疑地说："不用。我本是一枚死棋。"

雷冰咒骂了一句什么，忽然长叹一声："我该怎么办？我没法子接近黎耀，也没法子救你出去。忙来忙去，我好像只是一个废物。"

她的语声有些哽咽，纬苍然立马慌了手脚。他想了想，笨拙地开口说："不！不是你的错！那是黎耀。"

这话的意思是说，黎耀非比寻常，无论谁都没什么办法应付他。但这句安慰对雷冰似乎没什么用，看着她泫然欲泣的样子，纬苍然心里也一阵难受。

"对付黎耀，你记住，"他突然说，"有预谋，无安排，当机立断。"

雷冰一怔，想要再问个明白，狱卒又慌慌张张跑来赶人了。雷冰这次十分顺从地按时离去，脑子里反复想着"有预谋，无安排"。

这话是什么意思？像是在提醒她对敌策略，又像是一种自我辩解。难道他在暗示着他刺杀楚净风的行动，是出于某种"无安排"的"当机立断"？

几天之后的某个正午，闷热的南淮城上空浓云密布，并且响起了轰鸣的雷声，南淮居民都充满期待地盼着一场雷雨赶快下来，解解夏末的暑气。然而天公不作美，干打雷不下雨，落了几点小水珠就没动静了，天气反而是愈发闷热。

雷冰只觉得羽人驿馆比蒸笼还难受，嘴里渴得难受，想起城东著名酒家鹤清楼中有放置冰块降温的雅间，虽然略显奢侈，偶尔去去倒也不妨。反正自己的财富都是黎耀假手他人赠予的，不用白不用。于是她理直气壮地出门而去。

时值中午，并非南淮城一天娱乐的开端——该时段通常是在黄昏之后，所以街上行人寥寥。很多酒楼在白天压根就不开门，鹤清楼虽然开了，门面也是甚为冷清。见惯了世面的伙计手脚麻利地为雷冰开好雅间、备好冰块，随即退出去为她拿酒。但是这一拿就是十多分钟人影不见，雷大小姐口干舌燥，难免心头火起，推门出去就想要找点麻烦，却一眼看到了那个消失的伙计。

显然客人也有贵贱之分。该伙计之所以把雷冰抛在一旁置之不理，乃是因为酒楼内又来了一位地位比雷冰略高一点的贵客。这位贵客虽然尚未出现在雷冰的视线中，但他的声音已经十分响亮地钻了雷冰的耳膜。

"我不管什么时间不时间，"他嚷嚷着，"你们是南淮最好的酒楼，就得有全天候提供服务的觉悟，现在我需要舞姬，你们就得给我找来舞姬！"

找个屁的舞姬！雷冰愤愤地想，你压根就是个瞎子，还需要找什么舞姬？她已经听出来了，这个近乎无理取闹的家伙不是别人，正是黎耀的老弟、旁人眼中不学无术四处捣乱的纨绔子弟黎鸿。她在南淮这段时间，虽然从未与黎鸿联系过，但也偶尔会在南淮街头见到他。这人俨然也算是南淮城的一个小小名人，虽然盲了双目，却偏偏纵情声色犬马，挥金如土，最喜欢说的一句话就是"你可以得罪我，但你得罪不起我哥哥"。黎耀本来是一个不喜欢抛头露面的人，这些机会看来他的弟弟全都拣去了。

然而雷冰却知道此人的真相。在中州那次隐秘的会面，她和君无行都已经知道了黎鸿的隐忍和野心。不过眼下不适合过去打招呼，她想，绝不能让任何人看出我和他认识。她又想，难怪偌大一个酒楼，居然没人来招呼她了，想来是黎鸿平时出手豪阔，打赏下人十分大方，所有伙计都不想错过这个机会，全围过去了。

想到这里，她回过身去，打算等伙计和黎鸿聒噪完了再说。但刚刚坐下，她又一下子跳了起来。那一刹那她突然想到了纬苍然曾经说过的那句话："有预谋，无安排，当机立断。"

有预谋，无安排。她的脑海中仿佛有一道闪电划过。是的，任何实现策划周详的行动，都有被揭破的风险，但是如果能做到"当机立断"，虽然缺少了缜密的安排，却也许能有出其不意的效果。当然了，前提条件在于，黎鸿能在事件突发时立即猜到她想做什么，而不会做出错误的处理。所以，还得无条件信任黎鸿。万一黎鸿表现出半点的犹豫、半点的不自然，也许就会被窥出破绽。

她闭上眼睛，默想着祖父的仇恨和自己这些年的漂泊，但最后出现在眼前的总是纬苍然在死牢里戴着枷锁的身影。她不再犹豫，再度推门出去，大喊起来："小二！你在干什么呢？是不是老娘要的酒还得现酿才能端上来？"

小二慌慌张张奔过来，一张脸吓得煞白："姑娘！奶奶！求您别嚷嚷了！咱这儿来了贵客。"他压低声音说，"谁都得罪不起的贵客！求您多担待着点！"

"担待个屁！"雷冰骂道，"贵客又怎么了？我的钱不是钱？"

伙计叫苦不迭，这番话声音更大，果然黎鸿听到了。这位一向强横霸道的公子哥，当即循声而来，皱着眉头说："谁？谁在那儿扰我清兴？"

把招舞姬陪酒称之为清兴的，黎二公子只怕也是古往今来第一人了。但雷冰听到这句话，却知道黎鸿已经从她刚才那句嚷嚷听出了她的声音，因为"扰人清兴"这句话，是三人第一次见面时，黎鸿所开的一句玩笑。黎鸿是在用这句话向她暗示：我认出你了。

认出就认出吧，雷冰想，连你也猜不到我想要做什么。她漫不经心地看了黎鸿一眼，扭头问伙计："这个人我在南淮街头见过，好像就是那个什么黎二公子？"

伙计一张脸拉成了苦瓜："求您小声点！我给您跪下了还不成吗？"

雷冰才不理睬他是否下跪："你先告诉我，这位是黎二公子吗？我没认错人？"

伙计快哭了："没错，这位就是鼎鼎大名的……"

他已经没有机会把话说完了，雷冰一把推开他，用他难以想象的速度猛然跃出。他只眨了眨眼，就见到眼前这女煞星竟然已经来到了黎鸿身前。

女煞星扬起手里的武器——也不知道她什么时候拔出来的——向着黎鸿的咽喉刺去。

事后他成了酒楼里的焦点人物，因为他是唯一一个在事发前曾经和雷冰有接触的人。光是靠着给酒客讲故事，他就赚了不少赏钱，毕竟这是多年来头一次有人试图刺杀一个黎氏的子弟。

"那时候她问我，那就是黎二公子吗？"他口沫四溅地叙述着，"我还不知道是什么意思，居然就傻呆呆地回答了她。好家伙，那个女羽人可不得了，我都没反应过来，她居然就一下子飞过去了……"

"喂，羽人不展翼可不能飞！"听故事的人打断他说，"你是不是在瞎编哪？"

"我没有，那就是一种说法！"伙计叫屈，"就是说她蹿得很快，我眼睛还来不及眨呢，她就已经到黎二公子面前了！然后她就拔出了刀子……"

"你怎么又胡扯？我明明听说是抽出一支箭，射鸟用的箭。"听故事的人又说。

伙计很尴尬："你别老打断我好不好！当时她动作那么快，我哪儿看得清楚究竟拿的是什么？总之……总之就是什么东西亮晃晃地闪了一下，然后……"

"然后黎二公子就受伤了？"

"你又打断我！但是这一次你可说错了，"伙计止不住地得意，"有人受伤，但不是黎二公子，是他的保镖。你想想，保镖是干什么的，怎么能那么轻易就让保护对象受伤，何况是黎二公子的保镖？那小姐手刚抬起来，他就已经挡在了二公子前面，左手那么一挡，右手那么一掌，接着一脚……"

"把那小姐给踢倒了？"

"又错啦！倒的不是小姐，是那个保镖。你想想，毕竟只是保镖而已，真正有能耐的人能去当保镖吗？他虽然挡住了那一箭，但一脚踢出去却踢了个空，反而被那小姐带了一下，摔在地上。"伙计连比带画说得不亦乐乎，听者不免担忧起来："那没了保镖，谁来保护二公子呢？"

"这你就不知道了，黎二公子功夫好得很呢，他趁着那小妞应付保镖的时候，也不知用了什么手法，一下子就把她的手腕拧脱臼了，然后把她制伏。"

"哇，那个女刺客岂不是死定了？"

"放心吧，她不会死，"伙计露出一丝淫邪的笑，"不但不会死，还活得好好的。知道黎二公子捉住她之后说什么吗？"

"说了什么？"

"黎二公子说：'啧啧，你还没靠近，我就闻出来你是个女人了。身上这么香，总不会是个丑八怪吧？你那么急切地想接近我，我自然舍不得杀你，还是陪我一起走吧。'"

"你这孙子！别的事情都记得颠三倒四、乱七八糟，这些轻薄话倒记得牢！"

2

再一次走入塔颜部落的感觉十分怪异。并没有什么故地重游的欢欣，有的只是沉甸甸的期望和几分物是人非的悲凉。

这个部落真的衰败了，以一种让人难以置信的速度衰败了。这座曾经让人赞叹不已的宏伟的地下城如今徒有其表，里面空空荡荡的，已经不剩多少人了。往日叮当作响的制造声消失了，曾将整个地下城照得灯火通明的火把也熄灭了多半，黑暗中偶尔传来的微弱噪声，有若饮泣，衬托出塔颜部落如今的式微。

"你们怎么会变成这样的？"君微言喃喃地说，"就算是死了一个神算德罗，也不至于拖垮整个部落啊！我记得那时候虽然你们以星相学闻名，但制造工艺也称得上是出类拔萃的。"他一面说，一面从怀中掏出一只银质的小鹰，虽然很小，但形貌生动、栩栩如生，有着极精湛的手工。

"这玩意儿就是当时你们送给我的见面礼，"君无行将护身符递给哈斯，"它应该穿上一根链子，挂在脖子上做护身符，而我并不相信这种虚无的保护，并没有戴上。但我确实很喜欢它的手工，所以总是带在身边。"

大嘴哈斯拿起那枚护身符，端详了一会儿："这可能是飞鸟梅伦做的，十多年前，他是全部落对鸟类最为痴迷的工匠，尤其擅长鹰的图案。不过他现在已经死了，别人也做不出这样的水准了。"

"他是怎么死的？"君无行问。

哈斯轻轻摇摇头，默然无语。

见到阿络卡时，那种悲凉感更为强烈。在君无行的印象里，阿络卡是一个河络部落的精神领袖，无论何时都应当是威严的、尊贵的、有着居高凌下气势的角色，而塔颜部落的阿络卡他也曾见到过，那是一个睿智而精力充沛的女河络，对于部落中的许多事情都要亲自过问。

但眼前的阿络卡实在让他大出意料。她的整个身体都萎缩成了小小的一团，坐在一个特制的带轮子的椅子上，双手无力地搭在椅背上，全靠别人替她推动那椅子才能移动。当她的脸出现在光亮处时，可以明显看出脸上那种不健康的浮肿与毫无血色的皮肤。

阿络卡已经成了一个废人。

君无行小心翼翼地向阿络卡致意，一时间不知道该说些什么。他原本打算，如果说理不通，就用激将法去刺激一下阿络卡，说不定能行得通。可如今阿络卡成了这副模样，这种法子怎么用得出来？

阿络卡微微一笑，声音听起来很虚弱："是不是看到我这副模样很失望，觉得你准备好的强硬方法都使不出来了？"

君无行一愣，也报以一笑："我真是没想到，您的头脑还是和多年前一样敏锐。"

"我的头脑的确什么时候都很敏锐，"阿络卡的话音中隐含着某种忧伤，"但有时候，过于敏锐的头脑反而会犯错。我如果只是一个平庸无勇的领导者，我们部落也不会变成现在这样。"

君无行听得出来，阿络卡已经打算告诉他一些事情了，虽然不知会有多少，他仍压抑着兴奋的心情，淡淡地问："你所说的犯错，是和我的养父君微言有关吗？"

阿络卡叹了口气："错不在他，而在我。巨大利益的诱惑是永远存在的，但动摇的心灵却是完全可以避免的。"

"巨大的利益诱惑，"君无行重复了一遍，"就是我养父向你求取的那样东西？"

阿络卡没有直接回答他，双目无意识地望着远方，衰老的脸上充满了迷惘："你的养父……君微言……他真是一个魔鬼的化身啊！"

"君微言带着你到访我塔颜部落，大约是十七年多前的事情，"阿络卡回忆着，"他是一位名声卓著的星相大师，并且和我们的神算德罗苏行私交甚密，德罗当年游历到中州时，据说君微言还专门设了盛宴，将中州、宛州许多知名的星相师请去与他会面。两个人的交情相当好。"

"当时他的到访十分突然，离部落只有三四天路程时，才在我们隐匿的信号树上刻下记号。不过我们仍然盛情款待了他。"

"不错，"君无行感慨说，"那是我第一次见识河络美味，至今难忘啊！"

哈斯并没有翻译这句："朋友，如果你希望从阿络卡那里问到些什么，就最好别打岔提那些无关紧要的话题。"

君无行耸耸肩，不再多嘴，阿络卡咳嗽了几声，看起来身体状况相当不好："按照他的说法，他是来和德罗交流切磋的。虽然我们部落并不愿太多和外界接触，但君微言这样身份的，自然可以例外。所以你们住了下来，君微言和德罗每天都同吃同住，事情表面上看来很平静。"

"但是几天之后，德罗来找我了。他吞吞吐吐、闪烁其词，绕了很大的圈子也没说出他究竟想干什么。我有些生气，斥责了他几句，说在真神面前，无论什么话都可以说出来，至于是对是错，交由神去判断就行了。他这才告诉我，他希望能解除封印，阅读我部落最大的秘密。"

"我知道，是那份神启。"君无行说。

这一句哈斯倒是译了，阿络卡有些意外："这是谁告诉你的？"

君无行告诉了她关于王川，也就是长剑布斯苏行的死讯，并且拿出了布斯的遗物——那枚部落徽记，随即惊讶地发现她的眼眶中闪动着泪花。

阿络卡的身子轻抖，似乎是想站立起来，但终究没能挪动分毫："布斯是对的。他并不是部落的罪人，这么多年来，他所遭受的是不应该加到他身上的罪过。"

君无行有些苦涩地说："的确，我的那位养父是个心机极为深沉的人，给他看神启，绝对是错误的选择。"

阿络卡的头部微微晃动一下，表示摇头："不，我并不是指的这个。我的意思是说……"

她沉吟了许久，有些犹豫不决，哈斯明白她的意思："阿络卡也许愿意把这个秘密告诉你，但我作为一个普通的河络，并没有资格同时分享。"

君无行冷笑一声："你告诉她，等到部落彻底灭绝时，所有的秘密都保证不会被任何人知道，那样是不是最好？"

哈斯很为难，但君无行的目光不容他抗拒，最后还是苦着脸将他的话译了出来。没想到阿络卡并没生气，反而叹息一声："你说得对。等到一切都化为尘土时，就再也没有挽救的余地了。"

她接下来说出的话令君无行震惊不已，连哈斯译出这句时面色都很难看："布斯根本就没有烧毁神启，因为那份所谓被封印的神启早已不存在，取而代之的是一份凡人留下的笔记而已。我之所以惩罚他，正是为了让这个秘密不至于泄露出去，让部落子民以为神启依然存在。"

"那已经是我们这个部落初建时的事情了，"阿络卡讲述着久远的历史，"九州是片不安宁的土地，在真神的注视下，发生过太多战争，几乎没有哪个河络部落能够始终保持过去的传统。塔颜部落也是由多个被战火摧毁的小部落残余合并起来的，比较巧合的是，最初构成它的四个部落都有研习星相的传统，因此倒也传承了不少相关的知识。四个部落的星相学相互交融贯通，慢慢成了一个独特的流派，开始为外界所关注。"

"关于神启，我并不强求你们外族人相信它，因为信仰本身就是绝不能强迫的，你就姑且把它当作一种远古流传下来的祖训好了。我们河络信奉真神，相信神启能够指导我们的身体和心灵……"

这番话几乎和王川当时说的一模一样，看来河络都有这毛病，三句话不提到真神就难受，君无行仍然只能耐着性子听下去，幸好阿络卡很快切入正题："……大约在两百年前，塔颜部落出现了一位难得的奇才。有人说他可以媲美一代星相大师古风尘。他在十四岁时就已经是全部落星相学第一人了，不过他最擅长的却是算学。"

君无行听到算学，喉头嚅动了一下。哈斯奇怪地望他一眼，接着翻译："那个人在二十岁那年，遭遇到了一个无法解开的难题，那个难题天天折磨着他，令他吃不下、睡不着。那时候部落中人看着这位天才瘦得像骷髅一样，都心急如焚，幸好一个月之后，他突然开始大吃大喝，下定决心要到九州各地游历，以便解开这道难题。虽然这仍然是一个让人哭笑不得的举动，但总比眼睁睁看着他死去要强。"

"于是他就开始游历了，走访了九州几乎所有有名望的星相师和算学家，这一去就是十七八个年头。当他回来时，虽然年纪还不到四十，但是佝偻着背，满面皱纹，头发也全都掉光了，看上去活像六十岁的老人，可想而知他这些年来所耗费的心力。而他回来之后，也并没有和部落中人多说话，只是让他们到部落的防卫线之外，替他把行李搬进去。"

"那所谓的行李把所有人都吓了一跳。虽然当时塔颜部落的位置还没有现在这么隐秘，偶尔也会有人类接近，但几十个人类脚夫，每一个挑着满满两大担子东西，还是有点离谱。大家用骑鼠运了若干趟，总算把东西都放进了一间空的大石室。随后他就把自己关进了那间石室，不许任何人进去。同族们对他的奇怪行径倒也习以为常，除了给他送饭，并没有谁去打扰他。"

"倒是他主动出来过一次，居然找到了当时的阿络卡，要求借阅神启。这个要求对他的身份来说不算过分，阿络卡虽然有些犹豫，但也希望他能借此在星相学上有所突破，终于还是答应了。但并不允许他拿走神启，他只能到密室中自行观看，需要阿络卡在旁陪同。"

"这可糟糕了，"君无行听到这里终于忍不住说，"他要是发起疯来，神启岂不是都完蛋了？"

"事实如此，"阿络卡叹息着说，"那一天他刚刚被放进去不到半个对时，门外的卫士就听到门里传出他的狂笑声，那声音歇斯底里，完全失去了理性，而阿络卡没有发出任何声音。他们意识到不对，赶忙违禁冲了进去，却发现……发现阿络卡已经被活活掐死！"

君无行微微摇头，似乎早已猜到这个结局，阿络卡的话语中充满了悲伤："而所有的神启，全部被他撕成碎片，然后点火烧掉了。当卫士们制伏他的时候，他嘴里反反复复地叫喊着：'都是假的，根本没有真神，都是假的！'反复喊了几十声后，他也断气身亡了。但是在那些灰烬之外，还有一本小册子，上面是他的笔迹。"

"那本小册子，想必就是后来被你们冒充神启收藏起来的东西了？"君无行问，"那上面记载的，一定也就是他这些年来所苦思的那道谜题了？那到底是什么，为什么你们会把它收藏起来？"

这正是问题的关键，也是一切谜团、冲突、阴谋、背叛的起源。河络天才的发疯、君微言的苦心设计、星相师们的尸体、黎耀的追杀，都是为这本小册子。阿络卡正准备回答，突然间一阵猛烈咳嗽，随侍的河络替她擦嘴，手绢上血迹斑斑。哈斯一脸忧虑："阿络卡一直病得很重，刚才和你说了那么久的话，已经够累了。让她休息休息，明天再说吧。"

君无行还没回答，阿络卡却已经猜到了他刚才说的是什么。她疲惫地呼出了几口气，对哈斯说："我可能已经活不长了。这个年轻人，也许真的能帮助我们，所以我就算是累死，也必须说。"

哈斯眼里含着泪花，不敢违抗命令，只能点头。阿络卡思索了一阵，仿佛是不知该从何开始解释，最后她问君无行："你对星相学有了解吗？"

这个问题可难于回答。要是在旁人面前，君大师只怕早就开始夸口了，此时却只能谨慎地说："略知一些皮毛，不算精通。"

"那你听说过关于星相学的几条基本定理吗？"

所谓星相学三定律，指的是如下三条：一、星辰的运行都是可以推算的；二、星空之间存在一个使星辰力平衡的守恒量；三、星相师不可自算。这却难不倒君无行。他虽不懂星相，搬出点词条定律来唬人简直是家常便饭，于是回答："这个我知道。"

"对于第三定律，你有什么想法？"阿络卡又问。她的声音已经放得很轻，哈斯要凑到她身前才能听清她说了什么。

"什么想法？"君无行一愣，"我……没什么想法。星相师不能自算……就不能自算呗。"这三条定律一向只是为星相师们所熟知，对普通人所想要询问的星命没太大用处。既然不能拿来蒙人，他虽然背得很熟，却也就很少思考到这三定律的本质。此时阿络卡猝然问起，他还有点反应不过来。

阿络卡微笑着说："没什么想法……没什么想法是好事哪。古风尘不就是想得太多才自己取走了自己的性命吗？"

君无行如受重锤，脑子里一激灵，终于明白了阿络卡提到第三定律又提到古风尘的原因。这位古代最为著名的星相学家，几乎可以说是九州星相学的奠基者，最后是自杀身亡的，理由就在于他自己所发现的星相第三定律。这位一生都在探求星辰与人寰之间关系的大师，在他生命的最后几年中，却恍然发现——自己纵使能推演天地，也无法把握自己的命运。因为任何星相师对自己星命的推演，都会无法避免地将自身也作为一个基本元素，放入到计算体系内。此后每计算任何一件事，这一元素都会因为星相师精神的变化而产生扰动，导致完全无法计算。可怜的古风尘，发现自己无论攀登到怎样的高度，也只能忍受命运摆布，伟大的星相师一怒之下选择了自杀。

"那位河络族的天才……他所遇到的无解难题，也是这第三定律吗？"君无行的声音有些微微发颤，他已经隐约想到了其中的关窍，真相正在露出它无比狰狞恐怖的面貌。如果一切都如他所猜测的话，养父所付出的代价，也许再怎么沉重都一点也不过分。如果第三定律真的已经被破解，那么……

人们将有可能精确地预测自己的命运和未来。而一旦这一成果散播开来，会给九州众生带来怎样的冲击和困扰，君无行几乎不敢想象。

3

南淮城的人们说起黎耀的弟弟黎鸿，都怀有一种很复杂的情绪。一方面这个人是个瞎子，脾气又坏，还专好吃喝嫖赌，具备了一切让人看不起的特质；但另一方面，他很有钱。虽然黎耀没有让他插手半点家族生意，但以黎氏的家业，养着他花天酒地还是没任何问题，这又让人无比地嫉妒。

最让人嫉妒的是这个惹人讨厌的瞎子偏偏总是走桃花运，连遭逢刺客都能坏事变好事。几天之前，瞎子到城东很有名的鹤清楼去喝酒，遇到一个女刺客要杀他——当然也未必是真想杀他，因为这么一个与他人没什么利害冲突的人，有必要杀吗？很有可能只是想要抓住他用来胁迫他的哥哥黎耀而已。

当然了，刺杀也罢，绑架也罢，最后的结果是，该刺客并未如愿，反而被他生擒了。这个故事的重点在于，这是名漂亮的女刺客，无疑非常合黎鸿的胃口。传播这个故事的人无不扼腕叹息："怎么又让这讨厌的瞎子占了便宜？"

然而又过了两天，一个比较解气的新闻传了出来：那个女刺客不是善茬儿，不知用什么办法，居然在被抓回黎府之后还能出手袭击。最后在一场火并中，女刺客死了，黎鸿好像也受了伤。后来女刺客血肉模糊的尸体被拖出去时，黎鸿也气哼哼地捂着脸去找了他的哥哥黎耀，据说他脸上被狠狠咬了一口。

"你找黎耀说什么了？"雷冰问。

"当然是无理取闹了，"黎鸿一笑，"我指责他四处树敌，搞得敌人来伤我，还把这牙印指给他看。"

他下意识地抚摩脸上的伤口："不过你这一口也真够狠的，就不能留点力吗？"

雷冰耸耸肩："比起我的朋友差点一箭把楚净风射死，我已经算相当温柔了。"

"比起这一口，你在鹤清楼里那一下才真叫狠，"黎鸿说，"事先不打任何招呼，上来就下重手，也亏得是我耳朵灵，换了别人只怕就中招了。你为什么不事先告诉我一声呢？"

"我和你进行任何接触，都有可能被黎耀发现，"雷冰操着老江湖的口吻，"只有这种偶然的巧遇、偶然的出手，才能达到'有预谋，无安排'

的境界。"

黎鸿点点头："有预谋，无安排，倒的确是个很好的准则。那么敢问雷小姐，万一你一着不慎取了我区区性命，那该怎么办呢？"

"以我的身手，没这种可能。"雷冰气哼哼地回答。现在她的脸上涂满了药物，已经变成了一个黑黑瘦瘦的中年男人模样——羽人的身材比人类略高，她也只有扮作男人才会看起来不那么显眼。

"我们上一次会面太匆忙了，"雷冰说，"关于你哥哥，我还有很多事情不明白。"

"连我自己都不明白，"黎鸿叹息着说，"从小到大，我根本就很难有机会和他说话。偶尔见面的时候，他也很不愿意和我说话，唯一能做的就是给我开金票，让我只管去花钱。你知道，想要击败一个敌人，就必须先了解他，但是我没有得到半点机会去了解他。"

"我又不能表现出对生意有兴趣，所以只能装出一副狐假虎威的德行，经常到我们黎氏名下的产业里去转转。但我天生眼盲，很多东西无法看到，又不能明确提问，唯一能弄明白的大概就是：黎氏的产业一直在莫名其妙地赚钱。"

"莫名其妙地赚钱？"雷冰重复了一遍，"什么意思？"

"意思就是说，钱就好像从天上掉下来的一样，"黎鸿皱着眉头说，"做生意是一样非常麻烦而烦琐并且风险很大的行当，你眼里风光无限的富商们，都有过艰难的发迹史。即便我们黎家这样世代经商的，要维持生意也需要付出相当的心血。举个简单的例子，比如你想把江南的水稻卖到江北，就得事先调查好两地的产量、价格、需求量，并根据民生推测未来的价格走势，否则说不定你兴冲冲地把粮食运过去，才发现那边正在一路跌价。"

"但是黎耀做生意根本不花心力，你是说这个意思吗？"雷冰想到，"你上次好像和我说过，'我这位大哥经商如有神助，连两三年后的行情波动都能精确把握。'"

黎鸿苦笑一声："基本如此，要说绝对不赔，那倒也不是，只是赚得太不正常了。事情就是那么奇怪，有时候明明是看上去稳赔的生意，最后也会突然出现一个急缺该货品的买家，以不错的价格把它拿走。这已经不能用天才来形容了，这几乎就是……先知。"

雷冰听到"先知"两个字，心里"咯噔"一跳，似乎是想起了什么，但又抓不住具体的思路。黎鸿虽然看不见她的脸色，却也能猜到她在想些什么："你已经想到了吧？我之前也一直在困惑，不明白他为什么那么神奇，直到在中州遇见你们俩，听说了那个河络部落的事情，才恍然大悟。"

他一面说着，一面推开了窗户。日已西沉，一阵凉爽的夜风拂面而来，将夏虫的喧闹送入耳中。如果雷冰这时候面对着黎鸿，将会看到他的脸上充满了落寞之情。这样的表情，南淮城里从来没有人在黎二公子脸上看到过。

"许多时候我真是嫉妒你们这些能见到光明的人，"他感叹着，"我一次次在心里想象着，夜空是什么样的，璀璨的星河会有多么华美而庄严，但我永远、永远也无法目睹它的真容。"

雷冰心里一阵同情。这个富家公子在人前飞扬跋扈，在她与君无行面前风度翩翩、气质非凡，但他天生的缺陷却永不可能弥补。一双能看到东西的眼睛，对旁人而言只是正常的拥有，对这位家世显赫的公子而言，却是无法触及的巨大财富。

黎鸿转过头来，表情已经恢复平静："我的哥哥是个唯利是图的人，星相学这门学问，要是按他的性子，理应不屑一顾才对。如果他会对星相学产生浓厚的兴趣，甚至不惜下大代价追杀与之相关的人，那只有一种可能，那就是星相能给他带来巨额的财富。"

"那就是说，通过星相学来……预测未来？"雷冰的声调与其说吃惊，不如说是讥讽，"我所认识的一位专业在天启城算命的星相大师曾告诉我，星相与人寰的对应是复杂多变的，理论上说，预测星命只能划定一个大势，却绝不可能精确到江南的水稻运到江北会不会赔。他说似乎是有一个什么定律，但没细讲，我也不明白。"

黎鸿宽容地笑了："真是很难想象你竟然是雷虞博的孙女。那个定律叫作'星相师不可自算准则'，大意是说星相师无法预测自身的未来。而这条定律推而广之，基本上否定了通过星相师的帮助来改变一个人的人生之路的可能性，因为星相师的每一次测算，都会对未来产生影响。这条定律的存在，使得君王们依赖星相师的预言去打仗、商人们依赖星相师的预言赚钱变为不可能。"

雷冰思索了一会儿黎鸿这番话，忽然间身子一震，脸色变得惨白："我知道了！十五年前，我爷爷他们聚集在塔颜部落，一定是找到了什么方法可以破解这条禁锢！如果这条定律真的被打破的话……真的被打破的话……"

她说不下去了。如果命运之轮从此不再掌握在神的手中，而是可以由凡人的手指来拨动，那这个世界将会变成什么样？她重新回想起祖父雷虞博当年离家之前的神情，终于明白了祖父那时候的心情是怎么样的。祖父的那张脸上，带着深深的期待与狂喜，同时却也有着浓重的恐惧与犹疑。毫无疑问，对于这样一个可怕的发现，即便是一向处变不惊的祖父也会难以承受。

她终于慢慢将一个个看似孤立的事件联系起来了：塔颜部落的河络发现了一种方法，或者说找到了某种思路，能够打破星相学第三定律，于是邀请了六位最有名望的星相学家一同前往研究。在最终的结论得出时，其中的一个人策划了那起凶杀案，而他这样做有两种目的，要么是将这个吉凶难测的成果永远掩埋起来，使之不为人知；要么就是独吞这个成果，成为世间唯一能预言未来的人。

如果是前者，以祖父的性格，说不定真的会做出那样的举动，但如果是那样，他一定不会逃走，而是会自己也自尽身死，与其他的星相师葬在一起。而事实是，杀人者逃走了，还卷走了大批资料，所以祖父的清白在雷冰心中已经可以确认了，虽然要说服外人仍然需要证据。

"我相信你的判断，"黎鸿说，"那次与你们会面后，我详细调查了七名星相师的背景。令祖父一生谨小慎微，事发时年事已高并且儿孙满堂，应该不会有这个动机。"

"而且当时他已经重病在身，"雷冰补充说，"所以一定是另外一人策划了此事，而最后……难道那个成果被你哥哥利用了？"

黎鸿并没有正面回答:"陪我出去逛逛吧,我虽然看不见,但你可以用你的眼睛去判断一些东西。"

雷冰摸摸自己这张尖嘴缩腮的假脸,确认没人能看出破绽,挺起胸膛跟在黎鸿后面出了门。黎二公子带着她登上华丽的马车,车夫作狗仗人势状恶狠狠地挥舞着马鞭,驾车闯入南淮城刚刚开始的夜间生活中。黎二公子所到之处,商家都诚惶诚恐,热情招呼,可见他老人家的声望之隆。当他一本正经地在灯红酒绿之所坐下,大嚷着"把最好的舞姬都给我叫出来"时,人们脸上的表情各异,或讥嘲,或鄙夷,或恶心,或愤怒,或因为又有笑话看了而兴奋。

只有雷冰在心里怀着深切的悲哀。她知道黎鸿真正的内心中对光明的渴望,但此刻他却把这种渴望完全掩盖在了粗鲁放浪的外表之下,没有人能触摸到他潜藏已久的伤痕。她忽然想到,这个终究无法亲眼看到整个世界的男人,如此费尽心机地伪装、谋划,即便最后真的能战胜自己的兄长,他所得到的,又会比现在更多吗?也许只是因为他是黎氏的后人,血液中不能服输的天性在起着作用吧。

在这种说不清道不明的忧郁中,雷冰眼看着黎鸿酩酊大醉了,当然这种醉必然只是一种夸张、一种表演,但谁能保证他心里就没有一点借酒浇愁的意思呢?

最后这位改头换面的跟班随着黎二公子把他常逛的地方都走了个遍,二公子醉醺醺地跳上马车,伸手指了个方向,车夫却径直向着他所指的相反的方向驶去。

"喂,走错了!"雷冰提醒车夫。

车夫咧嘴一笑:"没错。你新来的吧?二公子喝多了,每次都是胡乱指方向,但我知道他想要去什么地方。每次他都要去那个地方,说是热了,吹吹风,冬天也不例外。"

马车晃晃悠悠,伴随着黎二公子"再来一壶"的胡言乱语,很快拉到了车夫所说的吹风的地方。这地方果然能吹风——因为它正好位于南淮城城内的最高处、一座废弃的观星台上。这座建在山顶的观星台的建造历史已然不可考，只有零星的记载可以说明它的存在至少超过八百年。后来据说是有星相师称其位置选得不好，正好与帝星相冲，遂被国主废掉，如今留下来的，只不过是空空如也的遗迹。但这一片地是属于黎氏的，因此这个废弃的观星台也归黎氏所有。黎鸿黎二公子想要找一个风大的地方，到观星台顶上倒是最合适不可。

跟班雷冰不明所以，还是跟着黎鸿登上去了，车夫知趣地留在车上。这座主体由青石砖砌成的观星台已经残破不堪，四处可见裂缝与掉落下来的碎砖，虽然由于属于黎氏的产业，不至于有顽童进去乱涂乱画，也可见其颓势。黎鸿看来对观星台已是熟门熟路，虽然脚步故作踉踉跄跄，仍然准确地摸到了那座用来测量日影的日晷旁，将身子靠了上去。

"你们羽人能飞，将大地上的一切尽收眼底，人类却没有这个本事，所以才有一句话叫作'站得高，看得远'，"身边没有旁人，黎鸿的话语里已经不带半点醉意，"可惜我是个瞎子，看不见，只能借助别人的眼睛。你站到最高处，向着城东北看去，应该很容易就可以找到我大哥的居所。喏，这个给你。"他一面说着，一面递给雷冰一个长长的圆筒，那是河络磨制的千里镜。

黎家并不像其他的富贵之家，喜欢一大家子人住在一个可以拿来点兵的大宅院里。黎耀自从接管家族那一天起，就搬出了大院，自己单独居住。站在观星台的最高处，眼睛对着千里镜，可以很容易在辉煌的灯火中寻找到黎耀的大院，因为它的防卫措施大大的与众不同。普通有钱人充其量豢养一些护院家丁也就罢了，黎耀却高筑院墙、修建岗哨、深挖沟渠，愣是把一座原本应当富贵大气的宅院变成了军营模样。

"一般人不会被允许进入到这里，"黎鸿在背后说，"我倒是经常来，可又看不到，所以我大哥慢慢也就不在意了。看到点什么了吗？"

雷冰的语调十分困惑："很奇怪。那座院子里，其他地方都空空荡荡没什么东西，为什么最中间的大院地上补建了一座那么大的大棚子？四四方方的，白色的……"

"不对，不是棚子，是用砖石砌成的，还是一座房屋！但是也太大了吧，能塞进一窝狰，和整个院子的建筑风格完全不搭调啊！难道里面……"
她被自己的猜想吓了一跳："难道里面藏的都是军队？黎耀想要谋反？"

黎鸿乐了："那些房子里面就算人叠人，也不会藏下超过一千个人吧。一千人就足够谋反吗？"

"说不定还有河络帮他挖了地下兵营……"雷冰还要嘴硬，随即发现自己的猜测太过匪夷所思，快快地住了口。过了一会儿她又大惊小怪地叫了起来："那么晚了，黎府里到处都黑灯瞎火的，怎么这座房子还亮着灯？"她又开始胡猜，"是不是他在里面试制一些新武器？新毒药？"

黎鸿这次没有笑她："其实我也曾这么猜过。我早就觉得，大哥那样躲着其他人，不只是因为他担心自己的安全，一定还想要隐藏点什么。当发现这些房屋的存在后，我就一直在想办法去摸摸底细。但是我大哥对这座石头房子的看守比对自己的保护还要严密，我可以找到机会和他见面，却决不被允许进入他的住所。"

"显然最后你想出了办法。"

"没有，我并没有想到办法进去，"黎鸿的话语中有一丝得意，"但我有办法收买进去过的人。南淮城有一个名医，医术精湛，和我大哥交往甚密，但大哥并不知道，此人曾有重大把柄在我手里，所以对我言听计从。大约七八年前，他得到一个奇怪的邀请，大哥要他进入住所瞧病。这件事很不寻常，因为以往诊疗，都是在他自己的诊所或其他地方，从没到过黎宅。于是我叮嘱他留意观察。"

"他进去的时候被蒙着眼睛，直到进入某个房间为止，但看病总不能还蒙着眼睛吧？他见到了病人，是一个面色苍白、昏迷不醒的瘦弱男人，一看就知道缺乏锻炼、常年不见阳光。而且那个人手上有厚厚的茧子，衣袖上打着补丁，肯定是从事文书抄写一类工作的。那个人的病症倒是很简单，大夫一眼就看出他是由于经年累月的疲劳工作，身体已经完全透支，说起来好像没什么，实际上无药可医。"

"那位大夫一心想要讨好我，看到这种状况，就想了个冒险的主意。他直截了当地告诉我大哥的管家，这个人已经活不了了，然后偷偷在那人嘴里滴入了几滴假死药水。我随后立即派人严密监视宅院附近的动向，当天夜里，那具尸体刚刚被扔出去埋掉，就被我的人刨了回来。那位大夫手段确实高明，虽然病人病入膏肓无药可救，仍然用药物吊了小半天的命，我这才知道我大哥究竟做了些什么。"

黎鸿深吸了一口气："那座石头房子的确是用来装人的，但却不是什么士兵杀手，也不是什么炼药师，也不是什么上古怪兽。我大哥在那里禁锢了上百人，全部都是从各地想方设法掠来的普通读书人。那些人大多家境平平，没有背景，即便是失踪了，也很难引起他人的关注。他们被关在里面，也无人知晓。"

"读书人？"雷冰很意外，"他抓一大帮子书呆子干什么？给他填词作赋吗？"

"并不一定要填词作赋才是书呆子的，"黎鸿说，"懂得算学的也行。"

"算学？算什么？"

"那个书呆子自己也不知道，因为交给他们各自计算的都只是一些单独的算式，不汇总分析毫无意义。但是，聪明的雷小姐，我认为现在我们应该能推测得出，他们究竟在算什么。"

雷冰疲惫地喘口气，一屁股坐在地上。她抬头看着闪烁不定的星光，恍惚中仿佛回到了幼年，回到了自己用稚气的声音向祖父提问的时候。

"爷爷，你成天看星星，星星能告诉你什么？"年幼的雷冰问，"可以发大财吗？可以做大官吗？"

祖父看着自己人小志大的孙女，微微一乐："星星什么都带不来的，不管是升官还是发财。"

"那你玩它有什么意思……"雷冰噘着嘴，"什么好处都没有嘛！"

祖父摸摸她的小脑袋："我们永远都对未知的事物充满渴望，并且期望能把握自己的命运，但命运这种东西，原本就是无法预知的。星相学所追求的，与其说是真实的命运，不如说是身之所安，心之所栖。指导你前行的并非是遥远的星光，而是你内心的执着。"

这话对小孩儿而言太深奥了，雷冰甩下"听不懂"三个字，转身跑开抓树上的松毛虫去了。十多年后再想起这番话，雷冰的心中充满了悲哀。

"那个倒霉的书呆子临死前说，他们的运算量相当惊人，因为他们所采用的工具，是河络发明的一种高明的机械，代替人工使用算筹，所以每一个人所能完成的运算量，基本相当于二十个人工。一百多个人，大致就相当于两千多人的计算量。"黎鸿又说。

"用两千多个人来计算……"雷冰叹了口气，"看来未来也不是那么好把握的。"

4

阿络卡终于由于疲累而沉沉睡去，但她所说的话，对于君无行了解真相已经足够了。君无行退了出去，一时半会儿还有些没回过神来，邱韵问："你听到了什么？怎么和全身钱被抢光了似的？"

君无行长叹一声："我倒宁愿我的钱被抢光。"他把阿络卡的话转述出来，邱韵也听呆了，半晌无语。

"所以当年我的养父才会那么执着地追寻那份假神启啊，"君无行说，"同样的，也只有这件事才能像磁石一样把所谓的'星学七圣'全部吸引到越州来，把命运捏在自己的手掌心，那是任何的财富或者权势都无法比拟的巨大诱惑。而到了最后，他会那么残忍地把自己的六位朋友全部杀死，也不足为奇了。"

"可那只是你的猜测，"邱韵说，"还并不能确认就一定是你的养父干的。"

"所以我才想去看看死者们的墓地，"君无行回答，"尽管我已经有九成肯定是君微言这老东西干的，毕竟还需要那最后一成的证据。"

大嘴哈斯领着他们来到墓地，看来有些畏首畏尾。君无行倒挺喜欢这个饶舌的河络："怎么了？害怕鬼魂？"

"也不是，"哈斯回答，"只是站在这里，又想到了当年的惨状。我们的部落，也是因此而分裂的。"

"能说说吗？"君无行问，"我也在奇怪，当年你们部落可不是这副模样。"

"其实说起来也很简单，"哈斯语声低沉，"几年前，为了对长剑布斯的惩罚问题，阿络卡本来就首次受到了部分长老的质疑。你们人类或许推翻这个、颠覆那个已经习惯了，可能不大了解我们河络族，在每一个部落里，阿络卡是受到绝对尊崇、不容置疑的。当有怀疑的声音出现时，就说明问题相当严重了。在当时，长老们普遍认为，答应让外族人借阅神启是非常冒险而亵渎真神的事情，与其这样，宁可毁掉。而布斯固然有重罪，剥夺他的生命也比剥夺他作为一个河络的荣耀要好得多。"

"不过那些质疑的声音当时并没有造成祸患，而且神算德罗坚决地站在阿络卡一边，争执慢慢平息了。几年后，六位星相学家受邀而来，我们还觉得那是部落的光荣呢，毕竟这是星学七圣成名以来，第一次完整地聚在一起。可是等到惨剧发生之后，一切都发生了变化。大师们是在我们部落死的，除了被认定为凶手的雷虞博，其他人的死我们都要负上不可推卸的责任，而神算德罗苏行的去世更是给了我们太过沉重的打击。"

"德罗苏行，唉，用你们人类的话来说，是一个没什么心眼的人，满脑子除了星相学还是星相学，其他的都不怎么懂。像他的助手，本来并非我们部落的人，只是德罗苏行出于机缘巧合所收的学生，那是一个贪欲极重的人，绝非善类，我们都不喜欢他，但他似乎很擅长花言巧语，而且头脑也聪明，颇得德罗的信任。"

君无行听到这个助手的事情，心中一动："这个人失踪之后，你们再也没有找到过他，对吧？"

"是的，当年我们只是急于追赶雷虞博，没有谁留意到他。等后来想起，他早就不见踪影了。"哈斯恨恨地说。

那个跟踪着君微言而去的孤身一人的河络，君无行又想到了这一点，不过他并没有将此事告知哈斯，而是接着问："那么六位星相师死了之后呢？你们内讧了？"

哈斯听到"内讧"这个词有些不明所以，问明白之后叹口气："比内证还严重，直接就是分裂了。多位长老都埋怨阿络卡，认为她不能分辨是非，听信了君微言的蛊惑，才闹出那么大的事来。其实即便阿络卡真是受到蛊惑，那也是德罗苏行劝说的，但德罗苏行一来已经死了，二来又是那种浑浑噩噩的人，长老们觉得要怪也怪不到他头上去，毕竟决定权在阿络卡手里。后来他们发生了激烈的争吵，多位长老不告而别，和我们素有仇怨的几个部落借机入侵，慢慢就衰败成这样了。"

"我明白了，可是我想到一个问题，"君无行皱着眉，"如果那位河络族的先辈所留下的笔记已经被布斯毁掉了，后来又怎么能拿出来吸引六位星相师到来呢？"

"因为那本笔记只烧掉了一半，就被德罗苏行发现了，"哈斯解释说，"德罗是个痴迷星相到骨头里的人，见到那种场面，发疯一样地冲上去，就用自己的手去灭火，为此还受了不轻的烧伤，手上留下去不掉的疤痕。也亏了他，才留下了一半的笔记，不过当时所有人都以为那就是神启罢了。"

邱韵点点头："我明白了。所以后来德罗才软磨硬泡，终于弄得阿络卡答应了请六位星相师来，就是为了合七人的智慧，将烧毁的部分补全？"

"应该是这样，"哈斯回答，"其中具体细节，我就不了解了。我只知道六位贵宾到来后，部落里的长老们多数都并不太欢迎他们，但是阿络卡用'修复神启'的理由去劝说他们，他们也不能表示反对。"

君无行轻叹一声，对河络这个种族的无奈之情溢于言表。邱韵来到了墓碑前："不是说因为尸骨无法区分而合葬吗？为什么会有两个墓？"

哈斯回答："因为夸父炎图的骨头很好辨认，而她碰巧是位女性。按照我们河络的习俗，男女不能合葬一处。"

"难道女夸父还能和外族搞出点事来不成？"君无行小声嘀咕一句，被邱韵轻轻一掐，只好住嘴，将视线移向两块墓碑。他很快被墓碑上的图案所吸引："这些图是什么意思？"

"那是最早期的河络象形文字，在一些特殊场合仍然使用，"哈斯回答，"这两个图案分别代表男性和女性。"

"为什么女性是盘腿而坐、男性却站着呢？"君无行刨根问底。

哈斯笑了："因为女性在河络族中地位尊崇，她们都坐着，而男性需要出力气劳动。"

"真是不公平。"君无行又嘀咕一句。他似乎不再关注坟墓里的尸骨了，而是兴致盎然地蹲下来，看着女夸父炎图墓碑上的图案，感叹着："幸好老子不是河络。"

炎图的坟墓不必动了，很快几位男性星相师的坟墓被挖开，除了神算德罗的骨头明显小几号，其他那些乱糟糟的骨骼的确完全无法分辨。不过君无行有备而来，只是检查每具尸体的颅骨，最后他长出了一口气："我终于可以确定了，我的养父君微言肯定不在这里。"

"他的头骨上会有印记，对吗？"邱韵问。她一直观察着君无行的动作，见到他只关心颅骨，大致猜出点端倪。

"对，他的脑袋被驴踢过。"君无行信口回答。等到看到对方面色不善，才赶忙补充："真的是被驴踢过。有一次他骑着驴和一个侯爷同行，遇到了刺杀侯爷的刺客，侯爷没事，他的驴受惊把他跌下去了，然后给了他一脚。不过现在我知道他身上是有功夫的，当时肯定是故意假装文弱，没想到驴子不开眼偏冲着脑袋下脚。"

他的语声幸灾乐祸，全无半分亲情，邱韵微微摇头："虽然他心地不好，但毕竟你也是他养大的。"

君无行扮个鬼脸："真没看出，你还是挺重感情的人。"他忽然大惊小怪地叫了起来："我知道了！当时他们还没有成功！"

"你知道什么了？"邱韵被吓了一跳。

"我知道雷虞博死后，雷家的星图被盗是怎么回事了！"君无行大嚷起来，"他们并没有完成最后的计算，否则根本用不着雷家的星图。正是因为那个计算结果不完善，所以逃离塔颜部落之后，他还需要去宁州抢夺雷家的星图，然后他才投靠了黎耀，或者说操纵了黎耀。"

"那现在……现在得到了星图，成功了吗？"哈斯小心翼翼地问。他并未听君无行讲过星图失窃的事情，但只要听到事情还有转机，心里便燃起一丝希望。

君无行没有回答他，只是喃喃自语："可是究竟是谁呢？那个站在黎耀身后的、抢走了全部成果的人，会是谁呢？是把我养大的可亲可爱的养父，还是那个神算德罗的助手呢？"

5

南淮城。

当山顶上的人用千里镜看着山下时，山下也有人在用千里镜向上看。

"看来他们已经快要猜到了，"山下的人自言自语，"时间不多了。"

第九章
越狱·赌局

1

南淮城的秋季总是给人一种凝滞的感觉。当盛夏的暑热渐渐散去，秋的脚步临近时，那懒洋洋的日光照得人们仿佛连脚步都不由自主放慢了。

不知为何，纬苍然一直没有被处死，据说是因为国主下令，要从他口中问出更多的情报，毕竟虎翼司派出来的人员已经够得上高级间谍的标准了。当然雷冰知道，想从这个人嘴里问出点什么无异于痴人说梦，不过倒也暂时松了口气。然而不掀翻黎耀，她始终也没能想到有什么法子把他捞出来。

人言换季的时候最容易伤风感冒，雷冰不信，于是为了这个不信付出了代价。伤风感冒看起来不是什么了不得的病，但不管什么神医神药都没办法给你迅速治愈，所以她只能躺在床上郁闷。

黎鸿过来看望她，带来一堆时鲜水果，其中居然有加急快马送来的宁州特产，让雷冰一时半会儿也难免羡慕真正的有钱人。等她吃完了半个瓜，黎鸿轻描淡写地说："明天我就要走了。"

"走？去哪儿？"雷冰一时没反应过来。

"我大哥不知道怎么的，似乎是突然开始重视我了，"黎鸿的脸上并没有什么表情，"他委派我到宛南的白水城，替他处理一笔生意。"

"这是什么意思？"雷冰很意外，"这可不是他的行事作风。"

"肯定不是好事呗，"黎鸿依然懒洋洋地说，"我只能确定一点，他一定对我产生了疑心。我大哥做事，一向雷厉风行，这么做的目的，要么是为了把我支开，他好在南淮城搞点什么；要么就是想要在半道上把我除掉。也许就是那天夜里我带你到山顶，被他发现了。"

"那怎么办？"雷冰将手里刚捡起来的葡萄一扔，"我们是不是得和他干一架？"

黎鸿捏捏鼻子："除了打架你还能想到点什么……不必想打，没有胜算的。"

"那怎么办，干等着他把你干掉？"雷冰急了。黎鸿摇摇手指："别着急。越是危险的境地，越不能着急。"

"不着急也总得有应对措施啊，"雷冰嘀咕着，"难道坐以待毙？"

"谁说坐以待毙？"黎鸿笑笑，"我们要在路上行走，充其量算作行以待毙。"

"坐马车也算坐！"雷冰非要在口头上讨点便宜，"不过你说'我们'，意思是我也得跟你同去？"

"免得你留在南淮捣乱！"黎鸿板着脸说。他随即感到雷冰身上散发出一阵杀气，忙改口："其实我是需要你帮我忙。真要打架的话，你的功夫还是很不错的。"

"这还差不多。"

雷冰虽然嘴硬，走在路上时才感到深深地不安。黎鸿为了继续伪装，除掉雷冰等寥寥几个贴身跟班外，身边并不能带自己暗中培植的好手，而是任由黎耀指派人选，这使得他的一切行动都处于黎耀的监控之中。

不过黎鸿始终不慌不忙，在雷冰看来是胸有成竹，在外人看来是十足草包。他一路上不断叽叽歪歪地挑剔着队伍行路太慢，"这样岂不会贻误商机你们真是群废物"；队伍速度加快他又会更大声地抱怨，"你们这么急干什么前面有骨头等着你们去啃吗"。总而言之横竖都是黎二公子有理。不过这帮人倒是耐心得要命，二公子说走就走，说停就停，没半句抱怨。然而不管黎鸿要跑到什么地方，他们一定会不远不近地吊在屁股后面。

"这帮人都是老手，"雷冰感慨说，"沉得住气，随便你干什么都行，就是不让你溜掉。"

黎鸿淡淡地说："那是自然。我溜掉了，他们的脑袋就得溜掉。"

雷冰默然不语，只能暗中戒备。但对方一点都不着急，转眼走出三天了，也没有动手的迹象。白水和南淮相距不远，尽管黎鸿沿途拖延，眼看也就快要到了。难道黎耀其实并未安什么坏心？她有点糊涂了。

如是平安进入白水城。城如其名，白水虽然繁华程度不及南淮，却由于依江而建，常年都笼罩在淡淡的水汽中。在白水城里说话，都不得不扯着嗓门，否则在隆隆的水声中根本听不清。

"耳朵都要震聋了！"雷冰在黎鸿耳边喊道，"晚上怎么睡觉啊？"

"我比你还惨，"黎鸿耸耸肩，"别忘了我们瞎子耳朵比你们灵光。"

雷冰无话可说。不过到了夜间就寝时，她却从那烦人不已的水声中隐约听到隔壁传来的门响——看来黎二公子压根不打算睡。无论在什么地方，寻欢作乐都是他的生活主旋律。雷冰叹口气，懒得去管，但她很快想到：在灯红酒绿之所，乔装改扮后制造一点混乱，弄死黎鸿是很轻易的，而且还可以推卸责任。难怪这帮孙子路上不动手，一定要进入白水呢。

她一下子睡意全消，赶忙追了出去。秋夜的凉意混合着弥漫于全城的水汽，让她连打了好几个喷嚏，等到揉完眼睛，黎鸿的马车已经消失于雾色中，她也不好在人类的地方贸然起飞。好在白水城小，很容易打听到最著名的娱乐场所在什么地方。

边问路边前行，当找到那座叫"白水苑"的酒楼时，她一眼就认出了那辆华丽得很扎眼的马车。然而还没跨入酒楼的门，她忽然发现几个矫健的身影从不同的方向直接蹿上了二楼，破窗而入。

她直觉感到此事和黎鸿有关，左右看看，趁着夜色掩护拖过一个路过的男人，将这个倒霉蛋打晕，然后剥下他的衣服穿上。她把头埋得低低的，伪装成酒客混了进去，只见酒楼里一片混乱、碗碟碎片与酒水汤汁飞溅。很快两具尸体从二楼上摔下来，"啪"的一声砸在大堂地面上。雷冰从服色认出，这是黎鸿的两名贴身保镖，功夫不弱，但此刻都成了挺尸。

果然和黎鸿有关！雷冰几乎就想冲将上去，幸好在这些日子经历诸事后，她的头脑已经冷静了许多。她装作看热闹的，粗着嗓子向旁人打探发生了什么。

酒客们大多茫然，好在有一个刚从楼上连滚带爬逃下来的胖子正在惊魂未定地讲述着："……那个瞎子的两个跟班，喏，就是现在躺地上那两口，就和疯了一样，突然就出手杀自己同桌的同伴。真杀哪！下手可狠咧！那个瞎子更不得了，趁着他们打架，推开窗户就跳下去了！也亏他眼睛看不见还认得那么准……"

"他干吗？要寻短见吗？"雷冰故意茫然地问。

"才不是！"胖子把头摇得好似拨浪鼓，"楼下早就被备好了一辆车，他正掉进了车里，然后马车飞也似的跑了！"

雷冰陪着大家乱哄哄议论几句，听清楚了马车的去向，随即不动声色地溜出去。刚一出去，她就不顾一切地凝出羽翼，在湿漉漉的空气中高飞而起。

一路紧追下去，她终于找到了逃亡的马车和马车后穷追不舍的追兵们。马车的速度毕竟不如快马，虽然先发，此时已经被追上。眼见着马车已经被勒住，那些寒光闪闪的兵器就要捅到车里了，雷冰毫不犹豫，张开了弓。当地面上的杀手们听到弓弦响时已经晚了。

这就是人类即便到了和平年代也始终对羽人心怀畏惧的原因。地面上的人再有力量，面对着居高临下的攻击总是应对乏术，况且羽人向来以弓术精湛著称，高飞远射，很少失手。

第一名被杀死的追击者正在砸破马车的板壁。这是个肌肉纠结的大力士，一拳砸下去，木板应声而裂，然而第二拳刚刚挥出，他就大吼一声，栽倒在地上。

一支箭，一支长箭，正插在他的后脑上，箭头已经没入了头颅中。他身边的同伴只是扭过头来看了他一眼，还没反应过来，第二支箭射入了这名同伴的颈部要害。

第三支箭射出时，下方的追击者们已经有了反应，忙拿好武器准备格挡。但飞在半空中的羽人身法实在太过灵活，出箭又太过迅速，而且最糟糕的是，那永不消逝的水声打扰了他们对弓弦响的捕捉。转眼之间，又有两三人中箭受伤。

人们不得不纷纷缩身于马车之下寻找掩护，这却正中了雷冰的下怀。她突然俯冲而下，从已经被砸破的车厢里拖出黎鸿，在人们拦截之前，已经迅速飞远。下方的人们只能空咋呼，却也无力追赶。

雷冰飞了一阵，感觉气力耗尽，只能落到地上，收了羽翼。黎鸿重重摔在地上，疼得直哼哼。雷冰却不管不顾，扳过他的头仔细看了看："真像，简直长得一模一样？"

"你说什么？"黎鸿一呆。

"我说黎鸿这个替身选得真不错，"雷冰大声说，"简直和他的真人长得一模一样。"

眼前的"黎鸿"愣了半晌，嘟嘟囔囔地说："你……你怎么猜出来的？"

这说话的口气可就露馅了，真正的黎鸿从来不会用如此犹疑不定的口吻说话，何况此刻他的身体正在像筛糠一般抖动着，显然是个很胆小的家伙。雷冰叹了口气："我只是觉得黎鸿不会用那么笨的办法来逃跑。这样怎么可能跑得掉？"

黎鸿的替身叹了口气："既然已经知道我是假的，那你为什么要来救我？"

"因为我要把这场戏做足，"雷冰回答，"人人都知道我是黎鸿的贴身跟班，如果我不顾一切来救你，总能影响一点对方的判断吧。"

"那你能不能救我逃走？"替身的语声中充满了求生的期待。

雷冰哼了一声："我会尽力做戏救你，但即便你是真的黎鸿，我也不能保证能救得了你。"

替身一脸苦相，好在他双眼已盲，看不到雷冰那不屑的神情。但过了一小会儿，他反而镇定了下来："既然如此，那就只好等死了，反正我活着的目的就是为了等死。"

不等雷冰发问，他就唉声叹气地解释说："我被他选中做替身，已经有快十年了。我常年被关在一座小院里，除了每天晒晒太阳以便保持和黎鸿肤色一致，其他地方一步都不能去。"

雷冰听着这话，不由得生起了一股同情之意，但这假黎鸿接下来的话更是让她心头一震："何况走出去又有什么用？眼睛也被他弄瞎了，什么都看不到了。"

"你……你不是天生眼盲？"她急忙问。

对方苦笑一下："你觉得黎鸿的运气能有那么好？找到一个和他长得一模一样的人，还碰巧也是个瞎子？"

说到"瞎子"两个字的时候，他的怨毒之意已经不可抑制。雷冰默然无语，脑子里一片乱纷纷的。一直以来，她都在下意识中把站在同一阵线的黎鸿当作"好人"，而黎鸿对她也还确实不错，始终以礼相待，未曾轻慢。此时见到这个无辜受罪的替身，她才反应过来：黎鸿和乃兄一样，绝非善类。虽然她也明白互相利用的道理，但看着这个替身那双灰蒙蒙的眼珠子，她仍然抑制不住心头的怒意。

如果这位替身的双眼好使唤的话，他将会看到眼前这个女子声音的"中年男人"紧紧握住手中的弓，咬紧了牙齿。可惜他什么也看不到，所以只能听到最后的那一句话："我尽力吧。救你逃走。"

其后的事情大大出乎雷冰的意料。她搀扶着这假黎鸿，老鼠出洞一般贴边溜缝地向着城外逃去，但一路上没有遇到任何阻碍。她开始还在猜测，莫非黎耀是想把他们引出城去再动手，省的费力在城里搜寻。但是直到溜出了白水城，仍然没有见到任何追兵。

"姑娘你真厉害！这么容易就甩掉了他们。"假黎鸿奉承说。他目不能视物，耳朵倒是灵敏，所以雷冰的男人扮相并不能骗到他。

"我们并没有甩掉他们，"雷冰慢吞吞地说，"是他们根本就不想来追我们。"

"什么意思？"

"我也不知道什么意思，容我想想。"雷冰说。她捧着头坐在地上，冥思了半晌，最后低叹一声："我明白了。黎鸿完了。"

"黎鸿完了？"替身一呆，"为什么？"

"因为没人来追我们……"雷冰沮丧地说，"这说明对方已经料到了你并不是真的黎鸿，所以并没有把重心放在咱们身上。而且，敌人行事也是很谨慎的，即便猜到你是假的，按理还是会继续派人来追。倘若完全不追，就只剩下一种可能了。"

她无法掩饰自己内心的失望："真的黎鸿，肯定已经被他们抓住了。"

"那我……"对方低声下气地问。

"我既然答应了，就一定会把你带到安全的地方，"雷冰哼了一声，"废什么话？"

2

踏上宛州土地的那一刻，君无行深深地觉得，自己就像是一直被囚禁在铁笼里的鸟儿，总算是他大爷的被放出来了。其实宛越边境一带的区域，在一般人眼里仍属蛮荒之地，但君无行已经感觉像是进入了天堂。

"瞧你这点出息。"邱韵看着他那眉飞色舞的模样，微微摇头。

君无行手里托着个纸包，里面透出烧鸡的香气。看来他已经馋得不行，但为了在邱韵面前保持体面，强忍住没有当街大嚼。

"越州哪儿有这么上好的宛南烧鸡啊……"他近乎陶醉地说。回过头来见到邱韵的神情，他不禁叹气："这世上就没有什么东西能够打动一下您老吗？"

他与邱韵一路同行至今，已有几个月，天气都开始逐渐转凉了，两人之间的关系仍然没有丝毫的进展。这个女人善解人意，却从来不肯让别人了解自己的心意。每一次君无行试图和她做一些深谈，都被她巧妙地把话题避过去。她就活脱脱像是一个戏台上的戏子，在那些光彩照人的油彩脂粉之下，无人知道其真面目。

不过看来此人的死皮赖脸功力若说天下第二，无人敢认第一。虽然并没有什么机会，他仍然是成天言笑不拘，不断地和邱韵说话，也不怕对方嫌烦。邱韵倒是耐心十足，随便他说什么都听着，并且会不断恰到好处地回一两句，表明她在认真倾听。

"其实我觉得，你要是做杀手，说不定会比秋余还出色。"这一天晚饭时，君无行忽然说。两人坐在一个路边小店里，门外的灰尘毫不客气地往门里挤。

"为什么？"邱韵并没有抬头。

"我听说，仅仅是听说啊，"君无行说，"最优秀的杀手总是能掩盖起自己的真面目，让别人完全无法了解他。"

邱韵并不生气，也没有搭腔，但君无行还是厚着脸皮继续说："人的心情就好比桌上的这只烧鸡，总要分享给他人，才能得到快乐嘛。"

"那么，你不妨把烧鸡分享出去，"邱韵把手往周围一摆，"这店里人数虽然不多，但你这只烧鸡一分，能剩个鸡屁股就不错了。再说……"

"再说什么？"

"既然分享烧鸡就能得到快乐了，那又何必还分享心情呢？"

君无行灰头土脸，还想做点挣扎，表情却忽然间僵住了。邱韵发现了他的异常："你怎么了？"

君无行"嘘"了一声，目光越过邱韵，向前看去。他是对门而坐，方才正在说话时，看到一个行色匆匆的路人走了进来。此人肤色黝黑，身材瘦长，君无行过去只是见过一面，但他记忆力惊人，已经想起了这是谁。

——这个人就是君无行和雷冰与黎鸿初次相遇时，随侍在黎鸿身边的一个人。他并没有参与之前的围攻，而是在之后三人的秘密会面时才出现，显然是黎鸿的亲信之一。此时他孤身一人出现在这个距离南淮城不到百里的地方，不能不引起君无行注意。

君无行简短向邱韵解释了一下，看着那瘦高个买了几个馒头后匆匆离开，忙起身远远跟在后面。此人显然是饿急了，一路走一路狠命把馒头往嘴里塞，君无行甚至听到他噎住了的咳嗽声。他突然意识到：这个人大概是在被人追击，正在逃命。

黎鸿的手下被人追……是什么人追他呢？君无行有一种不祥的预感。他放缓了脚步，索性让此人脱离他的视线。

果然，没过多久，追兵便出现了。君无行闪到路旁，让过他们，然后尾随在他们后面。追兵只有一人，但从脚步可以看出，都是武学深湛的高手，但两人貌似并没有什么跟踪经验，距离保持得相当不好，也不知道隐蔽。

"他们根本不需要遮掩了，"君无行皱着眉头，"摆明了就是要直接追上去动手。"

"所以那个人才一路走一路吞馒头，"邱韵说，"打定主意要赶紧恢复体力和他们打架了。"

君无行停住脚步："那家伙已经不逃了，咱们有热闹瞧啦。"

他带着幸灾乐祸的嘴脸，同邱韵寻觅藏身之所。但此处已是荒野，要找到能隐蔽自己的地方还真不容易。等找到一个小土坡缩身于后，两边已经动上手了。

被追逐者虽然身材瘦削，所用兵器却是一对沉重的铜锤，舞动起来虎虎生风。更加奇怪的是，他的袖子卷到了胳膊上，露出的肌肉分明也是松弛无力，和他正在使用的兵器和招式配起来，说不出的怪异。

"这是个魅，"君无行低声说，"可能是凝聚成型时不大成功，肌肉的形态和人类很不一样，不过力量倒是很足。黎鸿的手底下，看来也招募了不少异士啊！"

与这个魅搏斗的两名对手一个是名剑客，另一个则是长于操纵金属的裂章术士，两人之间的配合相当默契。那名裂章术士不断使用秘术增强剑的硬度，本来锤剑相击，轻薄的剑应当吃亏，但数招过去，铜锤上居然被磕出了不少小缺口。

而这位裂章术士也伺机偷袭，不时遥遥操控魅手中的铜锤，干扰他的招数。不过魅族本身就是由精神游丝凝聚而成，原本是九州各族中精神力最强的种族，但是一面动用武力，一面还要与秘术对抗，实在是有些强人所难。与裂章术士配合的剑士下手毫不容情，招招狠辣，他只能横过双锤，以防御为主。好在双锤本来遮挡面积较大，只许稍稍移动，就可以护体。但这样只守不攻，毕竟处于劣势，而精神力的过度消耗也让他有些难以为继。又战了几回合，他脚步稍慢，小腿被削中一剑，登时血流如注。

"你不出手帮他吗？"邱韵问。

"先让他受点伤，"君无行满不在乎地说，"毕竟我和他的主子也只见过一面，他不一定信任我，何况这种死士骨头都硬，单纯施恩，他未必吃我这一套。但一会儿要是他伤到行动不便，就非得求助于我了，到时候想甩掉我也难。"

邱韵微笑："你还真是一肚子坏水。"

说话间，战局又起了变化。魅眼见形势不利，将心一横，突然间改变了战法，不再防守，而是近乎搏命地上前猛攻。剑士与裂章术士看来都猝不及防，一时配合失误，长剑被一锤砸成两半。

魅心里一喜，手中招式更见猛烈，那一对大锤在他手里浑似没有分量，而剑士手中只剩下一柄断剑，左支右绌，眼见不敌。君无行远远望着魅的凌厉招式只攻不守，微微摇头："天下被秘术师干掉的武士，大概都是这么死的吧。"

果然，正当魅全力攻击剑士、意图速战速决时，站在远端的裂章术士却已经悄悄行动起来。他使用秘术操控着地上断掉的剑刃，那断刃猛然间从地上飞起，直插魅的后背。魅倒是临危不乱，回过左手中的铜锤一挡，锤剑相交，他的身体当即一抖，手中的招式立见停滞，剑士却迅速进击，断剑深深刺入了他的小腹。君无行知道，那断刃上附带了裂章系的雷电术，魅一时轻敌，被雷电击中，导致了短暂的无法动弹。

但那个魅顽强非常，恍若没有痛觉，右手铜锤重新舞起来，"啪"的一声，已经将剑士的头颅砸得粉碎。他回过身，就带着插在小腹中的断剑，向裂章术士追去。术士慌了手脚，转身便逃，魅重伤后脚步不灵，堪堪追之不上。

然而术士并没有跑出多远，脚步就像方才魅被电击那样一下子停住了。那一瞬间他感到自己体内的雷电之力突然间发生了衰减，仿佛是被别的什么力量吸走了一样，他试图抗拒这股力量，但越是催动精神力，被吸得就越快。

一个谷玄术士！他的脑子里刹那反应过来，只有谷玄秘术能这样消解他人的精神力。他连忙收敛自身的力量，以便与之相抗，却偏偏忽略了身后还有一个穷凶极恶的追兵。略一迟疑，魅已经赶了上来，从后一记猛击，把他的脊椎打成了数截。他之前与那剑士合力对付敌人，一者武力，一者秘术，没料到自己死时也享受到了同等待遇。

魅停住脚步，艰难地喘息几口，回身大喝："哪位在暗中相助？请现身！"

君无行从藏身处跑出，想要扶住他，但他已经支撑不住，软软地坐在地上。他艰难地抬起头，看了君无行一眼："我见过你。我主人曾邀请过你。"

"没错，"君无行检视了一下他的伤口，"你已经离死不远了，我们长话短说吧。发生了什么事？你主人现在怎样了？"

魅苦笑一声："我的主人……他的异心暴露，已经被黎耀捉住了。我想用不了多久，他就会随我而来。"

他只来得及说完这一句话，生命便已走到了尽头。他的身体渐渐变得透明，渐渐变得轻飘飘没有分量，骨骼、肌肉、毛发开始消失，犹如慢慢化开的浓雾。当他的精神完全毁灭的那一刻，身体也由此消失了。

君无行和邱韵面面相觑。两人赶到下一座市镇打探了一下，大致得知事情经过：黎耀遣黎鸿为他办差，结果黎鸿半路上不知为了何故，居然想开溜，在一个由他的下属经营的酒楼里遁入了暗室躲藏，还故布疑阵安排了替身掩人耳目。然而黎耀的手下经验丰富，找到了暗室，仍然把正主瓮中捉鳖逮了个正着。君无行留意询问了黎鸿身边从人们的下落，得到的回答不容乐观。

"听说都被杀了，"被问者满不在乎地说，"黎大公子的手段可毒呢，斩草必然要除根。"

"但愿她没和黎鸿在一起，"君无行喃喃自语，"所谓傻人有傻福。"

邱韵拍拍他的肩膀："你的朋友既然这么多年来躲过了无数追杀，想来这一次也不会有事，放心吧。只是……这样一来，一个可资借用的臂助就没了。我想这世上不会有比黎鸿更了解他哥哥的弱点之人了。"

"我也正郁闷着呢，"君无行叹气，"没有了黎鸿，我们怎么接近黎耀呢？"

他以手托腮："我去越州的这段时间，发生了好多事情。今天还打听到，几个月前，有一个羽族的官差借办案为名，刺杀了一名羽人叛逆，听说那个人和黎耀来往密切。唉，看来什么事情都和黎耀脱不开干系。"

"那个人好大的胆子，"邱韵若有所思，"敢在黎耀眼皮底下杀死他的重要眼线。他逃脱了吗？"

君无行摇摇头："被抓了。似乎是等着秋后问斩，也快了。"

3

这世上最可怕的事情不是死，而是等死。纬苍然深刻地体会到了这一点。像他这样的人，在做事之前的确可以不计较生死，乃至于豪气干云，但当事情做完，静待死亡临近时，那种不安和恐惧，毕竟还是无法消除的。

当雷冰去探望他时，他总是一副淡然处之、生死置之度外的样子，但雷冰没来时，只有他才知道自己深藏心底的脆弱。他甚至连死神距离自己还有多少步都不知道，却只知道它是实实在在地存在着，藏在黑暗处窥视着自己，耐心地等待着最后的结局。

真难熬啊，纬苍然想，还不如自己审判自己得了。但他终于还是没有这么做，并且出乎他意料的，他等到了一个不可思议的转机。

一个月前，他隔壁的那名杀人犯被拉出去砍了脑袋，囚室空了好长时间。大半个月后，来了一位新邻居。该邻居生得白白净净，一双手十指纤纤，俨然一个闭门造车的酸腐学子，但纬苍然注意到，当他被押进来时，全身上下的镣铐枷锁与其说是锁人，不如说是在锁一头熊。而押送他进来的兵丁居然一个个头上戴着头套，显然是怕被他记住面孔。

作为一个勤于钻研业务的捕快，纬苍然很快在自己的记忆里找出一个名字，与眼前这个重犯对上了号。若说宛越一带有如此威慑力的盗匪，两只手就可以数得清楚，但这些盗匪大多青面獠牙、虎虎生威，长相如此清俊秀气的，大概就只有一个人了：被称为"无心秀士"的余斌品。此人不但长得文气，名字也是温文尔雅，但是在江湖中出道不过半年，就已经得到了"黑心秀士"的雅号，再过一年，"黑心"改成了"无心"，他的残忍凶暴可想而知。纬苍然脑子里印象比较深刻的案件就有三四起，每一起都是骇人听闻的血案。如今这样的凶徒居然被捉拿归案了，纬苍然都不由得要佩服宛州的捕快们。

既然身处闲得无聊的等死过程，纬苍然自然而然地凭着职业本能将观察余斌品当作了日常消遣，两人之间虽隔一墙，但墙上有裂缝，看过去不难。他发现余斌品说起话来也是客客气气，每天狱卒过来送饭，他都会很礼貌地点头道谢，有意思的是，被他致谢的狱卒每每惶恐不安，恨不能多长出一条腿疾奔而逃。

如此过了三天，每天替他送饭的那名狱卒好像是生病告假了，换了个新的来。这位大爷似乎没听说过无心秀士的威名，给饭的时候毫不客气，甚至还故意将勺一歪，把半勺滚烫的稀粥泼到了余斌品的手上。

余斌品就像没有痛觉，既不叫疼也不缩手，从地上抓起一把稻草，慢吞吞擦掉手上的粥，温和地问："这位大爷，小生不知有何处得罪了您？您说出来，我可以改的。"

"你们这些死囚犯，横竖都难逃一死，何不在临死前把自己弄得稍微舒服点呢？"狱卒答非所问，但纬苍然已经猜到他的意图了。这是死囚牢中的狱卒常玩的花样，若是囚犯给他们使点金铢银毫，他们就会让你好过点，甚至于违禁从外面弄些好酒好菜来；但如果不给好处，他们就会尽情地折磨你，反正将死之人也不会有谁去关照。

余斌品微微一笑："您要是早说清楚，不就半点麻烦没有了吗？"他探手入怀，看来是掏摸着什么。狱卒一喜，忙伸手去接。他知道，虽然此处为死囚牢，但天下之事都脱不开"打点"两个字，这个死囚身上能留有钱财，也不足为奇。

死囚的右手慢慢伸了出来，但手中却并没有金币、银币。狱卒一愣神间，那只手已经如闪电般探出，在他的双肩上各点了一下。这两下准确地命中了他气血运行的节点，令他双臂酸麻，暂时不能动弹。

就在狱卒错愕万分之际，余斌品的左手已经从栅栏的缝隙中硬挤过去，捏住了他的下巴，轻轻一用力，"咔吧"一声，下颌应声脱臼。余斌品空出来的右手此时端起了那半碗稀粥，全部倒进了狱卒的嘴里，居然一滴都没有浪费。

狱卒痛得满地打滚，但由于舌头被烫坏了，一时说不清楚话，只能发出野兽般呜呜咽咽的声音，其状颇为凄惨。余斌品却神色不变，轻柔地说："您看，连我的口粮都全部孝敬您了，这样的好处，足见我的诚意了吧？"

此时其余狱卒听到声响，进来将那倒霉蛋救出去，这些平日里作威作福惯了的恶棍，竟然无一人敢对余斌品稍有呵斥，更不必提惩罚了。等他们离开后，余斌品懒洋洋地往床上一靠，忽然听到隔邻有人对他说话："多余了。"

余斌品仍然彬彬有礼地问："请问，什么多余了？"他一面说，一面慢吞吞地来到了两间囚室交界的墙边，双手快速抓握，活动着手指。

"点他双臂，多余，"对方说话很简洁，"耳后有一处，点则晕厥。"

余斌品僵住了，双眼慢慢眯成一条缝。他透过墙缝第一次认真打量起自己的这位邻居，这是个高瘦的羽人，虽然身上的囚服肮脏不堪，但其手脸和头发都打理得干干净净，和一般蓬头垢面毫无生气的死囚不大一样。此时他正躺在床上，面朝着天花板，似乎在思考着什么，但余斌品能够感觉到，他也在观察着自己。

"受教了！"余斌品回答，"不知这位兄台如何称呼？"

"纬苍然，宁州虎翼司高级捕快。"对方回答。

虎翼司？余斌品一怔。他知道羽族的所谓皇朝是由多个城邦联合而成，但虎翼司并不隶属于任何一个城邦，而是由羽皇直属，其中的人物个个绝非一般。他脑子里一激灵，忽然想起了此人的身份："您就是在花船赏上一箭射死了楚净风的那位刺客？"

此后两人开始慢慢熟络起来。这位余斌品向来与官家作对到底，对于纬苍然这种敢在虎口拔牙的人才自然青眼有加。虽然此人惜字如金，他还是乐意与之谈谈说说。两人偶尔交流两句武学，纬苍然的武艺之高也令余斌品颇为注目。

"想逃出去吗？"这一天余斌品突然问。纬苍然听了这话毫不吃惊，倒像是早就在盼着他这么问了，所以答得很干脆："想。"

余斌品笑了起来："从我到这里那天起，你就等着我说这句话吧？你知道凭你一个人的能力不足以越狱，但我手下的力量可以做到这一点，你也知道我这样的人绝不会甘心等死，所以一定会越狱。"

纬苍然毫不犹豫地点点头："你对我有用，我对你同样。"

余斌品拍起手来："爽快！我最喜欢和痛快人打交道，省掉许多虚伪的说辞。那么请你告诉我，你对我的用处在哪里？要知道不必依靠你的力量，我一样可以脱困而出。"

"不在逃狱，而在逃狱后，"纬苍然回答，"我能帮你发财。"

余斌品的眼睛又眯成了一条缝。他听完纬苍然的讲述后，沉思了许久，突然一反常态地爆了一句粗口："干他娘！好大的生意！"

"你不敢？"纬苍然靠在墙缝边斜他一眼。

"你不用激我，"余斌品又恢复了温文尔雅的模样，"这世上我不敢做的事情只怕还没有。"

余斌品的话只说了一半。不但他不敢做的事情少，做不到的事情也很少。连纬苍然自己都没想到，两人这番对话刚刚过去了一天，第二天夜里，他的党羽就动手了，而且用的是一种看似常规、此情此景下却绝对匪夷所思的方式。

"太强。"纬苍然感慨说。

"怎讲？"余斌品笑问，模仿着他的简洁语气。

"如此严密看防，不到十天，一条地道，"纬苍然说，"河络也不过如此。"

余斌品得意非常："这你可说错了。这条地道足足挖了两月有余。"说话间，两人都已从地道里钻了出去。凉爽的秋风吹过，提醒着纬苍然季节的变迁。他仰起头，看着久违了的闪烁星光，心里不可抑制地涌起一阵激动：能活下来，总是一桩大大的好事。

"我早就料到日后必有一天被官府捉拿，"余斌品拍拍他的肩膀，"这条地道在一年半之前就已经挖好了，隔了那么久官府才抓住我，可算是无能。"

"你如何猜到恰好关于此处？"纬苍然问。

"我又不是神，当然猜不到，"余斌品哈哈大笑，"但我能猜到我这样的重犯会被关在哪个级别的监狱里，所以我在这些地方都挖了地道。"

他话锋一转："现在我把你带出来了，你也该带我去发财了。今晚正是最好的机会，他们绝对料不到我刚刚出狱就敢去作案，而且出手就是劫黎氏的金库。不过这正是我的作风啊！"

纬苍然打个手势，当先行进。在雷冰一趟趟来探望他的过程中，他悄悄委托她向黎鸿打探了一些关键的信息，黎氏的金库所在地便是其中之一。

"你打听到了也没用，"雷冰说，"金库所在地本身也不算什么大秘密，关键是那里总是驻扎着几万人，除非你能搬来一支军队，否则是进不去的。"

"驻扎着几万人"云云无疑是夸张的说法，但黎氏金库某种程度上关系着宛州的经济命脉，的确看守严密，除了黎氏自己的人马外，还有官府的驻军。如果在平日里，余斌品势力虽大，毕竟只是草寇，想要打这金库的主意并不大现实。

但今晚不同，如余斌品所说，他这样的要犯入狱仅仅十天即告越狱，乃是轰动全城的大事，官府的力量必然倾巢出动，在他可能的藏身之所展开拉网一样的大搜捕。在这种时刻，黎氏金库的防卫反而会空虚。毕竟要掌握一个彻头彻尾的亡命之徒的思维，是一件很难的事情；假如这个亡命徒身边有个曾经的官差协助，那就更加防不胜防了。

然而当他们攻进去之后，才感到有些后悔。这不单单是因为虽然少了官府的力量但黎氏自己的兵丁还是数量不小；也不只是因为这些人中暗伏了不少高手，令余斌品折损了几名心腹干将，自己也受了伤。还有一个更加要命的原因……

"你见过这种门锁吗，虎翼司高级捕快大人？"余斌品喘着粗气问，受伤的左肋还在不断滴着鲜血。

纬苍然摇头："从未见过。"的确，他虽然也见过不少结实的金属门和精巧的机关锁，类似黎氏金库这样的库门却是头次见识。首先它的门是用一整块厚重的钢板所铸，比同体积的石门硬度更大，即便使用炸药也很难炸开。

其次是门上的锁，使用的是一种古怪的链式复合锁，一共有十二个锁眼，而且这些锁一环套一环，必须按照特定的顺序来开启，否则整套机关就会完全锁死，恐怕真的只有动用炸药才能开启了。

"不够。"纬苍然看了看余斌品的下属所准备的炸药，摇摇头。

"纬先生，我们千辛万苦损兵折将到了这里，现在你告诉我们打不开？"余斌品的双眼又眯了起来。这个人平时看起来总是通情达理的模样，但到了怒火中烧的时候，便是全世界最不讲道理的主。纬苍然本来也只是答应带路，并没有说提供进入金库的方法，但此时余斌品显然是打算迁怒于他。

纬苍然对余斌品身上的杀气视若无睹："有办法。地道。"

余斌品的拳头都捏紧了："你看不出这块破门板嵌在地下有多长吗？等绕过它挖通地道，官兵早来了。"

纬苍然依然毫不紧张："炸药。炸不动门，可以炸地。"

余斌品瞪着他："老纬，还是你聪明！把你一起带出来真是明智的！"

几声震耳欲聋的爆破声后，余斌品的下属们通过分次装填炸药，终于弄出了一条坑道。余斌品当先钻了进去，纬苍然犹豫了一下，紧跟在他身后。

然后两个人都像木头人一样愣住了。余斌品浑身紧绷，伤口由于用力而迸裂，刚刚止住的鲜血又开始往下流。他慢慢转向站在他背后的纬苍然，一字一顿地说："我听说，南淮黎氏，富可敌国，对吗？"

纬苍然木然回答："对。"

"那么，为什么这样的大富翁的金库，会只有这么一点点金子呢？"余斌品目露凶光，看来已经难以忍受了。在他的身后，是几乎空空如也的黎氏金库。之所以说"几乎"，是因为在这个宽阔到足以容纳几十桌酒席的仓库的角落里，仍然还是有一些金铢，数量也不算太少——假如余斌品一夜之间连续奔袭两到三家普通的富商，大概也就是这个数，单纯从收益来算，足够他花销一两年了。

然而他却绝不会付出像今夜这样惨重的代价，带来的人死伤超过三分之二，几名心腹全部丧命，他就算是想再东山再起，也需要蛰伏很久才能缓慢恢复元气。对于他而言，今夜的买卖亏了，亏大了。

——这竟然就是南淮黎氏的金库？这个声名显赫、产业遍布九州的商业世家，竟然只是金玉其外？

——这难道是故布疑阵？但看它的防卫水准又不像。更何况在之前的交手中，他还见到了黎耀的管家狄放天。他虽然负伤逃走，但在搏斗中全力以赴的样子不像是假装的。

纬苍然觉得脑袋快要炸裂开了。这个空荡荡的金库推翻了他之前众多的推测，把他的一切假设全都逼进了死路里。南淮黎氏……富甲天下……金库竟然是空的……

喉头上忽然微微一凉，打断了他的思路，回过神来一看，却是满面怒容的余斌品，正用他那形状很像毛笔的古怪兵器抵住自己。纬苍然微微一笑："别激动，我找到了。"

"找到什么？"余斌品一怔。

"藏金子的地方。有个暗门。"他一面说，一面伸出右手向余斌品身后一指。余斌品心中大喜，连忙回过头去看，但头刚扭到一半就发觉不对，暗叫一声"糟糕"，不待头转回来，手中的铁笔径直向前送出。

然而这刹那的失误已经足够断送全部胜机了。纬苍然伸出的右手腕顺势一抖，已经点在了他正暴露在面前的右耳下方。这一点看似轻描淡写，余斌品却觉得脑子里"嗡"的一声，眼前一黑，栽倒在地上。

"我说过，耳后这一处管用。"纬苍然淡淡地说。他正准备从地道钻出去，却又停下来，略带歉意地说："对不起。我也没想到是这样。"

4

没有了专业的易容师，雷冰没有办法改换自己这张脸，只能想办法换了换发型，希望能借此瞒天过海。她记得自己经常在故事里听到，某某某为了避免被人认出来，往自己脸上涂黑泥抹灰尘，此刻想来，真是大笑话——

一个一脸泥的人走在路上，是唯恐别人不多瞧你两眼吗？

市井间没有任何关于黎氏兄弟的流言，这反而让人不安。她在黎耀的府邸附近小心转悠着，希望能探查到一点蛛丝马迹，但黎府看上去风平浪静，什么异常都没有，连在附近卖茶叶蛋的小贩都多了两个——当然那很有可能是细作。

倒是另一条新闻令她心里"咯噔"一跳：关押纬苍然的那座死囚牢被劫了。目前消息严密封锁，跑了谁不得而知，也禁止外人探视。但坊间四处流传，关在其间的大盗余斌品逃走了。

如果纬苍然想逃，这就是最好的机会，但就怕这死脑筋的东西宁死也不逃。雷冰无可奈何地想。

正在郁闷着，背后有脚步靠近，那脚步极轻，如果不是雷冰已经渐渐养成了随时随地全神戒备的习惯，还真注意不到。她并不回头，做好了直接反手揍他一顿的准备。

"警惕性好高，看来没白给我做这么一段时间的跟班。"身后的人说。

"你没死啊！"雷冰一时间连高兴都忘了。她简直难以想象，黎鸿是怎么从黎耀的魔掌中逃出来的。

回过头来一看，还真是黎鸿。不过他已经是一身寻常平民的服饰，和他往日比戏服还要花花绿绿的恶心装束大不相同，真让雷冰有点不适应。

"您还真是洗净铅华呢。"她甚至顾不上打听一下对方是如何脱困的，抓住时机先讥刺一句。

"可是你现在的扮相，只是换了个发型，我相信稍微有点眼力的人都能认出你来，"黎鸿大摇其头，"也就只有你那么大的胆子还敢招摇过市。"

雷冰"哼"了一声，正想还嘴，忽然反应过来点什么。那一瞬间她觉得自己简直要崩溃了，内心充满着种种复杂的情绪：欣喜、愤怒、屈辱、羞惭。她大喘了一口气，努力镇定心神，慢慢问："你的眼睛……治好了？还是其实一直能看到？"

"我曾告诉你们我的眼睛天生就盲了，但那并非事实。我的眼睛，是十五年前被我大哥黎耀用慢性毒物弄瞎的。后来我想法子治好了，却一直伪装瞎子，否则的话，早就没命了。"黎鸿淡淡地回答。这话又让雷冰的心颤抖了一下。

"我们找个地方慢慢说，离天黑还早着呢。"他接着说。

雷冰听着"离天黑还早着呢"这句话，似有所悟；再想到黎耀的歹毒，心里一阵同情，倒也顾不上去怨恨黎鸿欺瞒她了。她一面走一面问："其实，被黎耀抓住的那个才是假的，而我从车里救走的，却是真的你，对吗？你连我也骗过去了，就是为了设这个局，让黎耀以为他抓住了真的，对吗？"

"我的演技还不错吧，"黎鸿淡淡一笑，"我可不是只会扮演纨绔子弟的。"

"但是替身确实存在，在酒楼里被抓走了。你那天晚上和我说的，替身的眼睛被你弄瞎，是真是假？"

黎鸿沉默了一阵，最后答非所问："我大哥用残忍的手段对待我，我也不得不学一点他的残忍，否则怎么能和他抗衡？"

雷冰不再说话，跟在这个双目有神的黎鸿身后，只觉得他已经完全是一个陌生人，一个自己半点也不认识的陌生人。她又一次想到了，所谓伙伴，其实与什么友谊、正义、是非、道德都毫无关系。很多情况下，伙伴只是碰巧站在同一条船上所以才成为伙伴而已。

仅此而已。

这个局的确是黎鸿精心设下的。在那一场酒楼之战中，死的只是无关紧要的手下，他的精锐几乎没有损失。而现在，他就像一个终于等到了机会的赌徒，准备把自己的赌注都押下去，而时间，就在今晚。

"不能让他有时间反应，"黎鸿解释说，"一定要速战速决。而且今晚有个很好的机会。"

这个所谓很好的机会是，黎耀作为黎氏的族长，已经宣判了黎鸿的罪行，其中包括勾结外人、欺瞒族长、篡逆家产等，无论哪一条都够得上家法从事了。而今晚，就是黎鸿被押赴黎氏宗庙处决的时间，为了提防黎鸿的党羽去劫他——这种可能性极大——黎耀必然会带大批人马跟随在身边，他府中所藏的那个秘密，防卫就不会那么严密了。

当然，雷冰知道，那个即将被处死的"黎鸿"是假的，不会有哪怕一只耗子跑过去救他。这个可怜的替身，先被黎家老二常年囚禁并毁掉双眼，再被黎家老大取走性命，这辈子真算是交待在了黎氏手里。雷冰只能迅速地扭转思绪，以免在此关键时刻莫名浮现出对黎鸿的恨意，坏了大事。

黎府的防卫果然空虚，黎鸿这次带在身边的人数量虽不多，却个个都是忠诚的死士。他们的目标很明确——抢夺黎耀所藏的那个秘密，以便为黎鸿争取到唯一可以用来要挟黎耀的资本。

连黎鸿本人也是在哥哥执掌家政后第一次进入他的住所，所以略显紧张。但当突破到曾在山顶见过的那一座巨大的石屋时，他一下兴奋了起来，眼看着多年来一直想要达成的心愿就在眼前，冷静如黎鸿，也禁不住手微微发抖。

"进去！"他大声发出号令，并且当先冲了进去。雷冰很担心他被偷袭，不过好像并没有什么事发生。

从山顶看下去毕竟很难瞧得准确，雷冰发现，石屋比她印象中的还要高大宽阔，事实上，这座屋子基本上占掉了整个黎宅的三分之一面积。

如黎鸿之前所打探到的，屋内什么怪异之物都没有，只是摆满了桌椅，坐在桌前的都是一些埋头苦算的读书人。他们显然在经年累月的日常运算中已经进入了麻木不仁的状态，黎鸿的手下人好大声势闯进来，他们也只是抬头看上一眼，随即低下头去，继续忙碌着运算，似乎这些面带杀气的不速之客与他们毫不相干，即便这些人要屠杀他们，也听之任之，请君自便。

而他们运算的器械也不是常规的算筹之类，而是一个方头方脑的开口木盒，里面竖着一些铜棍，彼此通过齿轮相连接。雷冰好歹也算出生于星学世家，这样的计算工具却从未听说过，看这副很有学问的外表，也许真的可以一个顶二十个人工吧。

黎鸿的副手有条不紊地分派人手堵住所有出口，安排岗哨，要让这些人肉算筹们一个都跑不掉。黎鸿自己走到他们中间，饶有兴趣地看着他们拨弄面前的计算器械。此人头脑聪颖，对于算学原本有不少涉猎，但眼前这些人的手法奇特，让他看不明白他们的计算方法，只能叹口气遗憾地走开。

"这些东西看来我这样的笨人是没办法弄明白了，"他随手摸了摸身边的器械，哈哈大笑起来，"好在只要有别人来帮我弄明白就行了。"

他的脸上浮现出一种无法言说的满足感，这样的神情在他寻欢作乐的生涯中也不知出现过多少次，但每一次都是假的，只有这一次，当他发现并劫夺了兄长的秘密、在多年忍辱负重装疯卖傻之后终于占得上风时，才第一次显得那么真实，那么发自内心。那是一个被仇恨和痛苦紧紧束缚的灵魂，一个时时刻刻把自己套在假面具里的灵魂，十五年来第一次畅快地发出欢笑。

同样地，这大概也是他在眼睛被自己的亲哥哥毒瞎后，十五年来头一次放松警惕，这只是发生在刹那的事情，但通常情况下，致命一击都是发生在一刹那。

雷冰恰恰也在这一时刻发现了不对劲，她正好顺着黎鸿的手看过去，却不小心注意到了那张桌后所坐着的书生。该书生皮肤苍白、脸色憔悴，的确像是多年不见阳光的人——然而他的手却不大对劲。

那双正在拨弄着计算器械的手粗短有力，并且很稳当，半点也不像是一双读书人的手，倒似是常年习武的角色。雷冰心头一紧，一个极度可怕的猜测在脑海里冒了出来。

然而已经晚了。她还没来得及张口示警，那个"书生"突然伸出双手，一把捏住黎鸿的手腕。与此同时，靠他最近的五六名书生同时暴起，分袭黎鸿的全身各处要害。黎鸿总算反应奇快，用力挣脱了对方的手，但手背上已经留下了几个极小极细的小圆孔。

那是早已准备好的毒针。黎鸿反抗了几招，身上就开始绵软无力，很快被制伏。而他的手下们也好不到哪儿去，就在黎鸿遇袭时，所有刚才还一副半痴不呆模样的书生也都突然间变了样，个个展露出不俗的武艺。他们猝然发难，而对手毫无防备，顷刻就占据了先机。片刻之后，包括雷冰在内的所有人都已经束手就擒。

黎鸿中毒后昏昏沉沉，似乎还没弄明白究竟发生了什么，雷冰却已经在心里喊了几百声"糟糕"了。黎鸿机关算尽，最后却反而把自己算进了黎耀的圈套里。黎耀一定早就识破了自己抓住的那一个是假货，却不动声色，故布疑阵，把所有的书生都提前转移了，安排上这一群如狼似虎的武士在此守株待兔。为了让对方打消怀疑，他甚至不惜损毁那些一望而知非常贵重的计算器械。最后果然如他所料，黎鸿自己带上全部精锐前来送死了。这真是一场完败。

她终于真正意识到了黎鸿和黎耀之间的差距。黎鸿已经是个绝顶聪明的人了，但他的一切行动似乎都在黎耀的预料之中。看来黎氏的家长，还真的非黎耀莫属。

雷冰叹息着，感慨着，直到黎耀走进来。虽然已经把黎耀作为假想敌那么久了，也曾多次和他的爪牙打交道，但这才是她第一次见到此人的真容。

第一印象是，黎耀和黎鸿长得很像，除了身材更矮并略显苍老外，简直是一个模子里刻出来的。但仔细看下去，黎耀的目光中隐隐包含着愁苦，和他在生意场上的成就很不相称，更像是一个仕途不如意的读书人。雷冰努力想要在他身上找到一点老奸巨猾的样子，可惜还是失败了。

看来这才是个真正的深藏不露的老狐狸，雷冰得出了结论。

黎鸿见到兄长出现，精神立刻集中起来。他用极度仇恨的目光瞪着黎耀，黎耀迎着他的目光，走到了他跟前。

"你的这一番计谋，险些就骗过我了啊，弟弟。"黎耀的声音听起来也不像一般生意人那种或粗豪或沉稳的语调，倒像是一个潦倒青楼的颓废词人正在感怀悲秋。

"你是怎么看破的？"黎鸿冷冷地问，"在这一点上，我认栽，没想到如此苦心谋划，还是不及你。"

"不能这么说，"黎耀苦笑着回答，"其实你的计谋本没有错，错在你物色的替身。"

"我的替身？"黎鸿一怔，"我本以为你我已经很久没有见过面，偶尔见一次也不过说上两三句话就分手，你应该分辨不出相貌上的细微差异。"

黎耀叹息："我的确分不出来，除了一样东西，那就是眼睛。"

黎鸿不解，黎耀摇摇头，自己拉过一张椅子，坐了下来："你别忘了，你的那双眼睛是被我毒瞎的。这么多年来你装作不知道,我也装作不知道你知道,但我们两人对真相都心知肚明。"

"那又如何?"黎鸿哼了一声。于他而言,这件事情实在是心头仇恨的根源,听到黎耀以那样轻描淡写的口吻说出来,如何能不发怒?

"不如何,只是我早就知道你的眼睛并没有瞎。"黎耀此言既出,黎鸿和雷冰都是面色惨白。

"因为坏事是我干的,我才会一直对后果耿耿于怀,"黎耀说,"我也许记不住你的脸长得什么样,但我一定记得你的那双盲眼。知道我后来怎么发现你的眼睛又被治好了吗?就是注意到了眼珠子的色泽不对——上面本来应当有毒药的淡绿色,显然你在伪装的时候忽略了这个细节,以为盲眼都是差不多的。这次你的替身别的地方都像,那双眼珠子却是真瞎……我如何看不出来?"

黎鸿怒吼一声,就想扑上去,但他的身体已经被牢牢捆住,这一下只能徒劳地令自己滚倒在地。黎耀怜悯地看了他一眼——雷冰敢肯定那绝对是怜悯的眼神——挥挥手,命令将两人都押下去。

"你这种伪善的人,我还真是第一次见到,临死前也算开眼了!"雷冰忽然冷冰冰地撂下一句。

黎耀看了她一眼,宽容地笑笑,并不理会。

5

大约就在黎鸿被抓走的第二天,有一个一脸贼兮兮笑容,看上去就不是好东西的年轻男人敲开了黎鸿府邸的大门。他很有耐心地敲了足足有七八分钟,一个管家模样的中年人终于出来开门了。

"找谁?"管家很不客气。

"我找黎二少爷,"这个人笑得很谦卑,"我和二少爷是在青石认识的。他说过,我遇到什么麻烦,尽可以到南淮城找他,他一定……"

"甭找了,回去吧,"管家挥挥手,"从今天起,没有黎二少爷这个人了。"

"可是，为什么呀？"来客一脸诧异，一脸绝望。管家转过身，重重碰上门，不再搭理他。

他这时才扔掉方才的表情，一脸轻快地离开黎府，来到一条小巷里的一个窄小茶铺，和他的女同伴会和。

"看来黎鸿是真的出事了，而且很可能是全军覆没，否则黎耀的手下不会用那么肆无忌惮的口气和我说话。"君无行分析说。他心里又开始担忧雷冰，根据对这个女人的性格来推测，她十有八九会和黎鸿一起落难。但他不想这种低落的情绪感染到邱韵，所以面上仍然装得若无其事。

"可是为什么南淮城还是一副戒备森严的样子？"邱韵不解，"是还有别的事情发生吧？"

"再去打听打听就知道了，"君无行说，"在南淮城这样的大城市中，永远不会有你打听不到的新闻，只不过这些新闻的真假虚实、背后的实情往往无人知晓罢了。"

"然后就得靠您老人家聪明智慧的头脑来辨别真伪了，对吧？"邱韵一笑，"后半句我替你说了。"

君无行气哼哼地瞪她一眼，灰溜溜走掉了。邱韵喝到第二壶茶时，他回来了，看起来有些神采飞扬，无疑是打探到了什么好消息或者有趣的消息。

"原来他们是在搜捕几名逃犯，"君无行说，"前几天，几乎就在黎鸿被捉的同时，一名重犯在同伙的策应下逃狱成功。然后他紧接着就选在当晚干了一件大案，袭击了黎氏的金库。"

"真有胆量，"邱韵说，"黎氏的金库，那一定收获颇丰了。"

"这就是关键所在了，"君无行神秘一笑，"有一则很有意思的流言，说他们那晚上什么都没有偷到，不是因为黎氏防守太严密无从下手，而是因为——仓库是空的。"

邱韵愣住了："空的？那是个假的吗？"

"是啊，所有人都这么说，"君无行的笑容更加诡秘，"坊间纷纷传言，黎氏的真正金库其实根本不在南淮城里面。人们都夸赞黎耀果然无比精明，不愧为九州最有头脑的商业巨子。"

邱韵盯着他的眼睛："那你的看法呢？为什么我觉得你一脸'全世界都是傻瓜只有我最聪明'的表情？"

　　君无行收起笑容："好吧，那我就严肃一点。我只不过是有一个猜想而已：万一那座金库真的就是空的呢？也许他们并没有找错地方，错的只是以为里面有金子的人们。"

　　邱韵思索了一会儿："我大概明白你的意思了。可是……如果黎氏并不如它表面上看起来那么富有，赚的钱都到哪儿去了？"

　　"是啊，赚的钱都到哪儿去了？"君无行往椅子上一靠，"其实自从到过塔颜部落，把过去发生的事情大致了解了之后，我就一直有一个隐隐约约的猜想。这个猜想太过奇怪，连我自己都觉得深入下去挺可笑的。但如果黎氏的金库果真是空的话，我这个荒诞不经的假设，倒搞不好会切中要害。"

　　"什么假设？"

　　"先不能说，猜错了就丢脸了。"君无行摇摇头。但邱韵看得出来，这家伙的脑筋又开始飞速运转了。和君无行同行多日，她深知此人虽然毛毛躁躁，办事总有无数破绽，但头脑灵活、胆大心黑却是毋庸置疑。这种时候，也许真的只能指望他那些"荒诞不经"的念头了。

　　"对了，"君无行忽然说，"还有一件事忘了告诉你。"

　　"还有什么？"邱韵有些紧张。

　　"再过两天，就是南淮城的焰火节了。"他一本正经地说。

　　邱韵哭笑不得："我以为有什么大事呢！焰火节有什么好说的？南淮城这个地方，每个月都至少有一两个莫名其妙的节日，以便让百姓们闹腾花钱，让商人们赚钱。"

　　"那我们更应该与民同乐了，"君无行说，"上次从那三个死人身上搜出不少钱，正好找找乐子。"

　　邱韵很无语。更加无语的是，君无行不是嘴上说说而已，居然真的行动起来了。他找到南淮城颇有名望的焰火作坊"飞花坊"，向他们定做了一款焰火。

"时间太紧了，"焰火师傅很为难，"一般定做都得提前七天左右，可现在只剩两天了。"

"我给您三倍的钱，"君无行摇晃着手里的钱袋，"条件是焰火节当夜必须交货。"

邱韵冷眼旁观，等他千叮咛万嘱咐交代妥当，低声问他："你是想要给黎耀发什么信号吧？"

"是啊，"君无行兴致勃勃，"与其让他始终躲着让我们见不到，不如逼他主动出来见我们。记得我们在大雷泽见到的渔民捉刀鲽吗？一样的道理。"

"那你要发什么信号？"

"天机不可泄露，泄露了就不好玩了。"

这一夜南淮城热闹非凡，比之只有富人才能亲身参与其中的花船赏，穷人们也能够买得起便宜的焰火直冲上天。在这个万民同乐的夜晚，南淮城的天空被点亮得犹如白昼，无数绚烂的图案在半空中绽放，此起彼伏的爆炸声中，令人心情愉悦的和平的硝烟味遍布全城。

按照惯例，焰火节从天色刚黑即告开始，一直到刚刚翻过这一天时结束。因此，在深夜艮时来到时，所有的焰火都止息了，最后一组焰火同样依惯例射上了天空，那是南淮城守的祝福。当九朵象征着南淮城的丹叶桂花闪过夜空时，人们发出了满意的叹息，并准备各自回家睡觉。

就在这时，已经平静的夜空却突然间再度爆发出亮光。

竟然有人在城守之后还放出了新的焰火。那焰火十分怪异，既不是常见的福禄寿喜等文字，也不是什么花啊、元宝啊、虎啊之类的图案，而是几个似图非图、像字又谁都不认识的奇怪的线条组合。在所有其他的焰火都消失后，这些排成一排的莫名其妙的图形在天空中分外醒目，或者说，刺眼。

"兴许是哪个烟花坊的师傅手艺出岔子了吧？"人们疑惑地交换着意见。

第十章
真相·真凶

1

焰火节过去两天后，南淮城的天空竟然又出现了新的烟花。

其时正是这座繁华城市的夜生活开始的时候，南淮的人们绝大多数都还没有入睡。穷人在家里酌着劣质烧酒，有点钱的呼朋引伴在小酒馆里啃酱猪蹄，更有钱的在风月之所寻欢作乐。与此同时，街头巷陌卖炸糕的、卖花的、表演杂耍的种种人也将市民们吸引到了屋外。

所以烟花的出现引发了人群的一阵阵轰然议论，君无行和邱韵自然也被吸引了过去。他仰起头，眼看着那些与他上次放出的符号似曾相识的图案在空中连续闪了三遍，不由得一声悲鸣。

"真有钱啊，"他充满嫉妒地说，"我只能放一遍，他却能连放三遍。"

"说明人家的心思还是比你缜密，至少能想到也许你这个笨蛋会错过。"邱韵撇撇嘴。

君无行一摊手："那就试试吧，看我能不能在他缜密的心思下活命。"他当先向着远处走去，邱韵一怔。

"什么意思？他约你现在就过去？"她在背后喊道，"那些符号究竟是什么暗语？"

君无行只回答了第一个问题："他只是告诉了我四个字：随时恭候。但我想给他一个意外的惊喜，毕竟谁都不喜欢等待。"

"十五年的等待，确实是稍微长了点。"

对方果然是言出必践。往日连只苍蝇都飞不进去的黎府，此刻却对两人完全不设防。容色憔悴的自称叫狄放天的管家亲自将他们迎进了黎府。

"狄总管气色不佳呀，莫非是保护黎氏金库的时候受了伤？"君无行不经意地问。

狄放天毫不吃惊，反而适时地表现出惭愧："小人学艺不精，让君先生见笑了。若是令友雷冰小姐也像君先生这样精明，那就不好办了。"

君无行心里突地一跳，但此情此景绝不能示弱，于是装作没听到，也不搭腔，跟着狄放天闷头进入黎府深处。他的视线立即被那座巨大的石头平房吸引了。

"这玩意儿要拿来养猪，足以装下够南淮城吃一年的猪了吧？"他喃喃地说。

当然，房子里并没有猪，事实上也没有人。现在整个石室内空空荡荡，除了灰尘之外一无所有。狄放天退了出去，随手关上沉重的石门。

君无行四顾打量了一下："我没有猜错的话，这么大的地盘，平时一定是挤满了算学家，放满了各种计算用的器械吧。我几乎都可以听到那些还未消散的算筹碰撞的声音。"

"你说错了，算筹效率太低，我早就不用了。"一个低沉的声音忽然响起，却并不见人影，显然是通过某种特殊装置来向二人传话。这种装置使人声完全走样，无法分辨真容。

君无行一笑："为什么不敢现身出来和我一见呢？是担心我猜错了你的身份很难堪吗？放心，我脸皮很厚，不介意这个。"

对方也发出几声干笑："也不尽然。也许我只是想要考察一下你的智慧，看你究竟配不配见到我。你既然能发出那样的信号来找我，就说明你也许已经很接近真相了，所以我也用不着让黎耀先出来混淆视听了。但是我很想知道，你究竟是凭运气蒙对的呢，还是确实依靠自己的头脑分析出来的？"

邱韵松了口气，这个人说出这一番话，无疑就是承认了，他并不是黎耀，这也是君无行一路上都在心里琢磨的一个假设。看来这个看起来极不可靠的家伙至少在这一点上选对了正确的方向。接下来的问题就是，君无行所猜测的两个对象：他的养父君微言和那个河络助手，究竟会是哪一个呢？

"说说看吧，十五年前的事情，你的推断是怎么样的？"那个声音继续说。

君无行摸摸鼻子："十五年前那么多的事情，你要我先说哪样？是你的真实身份呢，还是那起血案的经过？"

声音沉默了一小会儿，半晌才说："那就从那起血案的起因和经过开始说吧。如果你在讲述中提到我，不妨直接用名字代替。"

君无行点点头，知道对方肯定通过某个窥视孔在看着他："起因嘛，现在已经很明确了。神算德罗无意间发现了河络前辈留下的那份手稿，便开始对打破星相师第三定律，自由地推算自己的命运着了迷。但由于手稿被焚毁了一半，凭他一个人的能力，没有办法复原那种算法，于是他就邀请了那六名星相师来协助他。他给每位星相师都寄去了一小部分那笔记上的内容，以他们的才学，很轻易就能看出这是无价之宝，绝对都会不顾一切地接受邀请赶往越州。"

"本来这件事虽然很难说清是福是祸，至少暂时还和什么杀戮啊、灾难啊没什么关系，但是这当中有一个麻烦人物，那就是我的养父君微言。据我所知，这个老疯子一向有极大的野心，绝不满足于做一个混迹于上流社会的星相师。然而，由于第三定律的限制，如果他想要亲身去推动参与某些事情，他所依赖的星相学就不能帮到他的忙，那种感觉大概就像毒蛇啮心一样吧。"

"所以当他知道有那份笔记存在后，占有的欲望就开始迅速膨胀，不能遏止了。第一次，他带着我去往塔颜部落，试图诱惑德罗以骗到那份笔记，可惜未能如愿。这一次，昔日破坏他计划的人已经被放逐了，没人会阻止他了。在这两次行动的过程中，他一定是极尽巧言令色之能事，以便让神算德罗听从他，我甚至怀疑第二次神算德罗邀请星相师们合作，也是君微言的主意。"

"于是星相师们聚在了一起。那半本笔记已经指给了他们一个大致的方向，再合'星学七圣'之力，那份算法就可以恢复了。尽管从算法到实实在在地计算出未来，还存在着一个极其漫长的过程，但无论如何，总算是迈出了最为关键的一步。"

"然而到了这个时候，分歧也就来了。算法出来了，却应当怎么应用？当时那七个人各自的态度我们已经无从知晓了，但可以肯定的是，争论一定很激烈，在这样的争论当中，杀机也就慢慢酝酿了。"

"动手杀人放火的不是别人，正是我的养父君微言，他早就存心要独霸这个成果。刨去地主神算德罗不谈，施长生、夏倾玄、乌洛夫、炎图，这四个人只是完全无辜的受害者。而羽族雷虞博是君微言精心选择的替罪羊，无他，君微言自己也是个羽人，只不过长年伪装成人类而已。也许他起初打定主意伪装人类时，并没有想到这么远，但他却一定是想到了，当人们以为他没有翅膀时，一次关键的飞翔就可以拯救其命运。"

"君微言真的那么做了。他杀死了其他人，放火烧掉尸体，在飞行逃走时故意让河络们发现，成功地嫁祸给了雷虞博。他利用大雷泽中人类对河络的仇恨，借助人类的掩护安然逃离越州。这之后，他大概还去过宁州，因为我的朋友、雷虞博的孙女曾提到，雷虞博出事后不久，他家祖传的星图就被盗了。虽然个中细节我不清楚，但可以猜想，应该是君微言利用自己羽人的真面目混入了同族中，想办法偷出了星图。我对星相知之甚少，只能猜想，也许是没有那些翔实的天象演变记录，他就没有办法据此从历史推算到未来。我甚至还怀疑，也许就是因为雷虞博坚决不肯献出星图，他才会萌生杀意。"

说到这里，他停顿了片刻，因为石屋里响彻着那个躲在暗处的神秘人刺耳的掌声。"不愧是能被君微言那只老狐狸瞧上的聪明孩子，说得分毫不差。我再替你补充一点，当时星学七圣在竭尽全力地计算时，并无暇想别的，但等到算法终于被复原后，争执就产生了。雷虞博是七个人中官位最高、在政治圈子里混得最久的。他不但强烈反对将此成果公布，还提出将之封存起来，谁也不能触碰，'直到九州大地的生灵足够成熟之后'。此人年龄最长，素有威信，所以君微言是一定要杀他的。"

"原来如此，"君无行叹息一声，"他实在不应该身背那么久的恶名啊！

可惜的是，君微言机关算尽，最后却被别人捡了便宜，真是恶人自有恶人收拾啊！"

到此时邱韵才听明白，君微言固然亲手干下了那些骇人听闻的罪案，到最后却还是被别人算计了。那这个人是谁？是那个逃走的河络助手吗？

"我感到奇怪的就在这儿了，"神秘人说，"十五年前的那件案子，君微言安排得如此完美，我想一般人如果知道了那些细节，一定都会把君微言当作罪魁祸首。你是怎么绕过他看到我身上的呢？"

"因为在这件案子中，人们把同样的错误犯了两次，你明白我说的意思吗？"君无行反问。

"愿闻其详。"对方回答。

"有一个极其关键的人物，就是那个神算德罗的徒弟兼助手，"君无行说，"血案发生后，他就失踪了，人们都以为他是雷虞博的帮凶，和雷虞博一同带着星相师们的研究成果逃走了。但是现在我们清楚了，雷虞博并没有逃走，他被杀死了，烧得只剩下骨头，本以为被杀死了的君微言却逃走了。同样地……"

他提高了嗓门："那个弟子被以为逃走了，事实上却并没有逃走，他死了！而他的尸体，就躺在火窟中，和其他几位死难的星相师一道，被烧成了无法辨认的枯骨！"

邱韵大骇。她本来也是十分聪颖的人，听到这句话，脑海里一片光明，顿时想明白了。

"杀了他的并不是君微言，"她用颤抖的语调说，"是神算德罗！"

君无行赞道："真是聪明，一点就透。没错，十五年前的越州塔颜部落，的确失踪了一名河络，但那并不是那个可怜的弟子，而是他的老师、塔颜部落的骄傲、世人尊崇的星相大师——神算德罗！他才是真正隐藏于幕后的人，君微言只是他手中的杀人刀罢了。"

他说完这句话，地下传来一阵轰隆隆的响动声。随即，距离两人所站地方约四五丈的地方，地面裂开了一条缝，一个形状和颜色都很奇怪的人钻了出来。

"河络的将风，"君无行对邱韵说，"那是一种用生物骨骼培养成的特殊外壳，可以保护河络脆弱的身体。看来我们这位朋友还真是小心翼翼哪！"

不止一个将风。从地下一共钻出了十来名河络，全都躲在将风的外壳里。为首的那个慢慢走到两人跟前，一开口，君无行就听出这是刚才和他说话的那个神秘人："君贤侄，你竟然具备如此头脑，实在太令我意外了。如果君微言有你那么机警，也就不会为我所用了。"

君无行哼了一声："别'贤侄、贤侄'叫得那么亲热，也不怕恶心人。德罗前辈，虽然我猜到了你的手法，但是还是不大明白你的心思。你能讲给我听一听吗？你不必担心我会泄露出去，如果我没有猜错的话，现在就在我的脚下，已经藏好了一整支河络军队，随时准备听候你的调遣。也只有南淮黎氏的金库里能有那么多钱去供你豢养军队啊！"

神算德罗沉默了许久。他忽然转过身，示意两人跟在他身后，君无行和邱韵对望一眼，跟了上去。三人从那个裂开的地洞下去，原来是一块可以升降的石板，在机械的带动下，很快沉入了地底。

"看看吧！"德罗的语声中充满了骄傲，"这样的一支军队，能不能和华族、蛮族、羽族相抗衡！"

2

君无行屏住了呼吸。虽然在此之前已经有所预料，但他还是没能想到，倾南淮黎氏的财力，竟然武装出了一支如此规模的军队。

他在那一刹那也明白了，为什么地面上要建造那么一座费工费料的大石屋，因为只有这样的大工程所耗费的人工，所产生的噪声、废料、泥土，才能够掩盖另一个更加庞大的工程，而即便有人前来探查究竟，见到石屋里那些苦算的书生，也一定以为这就是阴谋的全部，而很难再想到地下隐藏的更大的机密了。

他看到了地下城。

河络的地下城。一座位于宛州南淮，位于华族人类文明腹地的河络地下城。在这座历史上从来没有被河络文明侵占过的城市之下，竟然潜藏着一座如此气势恢宏的地下城。借助着半明半暗的灯火，君无行粗略判断出，这座地下城所延伸的面积远远超越了地面上黎氏宅院的规模，几乎覆盖了整个南淮城的中心地带。在这座地下城的正上方，车水马龙、人头攒动，无数的商机在酝酿，无数的金钱在流动，但没有谁能想到，脚下就藏着足以吞噬他们的恐怖陷阱。

但对于君无行而言，地下城的规模犹在其次，更可怕的是那支充满自信的军队；在进入地下城的过程中，他一直在思考，即便德罗把整个南淮城的地下都挖空了，又能容纳多少士兵呢？身躯矮小的河络的战斗力又能达到何种境地呢？直到此刻，他才明白过来。

他和邱韵现在正站在地下城的巨大广场边沿。在广场正中，是密密麻麻一大片身躯高大的武士。走近了才能发现，这些并不是真正的武士，而只是一套套精致的移动装甲。装甲上有锋锐的刀和坚固的盾，下端有驱使装甲移动的滑轮，比起笨重的、需要用精神力来操控的传统将风，这样的金属装甲威力更大、驱策更灵活、控制更方便，如果运用到战阵中，足以令任何敌人心惊胆寒。这是河络族最具威力的兵器，但长期以来都只存在于历史传说中，已经上千年没有在实战中出现过了。

"机锋甲……"君无行喃喃地说，"我一直以为这玩意儿只在上古传说中才存在，没想到真的能造出来。"

"当然能！"德罗在他身后说，"那是我们的祖先用血与火写就的荣耀，只不过被后世的无知之徒淡忘了罢了。但这一段辉煌，终究要由我来续写！"

君无行叹口气，仔细观察了一下机锋甲，确定以自己的体型绝无可能钻进去，索性悠闲地往一具机锋甲上一靠，打算做出休息的样子。没想到机锋甲的底部滑轮灵活异常，他轻轻一靠，就动了起来，险些摔个狗啃屎。

"好灵活啊，"他站定后说，"每一具都会花很多钱去打造吧，偌大一个黎氏金库竟然是空的，里面的钱都被投到机锋甲上了吗？"

将风笨拙地点点头，君无行看着他："我在塔颜部落的时候，听说你从来不问世事，一心只扑在星相上，这份伪装的耐心和决心，比这机锋甲更加难得啊！"

　　"我能有什么办法呢？"德罗回答，"整个部落一心想的只是钻研星相学，苟活于那个潮湿的沼泽角落里。我如果表现出异类的样子，一定会被部落所不容。如果装得单纯一点，反而有机会接触到更多的秘密。"

　　"但是总得有人替你下手做事，"君无行说，"所以你才看中了君微言，看中了他无可救药的贪欲。"

　　"同时也看中了他无可救药的自大，"德罗的声音充满自得，"他一直以为我是个什么都不懂的傻瓜，他可以一直利用我，但是到了最后，直到他临死的时候，他才明白过来，被利用的是他。我永远也忘不了他那时候惊愕的眼神，哈哈哈！"

　　"而你那个贪心的徒弟，想来也是你刻意挑选的，并且想方设法安排种种事情暴露他的本性，引起其他人的注目和不满，日后在关键时刻就可以顺理成章栽赃于他。"君无行接口说。

　　"他和君微言一样笨啊，"德罗更加得意，"君微言偷偷在茶水里下毒，我根本没喝，却借着出门透风的机会，骗我徒弟喝下了。君微言点火时慌慌张张，等不到尸体都燃起来就匆匆逃跑了，我趁着那个时刻把我徒弟的尸体换了进去，然后就一路跟踪君微言。"

　　君无行想起了大雷泽中老渔民的讲述，德罗无疑就是那个单独追踪君微言的河络了，不禁微微点头："此后你一直监视着他，直到他去宁州偷回了雷家的星图，才干掉他，是吗？"

　　"拿到了星图，他就已经完全没有用处了。"德罗轻描淡写地说。

　　一直默不做声听着两人对话的邱韵这时忽然问："然后你就想办法控制了黎耀，从此一直躲在南淮？"

　　德罗想了想："控制黎耀……那可太早了，还在君微言到塔颜部落拜访我之前呢。那时候我借口出门游历，其实就是在九州各地寻找日后的安身之所。当我来到南淮时，某次无意中见到一个气质不凡的青年人被从一个戏班里撺出来。我一加打听，那居然是名动天下的南淮黎氏的大公子黎耀，其人不好经商，却专喜欢往青楼里钻，我见到他时，他正在疯狂追求戏班的女班主，可惜那位女班主对他并没有意思。我们河络不大懂得你们人类的情爱，所以我只能给你转述一下旁人的言论：'一个对黎氏的万贯家财都不动心的女人，就黎大公子那种窝囊废，怎么可能追上她？'"

"所以我觉得黎耀实在是真神赐给我的宝贵机遇。我借故同他结识，陪他借酒浇愁，听他讲他悲惨的爱情故事，到最后时机成熟时，我建议他接受一次精神清洗，彻底忘掉那个女人。"

君无行皱起眉头："你是指，通过秘术洗掉人的部分记忆？"

"不错，他开始时舍不得，但一来确实没什么希望，二来我不断劝说，最后还是同意了。当然了，那位精神术士是我安排的朋友，施术时玩了一点小小的花招，给他加入了一道强制的精神缚咒，那就是从此以后，无论我有什么号令，他都得遵从。"

君无行点点头："这样的话，我就明白了。你操纵了黎耀，扶他上位，也就操纵了整个黎氏家族的生意。这么久以来，你一直在干两件事：控制大批算学家为你计算未来；动用黎氏的资金为你打造军队。这两件事都是为了同一个目的：你想要让河络这个种族称霸九州，成就不世出的伟业。"

"河络是九州最聪明的种族，理应成为九州的主人。"德罗用平淡的语调说。

"但是我听说黎耀做生意从来没亏过，这又是怎么回事？"邱韵问。

"我需要用一个无所不能的黎耀来掩人耳目，更要让万一存在的调查者——比如你——把计算未来的目的当成只是为了赚钱，而掩盖我的真实动机。一方面黎氏的生意早已是一个成熟的体系，不同的行业有不同的负责人，本身百分之八十以上的生意都能保证赚。剩下百分之二十嘛……对于一个算学家来说，你觉得在账目上做点手脚很难吗？而对于黎氏的雄厚资金而言，你觉得冒充其他商家把一批注定赔钱的货物高价买下来又很难吗？"

"可现在，你的意图仍然被猜出来了，"君无行微笑着，"打算怎么对付我呢？"

"我也在为难啊，"德罗叹息着，"根据我所得到的情报，你身怀高深的谷玄秘术，而我的将风能抗衡武士的刀剑，对秘术师的防范效果却很差。你一定是准备好了什么威力极大的秘术，随时准备要挟我。"

君无行的笑容有些僵。他的确是打定了主意，在关键时刻用很少有人能化解的谷玄秘术挟持德罗，以便求得生机。但看德罗比他更加胸有成竹，他心里也不由得直犯嘀咕。

德罗透过将风的面罩看着他："君贤侄，我的习惯是，在和一个人交手之前，先把他研究透。你头脑聪明，谷玄秘术修为很深，还有出色的步法，想要击败你并不太容易。但是你并非没有弱点，而这个弱点，几乎是致命的。"

就在君无行琢磨着他所说的话时，一具机锋甲突然发动，向他直冲过来。眼见这机锋甲来势猛恶，他不敢怠慢，侧身闪过。但那机锋甲却突然从胸甲处弹出一根长索，将邱韵缚了起来。

原来是要从邱韵身上下手！君无行赶忙扑过去援救。那长索绑得很紧，他拉扯不开，身上又没有匕首，眼看机锋甲再往前行，就要把邱韵一同拖走，情急之下，张嘴就要用牙咬。

然而就在此时，邱韵陡然间低下头，向着他的面庞呼了一口气。那口气中带着脂粉香，君无行却一下子松开了手，"扑通"一声栽倒在地。

机锋甲停了下来，收回了长索。邱韵慢慢起身，走到君无行跟前，凝视着他。与此同时，瘫软在地的君无行也直直地瞪着她。

"你也是德罗的手下？"他的语气中充满了悲苦。邱韵对毒药颇有研究，若是中了她的毒，短时间内只怕没可能化解。

"我不是他的手下，"邱韵的语气充满歉意，带着一种无法抹去的悲伤，"我只是要完成任何一位主顾交给我的任务。"

"你在雷眼山中杀死的那个人，只不过是我的助手，"邱韵低声说，"我才是真正的秋余。黎耀委托我对付你，当然，现在我们知道了，委托人其实是德罗。"

君无行闭上双目，似乎陷入了混乱的思绪中，当他重新睁眼，目光中饱含着灰心与失望:"你我同行多时,为什么你半路上不下手。"

邱韵摇摇头:"你为人太过机警,雷眼山中那样的圈套都难不住你,我并没有一击制胜的把握。有一点我没有骗过你,我的确既不会武功,也不通秘术,如果一击不中,死的必然是我。"

君无行长叹一声:"最近几年风头最劲的杀手,竟然既不会武功也不通秘术,这话说出去有谁会信?所以不信的人都栽了。我这一辈子,还没有上过这么大的当,从此以后我大概是再也不敢自称聪明人了。不对,我应该也不会再有什么'从此以后'了。"

邱韵咬着嘴唇,没有回答。君无行看到她的眼中隐隐有什么东西在闪烁,不由得心里微微一动,随即苦笑一声,觉得这样的自我安慰也忒没趣了。

神算德罗哈哈大笑,到这个时候,他才真正感到自己已经胜券在握。他拍拍手,发出号令,不久之后,两拨手下分别押进来两批人。一边是黎鸿和一个陌生人,一边是黎耀。

君无行能猜出黎耀的身份,但黎鸿身边那个黑瘦的中年男人他就不知道是谁了。然而那中年男人一见到他就开口嚷嚷起来,居然是个女人的声音,还很熟:"他妈的,这下真的全军覆没了!"

君无行哭笑不得:"美女,你怎么扮成这德行了?我就猜到你肯定也跑不了。"

这下似乎真的完了,有能力和神算德罗作对的人全都被捉起来了。君无行死猪不怕开水烫,当此绝境,表情反而松弛了下来。雷冰一向在君无行面前不甘示弱,明明心里又是害怕又是愤恨,此刻也强装出一副笑脸。

然而黎氏兄弟的神情就很奇特了。黎耀一脸麻木不仁,只怕砍他一刀他也没什么反应;黎鸿却看着眼前古怪的形势,不明所以。

"这是怎么回事?"他大吼起来。

"这就是这么多年一直控制着我的人,"黎耀疲惫地说,"他在我年轻时,利用了我对他的信任,给我埋下了精神缚咒。看起来,今天他已经不再需要我了,所以会把我们都杀掉,而他以自己的本来面目登上前台。"

德罗狞笑起来:"你说得对,按照我对自己命运的计算,今天,就在今天，我将会铲除所有阻挡我的绊脚石，开启河络族全新的征服时代，'等待将在这一天结束，新生将在这一天开始'。你们看，星相第三定律终究还是被打破了，今天，我把握住了我自己的命运！"

黎鸿却没有搭理他，只是把头费力地扭向了黎耀："这么说，弄瞎我的眼睛，并不是你的本意？"

黎耀摇摇头："你是我的亲弟弟，我怎么会对你下手？你我自幼丧母，两兄弟情同手足，这些我怎么会忘？"

黎鸿的脸上浮现出一丝笑容："是啊，那时候二娘的儿子看你瘦弱，总欺负你，还说黎氏的家产日后迟早都是他的。我一直记着他的话，后来有一天趁他不备，把他推进了井里……"

"那是你干的？"黎耀吃惊非常。

"我只希望有一天你能执掌家业，我们两兄弟就再也不会受别人气了，"黎鸿笑得很幸福，"在我眼瞎之前，我从来没动过半点和你争的念头，因为我们兄弟一体，你做了家长，就相当于是我做的。后来我以为我的眼睛是你害的，那对我而言，无异于整个世界都崩塌了。我在暗中和你争，也并不图什么财产权势，只是想要报仇……"

"别说了！"黎耀的眼泪流了下来，"那些事情，和我亲手干的又有什么两样？一切的错误都是我造成的。如果我年轻时不是那么荒唐……"

"你们两兄弟还真是越说越感人了呢，"德罗冷冷地打断了他们，"不必着急，你们会一起上路的。到时候时间多的是，随便怎么聊。"

黎鸿并不理睬他："大哥，你还记得在我十六岁生日那天，你送给我的那个指环吗？"

黎耀点点头："记得。那个指环虽不名贵，却是著名的酒鬼大侠藤坚的随身宝贝之一。他那段时间穷得没酒钱，把指环当在了黎氏的当铺，然后又穷得无力赎回。我觉得好玩，把它要来了，然后你看见了喜欢得……"他说到这里，忽然反应过来，声嘶力竭地喊起来："不行！别动！"

但已经晚了。黎鸿不知何时早已偷偷用那枚特殊的指环划开了绑住他双手的绳索。他一跃而起，迎着四周密密麻麻射出来的河络复合弩，不顾一切地扑向神算德罗。当一具机锋甲精确地将他一刀拦腰砍作两段后，他的上半身仍然执着地在空中前扑，冲到了德罗身前。

德罗并没有动弹，镇定地任由那枚指环在他的咽喉部位划过。将风壳上只留下了一道浅浅的切痕，完全没有伤及德罗的肉体。

只剩半截身子的黎鸿用尽最后的力气，回过头去，向他号啕大哭的大哥送出一个微笑。那已经凝固的眼神分明地诉说着，在死亡来临的那一刻，他又找回了兄弟之间的亲情。

武功最高的黎鸿死了，秘术最高的君无行中剧毒了，这些事件都在牢牢指向命运之轮给神算德罗的指引——等待将在这一天结束，新生将在这一天开始。

与人们传统臆想中的"预测未来"不同，星学七圣所复原的这一种算法，用一种独特的思路避开了星相学第三定律的束缚。它将人的一生划分为无数的阶段，每一个阶段仿佛就是一个带有特定条件的算式。只要完成这个条件，这一阶段的命运就是一个精确的值，不会出现任何误差。一旦条件被破坏，这一结果也就完全失效了。而这个阶段所占据的时间可长可短，有时候满足一个条件可以计算出长达一个月的未来，有时却只能维持不足一天。

这就是那些读书人如此劳累的原因。他们的计算一刻不能停。所有的数据和条件几乎每时每刻都在变化，他们必须跟随着德罗的命运之算同步运转。

然而十五年来，从来没有任何一个结果告诉德罗，他已经可以出兵起事了，因此他只能耐心地等待，并慢慢将黎氏的全部财富化为己用。而在三天前，德罗终于得到了那个他梦寐以求的启示："机遇即将到来。"条件是："让想见你的人见到你。"

于是他开始全力关注南淮城的每一点异动，所幸"想见他的人"采用了焰火这种再醒目不过的方式。焰火是用古老的河络象形文字写就的，内容是短短的四个字：我在找你。使用这种文字无疑是在表明，对方已经知道了他的身份。君无行不愧是记忆力惊人，去塔颜部落一趟，就已经学会了不少常用的古文字了。

德罗并不慌乱，他相信命运之算会帮助他解决一切问题。于是他赶制了焰火，招来了君无行，出乎意料的，他之前重金聘请的杀手邱韵也跟在君无行身边。命运之算并未提及这个细节，但那并不重要，因为这一天最重要的结果和条件都已经算出来了。

等待将在这一天结束，新生将在这一天开始。条件只有一个："除掉欺骗你的人。"

想到这里，德罗的嘴角浮现出一丝微笑。当一名部下匆匆跑过来，对他耳语两句后，他突然长笑一声，褪掉了身上的将风。

君无行等人终于见到了德罗的真容。这是一个头发早已掉光的河络，身躯矮小得仿佛还没有成年。他佝偻着背，满面蛛丝般的皱纹，眼窝深陷，走起路来也颤巍巍的，可想而知这十五年来是如何地殚精竭虑。

这样的老头儿，就算窃据天下，又能坐几天呢？君无行居然生起一丝同情。

德罗慢慢来到黎耀身前，微笑着说："最后一个条件已经完成，我终于可以起兵了。"

黎耀不明所以："什么条件？"

德罗说："除掉欺骗我的人。只要在今天完成了这件事，我就可以放心地依据命运的轨道前行，不会再有阻碍了。"

他的声音突然变得凶狠："黎耀，你别以为我不知道，狄放天从来没有归顺过我，自始至终都是你的亲信。他虽然也替我办过很多事，但在暗中一直只听命于你。但是现在……这个欺骗我的人已经不存在了。"

他挥挥手，部下送上来狄放天仍在滴血的头颅。黎耀长叹一声："你赢了。这次你彻底地赢了。"雷冰等人也都垂头丧气，眼见着这个疯狂的老怪物真的要出兵了。那些机锋甲一旦从地下冲出，他们不敢想象南淮城会是怎样一番惨状，日后的九州又会遭遇怎样的浩劫。那些在数百年的和平生涯中早已忘了鲜血气息是怎样的诸侯，有能力抵挡这样一支令人不寒而栗的军队吗？

"德罗先生，"邱韵忽然插口，"我只是个杀手，你征服天下也好，消灭仇人也罢，我并不关心。现在我已经把君无行制伏，带到了你的面前，我是不是可以领取剩余部分的酬金了？"

德罗看了她一眼："你虽然不能亲上战阵，但那份过人的智慧，我很欣赏。愿意留下为我出谋划策吗？"

邱韵摇摇头："真抱歉，我只想做一个好的杀手，除此之外，并无他念。但如果你日后有什么想要刺杀的王公大将，只管来找我，我保证给你最优惠的价格。"

德罗"嗯"了一声，不再多言，命人带邱韵去领取酬金。邱韵走出两步，忽然停住，皱着眉头蹲下，掏出一块手帕擦鞋。原来黎鸿尸体上的鲜血流了一地，她无意中踩到了。德罗也站在鲜血中，他却并不在乎。

"一个杀手竟然怕血，真是有意思，"德罗笑了起来，"但也许只有这样才能做一个真正的好杀手，就像只有我这样的人才能征服天下……"说到这里，他忽然顿了顿，身体摇晃了一下，随即脸色一变："你干了什么！"

邱韵此时已经迅速奔到他身边，不费吹灰之力架住了他："没干什么，在血里略下了一点毒，然后顺着流到了你身上一点点而已。"

这一变故太过突然，无论是几名阶下囚，还是德罗的战士们，都没能反应过来。德罗哑着嗓子怒喝："秋余！你这是要做什么？"

邱韵轻笑一声："神算德罗，我担心你的计划完不成了，因为那个最为关键的条件你只做到了一半。欺骗你的人一共有两个，你只杀死了一个，还是相当于条件不够啊！"

"一共有两个？"德罗惊呆了，"难道……你……"

"不错！"她一字一顿地说，"我揽下你的生意，一步步把君无行骗到这里，不过是一个接近你的计谋而已，除此之外，恐怕没有别的任何办法能见到你了。我真正的生意来自黎氏的一位商战对手，他的委托是：杀死南淮黎氏的掌权者。当时我以为是黎耀，现在才知道，其实是你。"

在面如死灰的德罗惊恐万状的喘息声中，她用手指在德罗的喉头轻轻一抹——那上面不知何时套上了本来在黎鸿手指上的指环。一股鲜血喷涌而出，德罗颓然倒地，捂着喉咙，已经说不出话来。那一瞬间他的眼神中闪过了种种复杂的情绪，最后的定格却并不是绝望，而是某种凶残，一种只能在重伤的野兽眼中才能看到的凶残。

命运，缥缈不定、无法把握的命运。千万年来，人们苦苦追寻着把握命运的方法，却从来未能如愿。而眼下，那个九州历史上第一个掌握了计算命运方法的绝世奇才，却只能在离成功只有一步之遥的地方迎来自己命运的终点——死亡。

"这是我第一次用武器杀人。"邱韵说。

"当心！"君无行忽然大叫一声。邱韵急忙回头，却看见垂死的德罗从身上摸出一具复合弓。河洛的复合弓做工精良，虽然小，威力却很大。邱韵待要闪避已经来不及，只能闭目等死。

但出乎所有人意料，那一箭并没有射在邱韵身上，而是射向了远处。

"当"的一声巨响，那支箭射在了悬挂于地下城顶端的一口大钟上，发出沉重的轰响，那轰响在地下城中远远散布开去，震得所有人耳朵生疼。

"糟糕！"君无行喊道，"老疯子狗急跳墙，要出动机锋甲了！"

3

这一次君无行的判断依然十分准确。那一声钟鸣果然是信号。随着这声钟响，无数河络战士从地下城各处涌出，奔向那些机锋甲。他们多年来在神算德罗的培训下，早已成为令行禁止、冷酷无情的战争机器。他们根本不思考其他的东西，只知道服从。而现在，钟声就是命令。他们将把没有生命的机锋甲变成血腥的杀戮机器，将南淮变成死城。

邱韵用手中的指环一一割开被捆绑者的绳索。当放出君无行时，两人对视了一眼，邱韵将视线转开，默默伸手扶起他。君无行中了她的毒，但解药起效极慢，此时吃下去估计也没用。

"大家都快逃吧，"她说，"没有人能挡得住机锋甲。南淮城的兵力也不够。"

"机锋甲发动起来后，的确无法阻挡，"君无行回答，"但机锋甲是靠河络发动的，在进入机锋甲之前，那些河络也不过是血肉之躯。"

他一面说，一面开始凝神，身上迅速响起一阵"噼噼啪啪"的声响，一股黑气开始在他的皮肤上淡淡浮现。

邱韵悚然回头，看着君无行："你没有中毒？"

"大概没有。"君无行说着，身上黑气更浓。邱韵知道，这叫作"枯竭"，是谷玄秘术中威力极大的一招，但对精神力的消耗也相当惊人。更何况，这一招用来单打独斗，或者对付小规模的几十个人也许还能好使，对抗这数千即将发动机锋甲的河络，终究是杯水车薪。

她一时顾不得询问君无行为什么没有中她的毒，赶忙阻止说："没用的，你一个人能挡住几个河络？还是快逃吧。"

君无行摇摇头："干掉几个算几个。少一具机锋甲发动，就能少死很多条人命。这笔生意很赚的。"

"这可真不像你。"邱韵叹了口气。

"我也觉得不像，但转头想想，其实挺像，"君无行做好准备，已经开始一步步迎向密密如蚁群的河络狂潮，"我总是做自己高兴做的事。"

此时距离他最近的两个河络已经跑进了机锋甲，并开始发动其中的机械，但突然之间，机锋甲里传出两声压抑的惨呼，两名河络滚了出来，在地上挣扎几下，便不动了。他们的躯干在这一瞬间竟然变得干枯而萎缩，就像脱了水的干尸。

君无行深吸一口气，身边的空气似乎起了一点水纹般的漾动，随着这股不祥的波动，一名正在奔向机锋甲的河络也猝然倒地，变成了干尸。

举手间连杀三人，"枯竭"的威力令邱韵不寒而栗，但从君无行急促的呼吸，也可以知道这一招的消耗之大。但君无行仍旧挺身向前，"枯竭"不间断地挥出，再放倒了另外四名河络。

河络们终于注意到了君无行的举动。七八名河络战士抛下机锋甲，挥刀向他冲来。君无行解决掉当头的两人，剩下的已经到了眼前。他叹了口气，展开身法避开呼啸的刀锋，仓促间却无法凝聚精神力使用"枯竭"了。

他东奔西窜，想要找到一个空隙发出秘术，但河络们追得很紧，始终不能摆脱。正当他被一个穷追不舍的河络搅得心烦意乱时，眼前寒光一闪，河络已经倒在了地上。定睛一看，竟然是瘦弱的黎耀。他喘息着，把刀从河络的尸体上拔出来，对着君无行微微一笑。而一向生龙活虎的雷冰也委顿不堪地挂着弓跟在一旁，身体状况看来不比黎耀强到哪儿去，还在嘴硬："我已经杀了两个人了，还能顶。"

"但我的武功很差劲，顶不了多久，"黎耀说，"你们的秘术、弓箭也杀不了太多人，这些机锋甲迟早都会一一发动起来的。"

"那你说怎么办？"君无行感觉黎耀的话里包含了一点什么。他也清楚，这样硬杀下去，终归于事无补。此时河络们已经纷纷就位，至少三分之二以上的机锋甲里都钻进了操作者。只需要几分钟，这些机锋甲就能调试完毕，开始发动。一旦它们冲上了地面，南淮城就将遭受一场巨大的浩劫。

"有一个办法，让它们永远出不去就行。"黎耀说得轻描淡写。君无行心里一颤，明白了他的意思，视线不由得转向了邱韵。邱韵面色苍白，嘴唇动了动，什么都没说，只是默默地站到了他身旁。

"你们保护我，我们移到西北角去。"黎耀说。君无行收起了杀伤力巨大的"枯竭"，催动起能致人头晕眼花的初级秘术，配合着雷冰的箭和邱韵的毒物，只求开路、不求杀敌，很快到了广场西北角。河络们忙于发动机锋甲，见几人不再追近，也就懒得追赶了。只要机锋甲的大军开动，区区几只蝼蚁又算得了什么呢？

"当初修建这座地下城的时候，我耍了点小花招，"在机锋甲运行发出的金属摩擦声中，黎耀急促地说，"我所受的精神缚咒令我无法违抗德罗的命令，所以我只能用自我欺骗的方式，给这个地下城留下了一个自毁的小机关。"

"自我欺骗？"雷冰不解。

黎耀点点头："我强迫自己相信，这座地下城的处境很危险，随时可能被其他种族攻陷。到那个时候，也许我的主人德罗也会被困在里面不得脱身。所以，出于这种忠心，我在地下城的出口处安排了与敌人同归于尽的机关，一旦发动，所有的出口都会被炸药毁掉，地下城的支撑点也会一个个被毁掉。离开了那些连通地面的通道，这里就将不再是地下城，而是一个——地下墓穴。"

雷冰目光黯淡："那我们也得死在这里了？"

"如果抓紧时机，你还能逃掉，"黎耀说，"你是羽人，在通道完全崩塌前，还有一线生机飞出去。"

雷冰摇摇头："我不能丢下你们。别废话了，一会儿机锋甲该冲上地面了。"

的确，除去死伤的极少数河络，其余河络战士全部进入了机锋甲中，并发动了机械。他们开始在广场中央列队集结，一旦集结完毕，就将向着地面的人类城市进发。那些巨大的金属在火光下闪耀着死亡的光芒，咆哮着，仿佛已经迫不及待地要展开血腥的杀戮。那些被德罗控制了思想的行尸走肉一般的战士，坐在冰冷的机械中，双目闪动着灼热的火焰。他们在等待出发，他们在等待战斗。

黎耀不再多言，在一个角落里摸到了那个用石雕的花纹伪装起来的机关，将外壳旋开，露出了其中的铁链。四个人一起用尽全力，拉动了铁链。

一阵机关运行的嘎吱声从脚底响起，慢慢延伸开去，似乎引发炸药也需要时间。君无行冲着雷冰大喊："你快点飞走，还来得及！"

"放屁！"雷冰骂道，"老娘是这种丢下同伴不管的人吗？"

"是不是你都得走！"君无行恶狠狠地说，"总得有人活着告诉外面的人这里究竟发生了什么！你想让你倒霉的祖父以后继续稀里糊涂地背着杀人凶手的好名声吗？"

雷冰怔住了。就在此时，爆炸开始了。黎耀设计的机关非常巧妙，火药分布计算精确，不会在一瞬间造成整个地面的崩塌，但几处通向地面的甬道却已经开始迅速崩塌。而且与此同时，机锋甲的军队也开始发动了。杀戮的机器们高速而井然有序地向着通道进发，鲜血的味道在引诱着他们。

"再不出去的话，你长出两对翅膀也不管用啦！"君无行急得恨不能给她一耳光。

雷冰咬咬牙，伸手抓住了邱韵的衣领："我的力气不够，只能带这个最轻的。你们……"她看着君无行，眼圈一红，但知道不能再耽搁时间了，背上蓝色弧光闪动间，凝出了羽翼。正待起飞，君无行伸手指着出口，突然叫了起来："那是什么？"

那是一个羽人。

几个人抬起头的时候，正看见一个羽人从出口钻入，高速向下飞来。君无行正在猜测此人身份，雷冰却已经声嘶力竭地尖叫起来。

"快来救人，白痴！"她高声招呼着纬苍然，那个正在迅速靠近的亲切的身影，"快点！不然大家都死在这儿啦！"

看来此人是友非敌，君无行不由得精神一振。这个羽人男子他从没见过，大概是雷冰以前的老朋友吧。不管怎样，此时此地，突然又冒出一个带翅膀的家伙，实在是让人兴奋得想哭。羽人真是全九州最可爱的种族，他陶醉地想。

羽人落到地上，简短地问："都带走？"

雷冰点点头，提起邱韵先飞了起来。羽人维持着羽翼的形态，一手抓住黎耀的衣领，一手拎住君无行的腰带。正准备起飞，黎耀忽然惊呼："当心！"

君无行急忙回头，才发现就在他们分心于到来的救星时，一具机锋甲已经在不只不觉间冲到了他们面前。那柄圆滑锋锐的长刀放射出森然冷光，眼看就要把纠结在一起的三个人一起砍成六段。纬苍然此时就算是全力起飞，也避不开这一击了。

黎耀和纬苍然无可奈何地闭目等死，雷冰更是爆发出绝望的尖叫。君无行却在这一刹那凝聚了全部的精神力。他一向清瘦的躯体在这一刻仿佛像充了气的皮球一样，鼓胀起来，一根根血管在紧绷的皮肤上清晰可见。他的双目布满了血丝，身体似乎随时都可能炸裂开，头发近乎根根直立。他张开嘴，猛然大喝一声："空！"

空。

随着这一声喊，在奔驰的机锋甲与三人之间只剩下半尺的空间里，出现了一个小小的黑球。这黑球出现时只有拳头大小，被机锋甲撞上时却已经有一人高的直径。没有碰撞声，没有飞溅的火花，没有三个人被切断的血光——

什么都没有。空。

机锋甲消失了，在撞上那个黑球的瞬间消失了，那巨大的身躯在半空中留下了一个微弱的残影，随即完全消失，一个螺钉也没能留下。那是谷玄秘术的终极法术，也是最能代表谷玄这颗暗黑之星的恐怖秘术：无限之空。所谓"空"，空的是一切的实体，当这一招被释放后，撞上它的物体都会——被吞噬。彻底的吞噬，不留半点痕迹的吞噬。

吞噬到了哪里？没有人知道答案。这一招所释放出的那个黑球，似乎就代表着谷玄本身：绝对的黑暗，绝对地不可触碰，当吞噬过程结束后，这个黑球也会随之消失，好像是因为它无法控制那种邪恶的力量，以至于自己吞噬了自己一样。

空。机锋甲就这样化为了真正的虚空。纬苍然以最快的速度带着黎耀和已经脱力昏迷的君无行飞了起来，跟在雷冰身后，向着逃生的通道飞去。此时地下城里的爆炸声已经连成一片，大块大块的碎石如雨点般砸落。雷冰飞在前方，小心地躲避着不断坠下的石块，额头上还被一块小石子砸得鲜血横流，但总算是有惊无险地赶在通道彻底堵死前飞了出去。回头看看，纬苍然紧紧跟在她身后，这更让她松了一口气。

在出口完全崩塌前，她最后看了一眼地下的机锋甲。由于用于升降的机械石板已经被炸毁，迂回的甬道也被堵死，机锋甲们无法找到通往地面的路，只能乱纷纷地挤作一团，茫然地原地打转。那些密密麻麻排在一起的金属外壳反射着令人心悸的死亡之光，被地面上鲜活的生命引诱得急不可耐，但那些刀锋也许永远都无法找到目标了。它们将和自己的主人一起，被永远掩埋在这座也许是九州历史上最惊人、最不可思议却也最不为人知的宏伟地下城中，在征服九州的狂热梦想中慢慢化为尘埃。

君无行晕厥了片刻，慢慢醒过来，发现自己已经到了地面上。脚下不断能感受到剧烈的震颤，伴随着低沉的轰鸣声，那是地下城在崩塌，在被彻底地埋葬。看看周围，居然有至少上千名人类的士兵立在那里，也许是被雷冰那个羽人朋友带来的吧。

"兵力倒是不少，"君无行自言自语，"幸好没碰上机锋甲，不然就是一盘菜。"

身旁的邱韵默不做声，扶着他站起来。君无行慢吞吞地拍拍屁股上的尘土："'无限之空'这一招威力太大了，我学成之后一次都没用过，都不敢肯定自己能控制自如，幸好没出岔子。现在腿还发软呢。"

邱韵叹了口气："你没有中我的毒，是因为你早有防备，是不是？你早猜到了我的真实身份，是不是？"

"在塔颜部落时，我见到星相师们的墓碑上有一些奇怪的图案，"君无行答非所问，"大嘴哈斯向我解释，那些都是古老的河络象形文字，其中一个很像盘膝而坐的图案代表女性。"

"但是那个图案我曾经见过，"君无行语声低沉，带着说不出的失望和伤悲，"王川，我那个被火烧死的河络朋友，临死时把自己的尸体弯曲成了那样。我原本以为那是他练功的姿势，听了哈斯的话我才明白，他是在提醒我：杀死他的是个女人。而我和王川都认识的女人只有一个……"

"那你为什么不早点揭穿我？"邱韵低声问。

"因为我不明白你想要干什么，"君无行回答，"你刚才说路上没机会下手，那只是骗德罗的谎话。这一路上，你至少有七八次机会可以置我于死地，至少在塔颜部落和那些秘术师动手时，如果你不出手，我就死定了。但你没有。"

他继续说："但是现在我明白了。你一定是觉得，光带回我的死讯，并不足以保证你见到黎耀。然而我始终在调查黎耀，你觉得与其杀了我，不如利用我和你一起联手对付他。你我都是绝对聪明的人，合我们两人的智慧，或许才能有真正的机会。"

"你说得半点也不错。"邱韵紧咬着嘴唇。

"利用我没有关系，我是心甘情愿的，不会怪你，"君无行说，"可是你为什么一定要杀死我的朋友？"

"因为仇恨，"邱韵目中含泪，"你是一个太过随性的人，虽然智慧超群、胆识过人，却很有可能因为任何一点小事而放弃自己的目标。还记得你我原本打算分道扬镳的那天晚上吗？我说与你分手，只是欲擒故纵而已，原本还在犹豫要不要杀他们，只是考虑用一个别的借口和你同行就行了。但你仅仅因为不能和一个你喜欢的女孩同行，就那么消沉颓丧，我实在不能放心。所以……"

君无行慢慢坐在地上，喃喃地说："难道都是我的错？都怪我？"

"不，杀人的是我！"邱韵说，"我这一生杀的人本已经太多，只是不甘心死在别人手里。但你如果要替他们报仇的话……我无怨无悔。"

她的眼泪终于流了下来："我骗了你很多，但我曾告诉你的我的那些过去……都是真的，只不过都发生在我成为杀手秋余之前。正因为那些经历，我才决意从此心中不再有半分感情，做一个真正冷酷的人，让所有人都害怕我，不敢再来伤害我。可我没想到我会遇见你……"

她不再多说，拉过君无行的手，按在自己的胸口。当此时，君无行有二三十种谷玄秘术都可以轻易置她于死地。他差一点真的狠心发招了，但掌心的温暖一点点传递过来，让他终于没有办法下手。

"你走吧，"他缓慢而坚决地抽回自己的手，"祝你好运。"

他的目光滑开，看着那些人类四处查探以确认地下城是否已经彻底完蛋，定了定神，想起了那份带来了无穷祸患的推算命运的笔记，大概已经被深埋在石块和泥土之下，永远也不会现世了。这或许是它最好的归宿吧。把握未来的轨迹固然是一种让人难以抗拒的诱惑，但这份诱惑的背后所隐藏的，却是凡人难以驾驭的。他不想再用什么"会有人懂得如何使用它"这样的鬼话来欺骗自己，与其相信后世会有什么大智慧的能人来合理运用，不如永绝后患。

就让九州众生永远浑浑噩噩地活着吧，君无行想，那其实并没有什么坏处。

这时他看到了雷冰。雷冰神气活现，正揪住那个刚才在危难中救了他们性命的羽人男子，劈面就是一记大耳光。听着那一声脆响，耳光虽然打在别人脸上，君无行却禁不住觉得脸上一痛。

"你他妈的怎么还不死啊？"雷冰状若泼妇，大叫大嚷着，"那么长时间半点你的消息都没有，你想把老娘急死吗？"

"来不及，"那个羽人说话很简短，"我现在来了。"

"你又怎么会和人类混在一起，还领着他们的军队来？"雷冰不依不饶。

"我有密令，"羽人回答，"人羽关系没你想象得那么糟糕。我们和南淮城主暗中合作，共同对付黎氏。双方早都怀疑黎氏的野心。"

"那楚净风究竟是怎么回事？"

"他是真叛徒，我是假刺杀，让黎氏生疑除掉他，"羽人和雷冰说起话来倒是真耐心，"宁州的关系网也被怀疑，都废了。"

雷冰瞪大了眼睛："我一直以为你是个老实人，没想到你骗起人来比谁都厉害。你还有什么是在骗我吗？"

羽人急忙摆手，磕磕巴巴地想要分辩点什么，但半句话都没说出来，他就整个人僵住了，好似中了石化咒。

雷冰伸出双臂，紧紧抱住了他。

君无行远远看着这一幕，终于忍不住笑了。在刚刚过去的这个漫漫长夜中，他揭穿了一个绵延近二十年的巨大阴谋，阻止了一场足以毁灭宛州的灾难，目睹并亲身经历了那么多的杀戮、死亡、阴谋、背叛、伤痛、失去，此时再看到这样温情的场面，实在能让他的心里略略得到一丝安慰。

4

"你真的不打算去找她？"雷冰问。

"黎耀还真是挺不错的，为了对得起他死去的兄弟，居然决定真正接手家族业务，重振黎氏。虽然他们累积的资本没了，但只要人在，一样能东山再起。"

"是啊，从此以后，黎氏也许能真的走上'不当官，不做贼'的道路了，"雷冰说，"你真的不打算去找她？"

"你的祖父也可以恢复名誉了，我估摸着羽皇肯定得给你家一个更大的爵位来补偿，以后我要是缺钱花，就到你家门口要饭去。"

"关我什么事？谁稀罕羽皇给的什么鸟爵位？只要爷爷的名誉恢复了，我就没什么别的想法了，"雷冰说，"你真的不打算去找她？"

"有空的话，我还得去一趟越州，把整个事件的详细经过都告诉塔颜部落的人。我想，他们以后也别再研究星相了，老老实实地抡锤子吧。"

"那更不关我的事，"雷冰说，"你真的不打算去找她？"

"太可惜了，那么宝贵的算法最后还是被埋起来了，谁知道猴年马月才有厉害的人能发掘出来？算法本身没有错，错的只是运用他的人而已。如果我这样的人才能够掌握命运之算……"

"你闭嘴吧，口是心非，我还不知道你？也就是它已经被埋起来了你才叽叽歪歪，要是换了那东西真的落到你手里，你动手点火保证比谁都快，"雷冰说，"你真的不打算去找她？"

"我看这位纬兄老实忠厚，没什么花花肠子，栽在你手里，日后只怕少不得有大大的苦头要吃……"

"你别老打岔！"雷冰红着脸嚷嚷起来，"我问了你十七八遍了，你真的不打算去找她？"

"分明只有三四遍，"君无行嘀咕着，"老子算学虽然差，这个数总还数得清。找她干什么？杀了她为我的朋友们报仇？"

雷冰哼了一声："君无行，我一直觉得你是个真性情的人，为什么非要欺骗自己？你满脑子都想着她，以为我看不出来？"

"我是在想着她，"君无行叹气，"可是想也没用。她毕竟杀了……"

"放屁！"雷冰凶悍地吼了一声，静立在一旁的纬苍然没来由地抖了一下。

雷冰一把揪住君无行的衣领："我问你，死了的人能活过来吗？"

"当然不能。"君无行苦笑一声。

"既然人已经死了，没办法再活过来了，你为什么要让死人阻挡活人的幸福？你在世间活得像个孤魂野鬼，你死去的朋友们就会觉得你很对的起他们了？"雷冰咬牙切齿，"你的脑袋根本就是一锅糨糊！"

君无行没有回话。他凝视着慢慢坠落的夕阳，出了一会儿神，突然转身走开。

"喂，你去哪儿？"雷冰叫他。

"找个地方大吃一顿，再好好睡一觉，买几身干净衣服。"

"敢情我说了那么多话就把你说饿了？"雷冰鼻子都气歪了。

"我得吃饱喝足睡好了才能上路啊，"君无行头也不回地说，"找人这行当累着呢，你又不是没找过。"

雷冰嘴角漾起一丝笑意，但她很快喊道："笨蛋！九州那么大，你找到胡子都白了也未必找得到啊！"

君无行停住了脚步，转过身来："您老站着说话不腰疼，有什么办法把她给我变出来吗？"

雷冰摇摇头："我刚才就说了，你的脑子真是一锅糨糊。邱韵虽然决意不再做杀手了，但是以前那些为她传递信息的渠道都还在。如果有人委托她杀掉一个叫君无行的人……你觉得她会不会赶过来提醒你注意呢？当然你要觉得人家对你连这一点情意都不存在了，就算我没说好了。"

君无行皱着眉头想了一会儿，长叹一声："从此以后，我再也不说女人头发长见识短了。"